Sagarmatha

Meurtres au sommet

Chris NERWISS

Sagarmatha

Meurtres au sommet

Éditions Nouvelles Plumes

Éditions Nouvelles Plumes,
31, rue du Val de Marne, 75013 PARIS
www.nouvellesplumes.com

ISBN : 979-10-245-0281-6

Prologue

Pau, vendredi 26 juin 1998.

Son boss avait eu comme un doute. Normalement les choses avaient dû être nettoyées à l'époque, mais il valait mieux vérifier et couper l'herbe sous le pied aux menaces du traître. Compte tenu de ses relations, son patron aurait pu court-circuiter la procédure classique et obtenir une photocopie du dossier, mais il préférait une intervention humaine, plus rapide et plus efficace, et il ne payait pas Marko pour jouer les facteurs.

Voilà pourquoi Viktor Markovic venait de garer sa voiture dans une rue adjacente à la caserne Bernadotte, siège du CAPM ou Centre d'archives du personnel militaire, située à une encablure du centre-ville de Pau. Il coupa le contact et sortit de son véhicule. Il se déploya, laissant apparaître son imposante « carcasse », comme disait son capitaine dans les montagnes bosniaques. Viktor était le genre d'homme que Coluche, non sans humour, recommandait comme ami – un mètre quatre-vingt-dix pour cent kilos. Depuis une nuit passée sur une mine à attendre des démineurs, ses cheveux avaient blanchi. Incapable de supporter la vision de cette couleur qui lui rappelait cette phase cauchemardesque, il avait rasé le seul élément de nature à adoucir ses traits. Au premier abord, il ressemblait à ce qu'il était, un ancien militaire reconverti dans la sécurité. Mais réduire Marko à un rôle de gorille écervelé était une erreur.

Il enfila une veste en velours un peu défraîchie, changea ses chaussures de luxe aux reflets impeccables pour une paire de mocassins mal cirés, se coiffa d'une casquette que n'aurait pas reniée Lénine et chaussa des lunettes rondes. Il vérifia son aspect : l'habit pouvait faire le moine. Il était toujours aussi massif, mais sa physionomie globale était conforme à ce qu'il voulait. Pour les heures qui allaient suivre, il serait Paul Ouvrard, professeur d'histoire.

Il contempla le bâtiment tout en longueur puis se dirigea vers le poste de contrôle et tendit ses faux papiers au soldat en faction. Celui-ci vérifia qu'il avait bien rendez-vous au service des archives. Il patienta d'un air placide pendant que le fonctionnaire des armées remplissait un cahier d'une écriture lente et presque enfantine avec ses coordonnées et le motif de sa visite. Il lui établit ensuite un badge visiteur, ouvrit le portillon automatique et lui indiqua le chemin du bureau des archives.

Il suivit les instructions, prit vers la droite, puis emprunta un couloir interminable sans croiser âme qui vive. Il arriva au pied d'un escalier dont les marches devaient remonter à l'origine de la construction du bâtiment, plus de cent cinquante ans auparavant. Après de multiples grincements, il arriva devant une porte barrée par l'inscription « Bureau des archives ».

Il se dirigea vers la borne d'accueil. Un adjudant – il savait évidemment lire les grades de l'armée française – était assis derrière un comptoir, la tête penchée. Viktor s'approcha. L'homme était plongé dans les pages football de *L'Équipe* : la France était en huitièmes de finale de son Mondial, contre les improbables Paraguayens, mais était-ce une raison pour ne pas monter la garde, même d'un guichet d'accueil ? Il se retint d'attraper le militaire par le col, c'eût été trop Marko ; il se contenta d'un toussotement plus en conformité avec son personnage de prof. L'adjudant Moutier, puisque tel était le nom qu'affichait la bande patronymique de son uniforme, daigna enfin s'intéresser à lui. Marko se força à sourire. Pourtant, tout dans cet homme le dégoûtait : ses cheveux roux trop longs, ses yeux de corbeau et ses joues couperosées par l'abus de mauvais vin et de bière. Cet homme n'était pas digne de porter un uniforme.

— Paul Ouvrard, j'ai rendez-vous pour la consultation de plusieurs dossiers.

C'est lui qui avait suggéré à son boss une vérification multiple, afin de ne pas trop attirer l'attention. Moutier vérifia sur un cahier et confirma l'information.

— Rappelez-moi l'objet de la demande ?

— Une thèse sur la guerre d'Algérie, répondit Marko.

— Vous voulez dire les événements, répondit Moutier, utilisant la terminologie officielle[1].

Marko n'engagea pas la polémique et lui tendit un papier.

— J'aurais besoin de ces dossiers pour commencer.

Moutier jeta un œil fatigué sur le document.

— Allez vous asseoir en salle de lecture derrière vous sur la droite, place 8. Je vais m'en occuper personnellement. Je vous apporte cela au plus vite. Je vous rappelle juste que le vendredi, nous fermons à 16 heures.

Marko prit un air contrit.

— Oui, je sais, cela me laisse peu de temps, mais je vais sans doute rester quelques jours dans les parages et je serai amené à revenir.

Au cas improbable où un autre visiteur arriverait, Moutier posa un petit écriteau sur son comptoir – « De retour dans quelques minutes, merci de patienter » – et se dirigea vers la partie opposée de la pièce. Marko fit mine de nettoyer ses lunettes et observa Moutier actionner l'ouverture d'une grosse porte en bois massif grâce à un badge, puis il prit sa serviette et s'installa sagement à sa table. Pour tromper le temps, il se saisit d'un ouvrage sur l'historique des bâtiments militaires en France. La caserne Bernadotte y était répertoriée en tant que deuxième bâtiment le plus long de France (175 mètres) derrière la Corderie royale de Rochefort en Charente-Maritime. Il ne s'attarda pas plus que cela sur les détails et fit le vide dans sa tête.

1. L'expression « guerre d'Algérie » a été officiellement adoptée par le Parlement le 18 octobre 1999.

Moutier revint beaucoup plus vite qu'il ne l'avait pensé.

— Tenez, voilà vos dossiers. Un jeu d'enfant pour les retrouver. Vous avez vu ? À peine cinq minutes ! Vous pourrez le signaler dans votre thèse.

— Vous avez raison, je louerai l'efficacité de votre service dans mes remerciements.

Moutier changea de physionomie.

— En revanche, en marchant, j'ai consulté vite fait vos dossiers et il y a un truc qui me chiffonne sur celui du deuxième nom.

Marko resta impassible, du moins l'espérait-il. Le deuxième nom était justement celui de son patron, et c'était pour ce dossier qu'il avait traversé la France depuis le matin.

— Cela pourrait-il contrarier mes recherches ? demanda-t-il d'un air professoral.

— Je ne sais pas quoi vous dire, mais ce qui est certain, c'est qu'il est indiqué ici que le lieutenant a servi en Algérie entre février et mai 1960 au 6e RPIMA avant d'être transféré au 8e. Mais j'étais moi-même au 6e toute l'année 1960 et je n'ai aucun souvenir de lui. Nous n'avions que quatre lieutenants dans le régiment. Votre homme n'en faisait pas partie.

Cette fois Marko encaissa sans sourciller. Il en était certain. Il analysa la situation. En l'envoyant vérifier que son dossier avait bien été modifié, son boss venait d'allumer une étincelle. Marko prit aussitôt sa décision ; il devait circonscrire l'incendie tant qu'il en était encore temps, mais il ne devait pas non plus agir dans la précipitation. Il se contenta d'afficher un air étonné.

— Peut-être que votre mémoire vous fait défaut. Ou bien une erreur dans les dates ? Cela ne devrait pas trop contrarier mes recherches.

— Vous avez raison, mais, à tout hasard, je ferai une recherche approfondie la semaine prochaine. Je vous en donnerai le résultat à votre prochaine visite.

— Tout à fait aimable de votre part.

Marko fit semblant de se plonger dans la lecture de l'ensemble des documents. Puis, peu avant la fermeture, il se leva et s'approcha de Moutier, les trois dossiers à la main. Il avait son plan bien en tête. À tout hasard, il tenta une manœuvre plus qu'incertaine.

— Dites-moi, je pourrais les conserver pour le week-end ? Je vous les rapporte lundi matin.

— Désolé, mais c'est strictement impossible.

Marko n'insista pas. Tant pis pour lui. De toute manière, il aurait ce dossier ; ce serait juste plus long et plus douloureux. Il lui manquait cependant une information essentielle.

— Vous qui êtes de la région, vous avez un garage à me conseiller ? Ma voiture commençait à faire un bruit bizarre peu avant mon arrivée sur Pau.

— Ah, moi, je vais au garage de la porte du Béarn. Ils sont très bien. Vous n'aurez qu'à leur dire que vous venez de ma part.

— Et c'est où ?

— À moins de dix minutes d'ici en direction de Gelos. À gauche en sortant de la caserne, vous suivez les panneaux « Gelos ». Vous verrez, vous tomberez dessus, juste à la sortie de Pau.

— Ils s'occupent aussi de la voiture de votre femme ?

— Pas de femme, pas d'emmerde, répondit fièrement Moutier.

Cet adjudant était une perle. Marko reprit le long couloir en sens inverse. Cette fois encore, il ne croisa personne. Décidément, cette caserne semblait déserte. Il vérifia qu'il n'y avait pas de caméra. Il passa au poste de contrôle récupérer sa fausse carte d'identité.

Compte tenu des informations récoltées auparavant, il paria sur le fait que Moutier rentrerait en voiture. Une fine bruine commençait à tomber, confirmant le surnom de « Normandie méridionale » de cette partie du Sud-Ouest. Marko hâta le pas jusqu'à son véhicule. Il fouilla dans son coffre, se saisit d'un bonnet militaire et, malgré la faible luminosité, chaussa des lunettes de soleil. Il se débarrassa de la veste en velours et remonta les manches de sa chemise. Il se félicita d'avoir obéi à sa routine et d'avoir embarqué, même pour une mission apparemment anodine, son paquetage de vêtements et matériels.

Il démarra et alla se placer à l'angle de la rue en double file. Il était en position idéale pour observer la sortie de la caserne. La pluie commençait à tomber avec beaucoup plus d'intensité. Finalement, c'était une bonne chose : le rideau d'eau sur son pare-brise accentuait son camouflage.

Il fut surpris lorsqu'une camionnette, derrière lui, le klaxonna. Il s'apprêta à avancer, mais finalement celle-ci le contourna. Enfin, il vit Moutier. Il eut d'abord un doute, parce que l'homme portait un parapluie qui fermait l'angle de vision, mais l'adjudant vint dans sa direction et l'identification fut certaine. Le militaire passa sur le trottoir opposé et s'arrêta devant une citadine française. Il ne restait plus qu'à le suivre.

Moutier prit à gauche et se dirigea vers le sud. Ils franchirent le gave de Pau puis roulèrent quelques minutes au milieu d'une zone pavillonnaire. Marko ne fut pas surpris de passer devant le garage que Moutier lui avait indiqué. La proximité restait un facteur important dans le choix des fournisseurs, notamment en province. Un panneau indiqua qu'ils étaient arrivés à Gelos. Ils laissèrent la mairie sur leur gauche et tournèrent dans une petite ruelle du nom de Pierre-Mounaud. Marko ralentit, laissant sa proie prendre un peu de distance. Son instinct lui disait qu'il était proche de l'arrivée. Effectivement, Moutier s'arrêta devant un pavillon blanc sans aucun charme, datant probablement des années 1970. Marko poursuivit sa route. La suite viendrait à la nuit tombée. En attendant, il rebroussa chemin vers le centre-ville ; il avait faim et il n'avait rien contre un verre de bon vin.

Il choisit de se garer dans un parking souterrain non loin de la place Royale. Il profita de la solitude des sous-sols pour redevenir Paul Ouvrard. Malgré la pluie, il déambula sur le boulevard des Pyrénées, ainsi nommé pour la vue qu'il offrait en temps normal sur la chaîne montagneuse.

Il acheta *L'Équipe*, puis, l'heure passant, choisit un restaurant gastronomique à la décoration traditionnelle. La salle était quasi vide, probablement à cause de la météo et des vacances estivales qui n'avaient pas vraiment démarré. Il s'installa dans un recoin, dos au mur et face à la rue, un réflexe de professionnel.

En attendant ses plats, il jeta un coup d'œil sur son quotidien sportif. La soirée offrait deux matchs du groupe G, dont un Angleterre-Colombie où les Anglais jouaient leur va-tout pour la qualification. Il paria sur le fait que Moutier, en bon fan de foot, le regarderait. Il y avait le risque qu'il ait invité des amis, mais Viktor n'y croyait pas trop. Il savoura lentement son confit de canard.

Il regarda l'heure ; c'était la mi-temps, la nuit tombait, le moment était venu. Il paya en liquide, laissant un pourboire ni trop chiche, ni trop conséquent. Ne rien faire qui puisse attirer l'attention était une règle de base qu'il s'était fixée lorsqu'il était en public. Un petit quart d'heure plus tard, il était de retour au domicile de Moutier. La rue était déserte et plongée dans la pénombre, faute d'éclairage public. Seules les maisons de Moutier et des voisins en amont étaient éclairées. Il se gara légèrement au-delà de sa cible devant une palissade de chantier. La pluie, qui avait cessé à sa sortie du restaurant, faisait un *come-back* fort opportun, jouant à merveille son rôle de brouilleur sonore.

Il s'élança, vêtu de sombre, sa mallette à la main, son pistolet glissé dans son pantalon. Il contourna le bâtiment, espérant un jardin et une porte-fenêtre.

Ses vœux furent exaucés. Tapi derrière un arbuste, il découvrit Moutier, une bière à la main, vautré dans un canapé en face d'une télévision. Cerise sur le gâteau, l'homme était seul.

Marko resta en observation quelques minutes afin de s'assurer qu'un invité mystère ne s'était pas absenté aux toilettes ou ailleurs, et que les alentours étaient *clean*. Malgré sa stature, il se déplia avec souplesse et choisit de laisser sa mallette sur place afin d'être plus mobile. En un éclair, il avait atteint la porte-fenêtre, sorti son arme et fracassait la vitre avec sa crosse. Moutier n'avait pas eu le temps de se lever que déjà Marko avait actionné la poignée et pénétrait dans la pièce. L'adjudant était tout juste debout quand il vit le canon d'un pistolet pointé sur lui. Il lui fallut encore quelques instants avant de réaliser que l'homme qui le braquait ressemblait comme un frère à son visiteur de l'après-midi. Tout ce temps perdu lui fut fatal. Marko, de sa main libre, lui assena un coup de poing dans le ventre d'une vigueur inouïe. Moutier, le souffle coupé, plié en deux, ne vit pas arriver le second coup sur la nuque et perdit connaissance.

Lorsque l'adjudant revint à lui, il mit quelques secondes à réaliser qu'il était attaché à une des chaises de sa cuisine. Face à lui, le « professeur » le scrutait en fumant.

— Qui êtes-vous réellement ?

— Je n'aurais pas posé cette question, à votre place. Mais plutôt : « Que voulez-vous ? »

Moutier tenta de faire bonne figure.

— Soit, bien, je vous le demande.

— C'est très simple, je veux mes trois dossiers de cet après-midi.

Moutier n'avait pas fait Saint-Cyr, mais il n'était pas complètement idiot. Il y avait quelque chose dans ces documents qui dépassait largement le cadre d'une thèse. Et la motivation du professeur à s'en emparer ne signifiait rien de bon pour lui. Néanmoins, il chercha une échappatoire.

— Supposons que je vous aide à les récupérer, il se passe quoi après ?

— Rien, je te libère et tu oublies tout.

Sans même s'en rendre compte, Marko était passé au tutoiement. Moutier nota la levée de la barrière de langage. Le prof mentait. Il fallait qu'il ait des garanties.

— Donc, je récupère les archives, vous me libérez, je ferme ma bouche et on est quittes, c'est ça ? Mais comment puis-je être certain que vous tiendrez parole ?

— En fait, si tu regardes bien ta position et la mienne, je suis sûr que tu comprendras que tu n'es pas en mesure de négocier.

Moutier garda le silence. Marko reprit :

— Bon, j'ai l'impression que tu as pigé. Tu vas m'expliquer précisément comment je retrouve les dossiers aussi vite que toi et quels sont les dispositifs de sécurité.

Moutier n'avait jamais été très courageux durant sa carrière mais, pour une fois, il envisagea de résister. Le professeur ne le tuerait pas, il avait besoin de lui.

— Relâchez-moi et je vous fais un plan.

Ce fut au tour de Marko de soupeser la situation. Il n'avait pas envisagé cette option, mais pourquoi pas ? Si cela pouvait lui éviter de se servir des instruments rangés dans sa mallette. Pour le reste, il était plus fort physiquement et il était armé. Il se saisit d'un couteau de cuisine et trancha les liens. Il resta dans le dos de Moutier.

— À toi de jouer !

Moutier s'étira et se massa les poignets. Il venait d'avoir un flash. Comment avait-il pu oublier ? Le choc sur la tête, sûrement. Il reprit espoir tout en s'efforçant de ne rien laisser paraître.

— Allons dans le salon, j'ai du papier dans ma table.

Marko acquiesça de la tête.

Moutier se rassit dans son canapé. Il montra l'étroit tiroir sous le meuble bas.

— Le papier est là.

— Ouvre doucement de la main gauche.

Marko avait remarqué le matin que l'adjudant était droitier. Moutier s'exécuta. Il sortit un bloc et un stylo. Sous les yeux du professeur, il commença un croquis puis tourna une page. Marko prit une chaise et s'assit en face de lui. Pour la première fois, Moutier l'impressionna ; le schéma ressemblait à un plan d'architecte tellement il était précis. Moutier sentit qu'il était en train de marquer des points.

— Avant d'être affecté à Bernadotte, j'ai fait cinq ans dans le génie.

Il retourna le bloc et le poussa en direction de Marko. Celui-ci se pencha en avant et commença à le décrypter. C'était le moment que Moutier attendait depuis qu'il avait retrouvé ses esprits. Suite à plusieurs cambriolages dans les alentours trois ans auparavant, il avait pris quelques précautions. Il profita de la concentration de Marko pour passer sa main sous le coussin du canapé, puis s'empara d'un des pistolets reformatés qu'il avait planqués au cas où et pointa son arme sur Marko. Malheureusement pour lui, il avait sous-estimé les réflexes du professeur. Celui-ci, dans une rotation d'une extrême rapidité, lui saisit le bras et exerça une telle pression que Moutier laissa tomber l'arme à terre. Marko assena ensuite un coup de coude dans le visage de Moutier qui le laissa K-O, assis.

Il ramassa le pistolet de l'adjudant, se saisit d'un des coussins du canapé et visa le front de l'adjudant. L'heure n'était plus aux fioritures. Il pressa la détente. Moutier venait de quitter ce monde. Viktor pria pour que le coussin et la pluie aient masqué le bruit de la détonation. Par réflexe, il alla sur la terrasse vérifier que personne n'était sorti. Aucun mouvement apparent. Il passa la main sur son crâne lisse et en essuya l'humidité. Ce calme était peut-être trompeur. Il se donna cinq minutes pour faire croire à un cambriolage qui avait mal tourné. En premier lieu, il chercha dans la parka de Moutier son badge d'accès. Il le trouva aisément, et s'empara également de son portefeuille. Puis il se ravisa. Pourquoi ne pas prendre le manteau ? Il y avait certes une différence de corpulence entre les deux hommes, mais une parka était plus ample qu'une veste d'uniforme. Il l'enfila. Il était certes un peu engoncé mais cela faisait l'affaire. Il prit également sur le portant la casquette qu'il ajusta à son tour de tête. Ainsi déguisé, il monta à l'étage. Il commença par la chambre, vida tous les placards en jetant leur contenu au sol. Pour faire bonne figure, il éventra le matelas. Il termina par la salle de bains et laissa la trappe de la baignoire ouverte, montrant qu'il n'avait négligé aucune cache.

Il ramassa le pistolet, les cordes et le couteau de cuisine, les mit dans sa mallette qu'il avait récupérée lorsque Moutier avait perdu connaissance et quitta les lieux.

La pluie avait enfin cessé. Il marcha d'un pas sûr jusqu'à sa voiture. Il nota avec satisfaction que plus aucune maison n'était éclairée. Il ôta la parka, la posa sur le siège passager et quitta Gelos.

Quelques minutes plus tard, il s'arrêta sur le bas-côté de la route après le gave. Il remonta à pied jusqu'au milieu du pont, vérifia qu'il était au-dessus d'une zone correctement immergée et jeta le pistolet et le couteau.

Il retrouva une place quasiment au même endroit que l'après-midi. Il remit la parka et la casquette et se dirigea vers le poste de garde. Compte tenu du faible enjeu stratégique de la caserne et de ses observations précédentes, il avait parié sur une vigilance faible. Il portait son arme dans la ceinture, mais il ne s'en servirait que si les choses tournaient vraiment mal. Ici, il n'était plus isolé comme chez Moutier, mais en plein territoire ennemi.

Le militaire en faction leva à peine les yeux à son arrivée. Viktor passa son badge sur le lecteur. Tout se jouait maintenant, il n'avait pas eu le temps de demander à Moutier si le nom et la photo s'affichaient sur l'écran de contrôle. Si c'était le cas et si le garde ne connaissait pas bien l'adjudant, il avait encore une chance ; en revanche, si ce dernier en était proche, il verrait immédiatement la supercherie. *La chance semblait être de son côté.* Marko vit que le soldat regardait une petite télé de poche et le portillon s'ouvrit sans problème. Il reprit le long couloir d'un pas régulier, ni hésitant ni trop rapide. Il était au pied de l'escalier lorsqu'il entendit des voix en provenance d'un des bureaux sur sa gauche. Il se plaqua derrière une colonne. Les voix s'étant tues, il resta en observation un court instant. Le silence fut rompu par les gémissements caractéristiques d'un couple en train de se donner du plaisir. La mixité des armées avait du bon. Marko reprit sa route. Le badge de Moutier lui ouvrit la porte d'entrée du bureau des archives. Il sortit une lampe de poche, badgea une nouvelle fois et se retrouva dans la caverne d'Ali Baba, devant des rayonnages de dossiers sur des dizaines de mètres. Il éclaira le plan de Moutier. Le dossier qui l'intéressait était dans la deuxième allée à gauche, en section 25, cinquième étage, boîte 1640.

Il le trouva sans encombre. Négligeant le tabouret de documentaliste, il tendit le bras et réussit à faire basculer la chemise. Il ôta les élastiques ; la précieuse fiche était en première position. Il s'en empara, remit tout en place et rebroussa chemin.

Quelques minutes plus tard, il roulait en direction de Paris. Personne n'avait contrarié son évacuation, ni le couple, ni le garde. Si les flics étaient malins, ils se poseraient la question de savoir comment et pourquoi Moutier avait utilisé son badge alors qu'il était déjà mort.

Mais Marko était plutôt confiant : même en se posant la question, ils ne trouveraient jamais la réponse.

Il s'arrêta sur l'autoroute et appela son boss d'un point téléphone pour lui rendre compte de la situation.

— Parfait, maintenant tu termines le boulot et on oublie ce fâcheux incident.

Chapitre 1er

Camp de base de l'Everest,
samedi 25 avril 2015.

Ines Gruber avait appris à vivre avec la notion de mort. Faire semblant de l'ignorer n'était qu'une attitude bravache que tous les alpinistes adoptaient en public. Mais chacun savait que gravir l'Everest était un sport à haut risque. Depuis 1953, date de la première ascension par Edmund Hillary et Tenzing Norgay, plus de trois cents personnes avaient laissé leur vie dans cette conquête de l'inutile. Mais ce qui venait de se passer était hors du commun. Alors qu'elle était en liaison radio avec une cordée menée par Mischa, le chef de son expédition, tout juste arrivé au Camp 1, la terre avait tremblé sous ses pieds. Quelques secondes après, elle avait entendu un craquement caractéristique. Elle s'était précipitée hors de sa tente et avait couru vers l'arrière du camp de base. Un mur de neige d'une centaine de mètres de haut dévalait la montagne.

La vague de neige s'était fracassée à la sortie du glacier du Khumbu, engloutissant les tentes les plus au nord, puis avait continué son chemin balayant le reste du camp. Dans le tourbillon de neige qui, lentement, retombait, Ines était abasourdie d'être encore en vie.

Imprégnée de culture bouddhiste de par ses nombreux séjours dans l'Himalaya, elle interpréta ce déchaînement apocalyptique comme un signe : le Toit du monde ne voulait plus d'alpinistes. Les dieux de la montagne protégeaient à leur manière ce qui aurait dû rester un sanctuaire.

Perdue dans ses pensées, elle était retournée comme un robot sur ses pas, découvrant un spectacle de désolation. Plus de la moitié des tentes dans son champ de vision étaient par terre ou éventrées. L'avalanche avait entraîné avec elle des blocs de pierre et du matériel en tout genre qui s'étaient transformés en projectiles. Combien y avait-il de pertes dans ce véritable village de toile qui, selon les estimations faites par Passang quelques jours auparavant, devait compter pas loin de mille couchages.

La vision d'un premier mort, Norbu, un sherpa de son expédition littéralement embroché au niveau du cœur par le pied d'une table métallique, la ramena à la réalité. Elle ne se souvenait plus de son prénom, mais se remémorait très bien avoir partagé un thé avec lui et trois autres de ses collègues l'avant-veille. La discussion avait été limitée du fait de leur faible niveau d'anglais, mais cela avait été un beau moment de partage. Maintenant, il ne restait plus qu'une enveloppe corporelle. Elle prit un bout de toile de tente pour recouvrir partiellement le malheureux.

Comme elle, les survivants semblaient sortir de leur torpeur. Des cris en de multiples langues résonnaient autour d'elle. Le paysage était tellement différent qu'elle eut du mal à s'orienter vers sa partie du campement. Enfin, elle vit Hans, le médecin de son expédition, agenouillé auprès de Chris, le

Français du groupe, la tête couverte de sang. Hans envoya un sherpa chercher ses boîtes médicales dans ce qu'il restait de la tente-mess.

Les autres membres de son expédition surgirent sur le manteau blanc. Ines fit le décompte : vingt sherpas et quatre alpinistes. *A priori*, ils avaient été chanceux, leur groupe ne comptait qu'un mort et un blessé. En revanche, ils n'avaient aucune nouvelle des cordées sur le Camp 1 où se trouvait Mischa, et le Camp 2 où elle espérait que Passang, le chef des sherpas, avait eu le temps de se réfugier. La radio avait été fracassée par une bouteille d'oxygène drainée par le tsunami de neige.

Ines était la seule femme du groupe, mais c'était aussi la seule, hormis Mischa, qui avait déjà passé la barre des « 8 000 ». Trois ans plus tôt, elle avait dompté « The French Mountain », comme disaient les plus anciens, ceux qui se souvenaient qu'une équipe française avait atteint en premier le sommet de l'Annapurna. En l'absence de Mischa qui avait organisé cette expédition, financée par un conglomérat d'entreprises technologiques allemandes, ce trophée imaginaire lui donnait une certaine autorité sur le reste de l'équipe.

Elle se tourna vers Thomas, Mats et Julian :

— Il y a une cinquantaine d'expéditions sur le camp. Statistiquement il y en a forcément dont la radio n'a pas été détruite. On va chacun prendre un quart du camp et essayer d'avoir des nouvelles de Mischa, Passang et les autres. Je prends la partie nord, Thomas l'ouest, Mats l'est et Julian reste ici au sud. Le premier qui a des nouvelles revient ici et fait prévenir les autres par un sherpa, ça vous va ?

Elle avait volontairement choisi le secteur nord car tous avaient compris que ce serait le plus atteint. Ines n'imaginait pas prendre le « commandement » sans se montrer exemplaire. Elle allait certainement voir plus de cadavres qu'elle n'en avait jamais vu, mais elle devait surmonter ces images. Il fallait connaître la situation de son équipe et, au besoin, organiser une cordée de secours avec les moyens du bord. Elle se motiva.

Plus elle avançait dans le brouillard au milieu du camp, plus elle constatait l'ampleur des dégâts. Elle avait déjà croisé quatre corps recouverts soit d'une couverture de survie, soit d'un sac de couchage. Elle prendrait le temps de faire le tour du camp dans sa globalité plus tard. Son urgence du moment, c'était ses coéquipiers coincés à plus de 6 000 mètres. Elle s'aperçut qu'elle marchait sur du tissu. Une tente était complètement enfouie sous la neige. Elle eut un haut-le-cœur : personne n'avait tenté de sauver les malheureux en dessous. Elle se pencha et commença à creuser à l'aide de ses mains. Elle entendit une voix en anglais.

— Garde ton énergie, c'est ma tente, y a personne dedans.

Elle se retourna. L'homme ôta la capuche de son gros anorak et laissa apparaître un visage buriné et une barbe de trois jours, ce qui était le cas de la quasi-totalité des Occidentaux du camp. La différence tenait dans ses yeux d'un bleu profond presque irréel. Elle reconnut Dave Connor, un himalayiste américain qui avait vaincu six des quatorze « 8 000 » sans oxygène. À sa connaissance, c'était lui le plus chevronné du camp. Ils s'étaient croisés plusieurs fois, mais en étaient toujours restés au stade des échanges de politesse. Ines ne perdit pas de temps en préliminaires. Elle s'adressa à lui en anglais, langue qu'elle parlait parfaitement.

— Ta radio est toujours en état de marche ?

— Pas eu trop le temps de vérifier. Comme tu peux le deviner, on a été très touchés. J'ai perdu trois hommes et j'ai cinq blessés. J'allais justement essayer de contacter Lukla[1] pour essayer de les évacuer... C'est un miracle qu'on ne soit pas tous morts. Heureusement que l'avalanche s'est fracassée sur les premiers rochers, sinon on compterait les survivants sur les doigts d'une seule main.

Il marqua une pause, passa sa main sur son menton.

— Et chez vous, ça donne quoi ?

— Un mort, un blessé.

Ines fut elle-même étonnée de la froideur de sa réponse.

— En revanche, je n'ai pas de *news* de deux cordées sur les Camps 1 et 2.

Connor se détourna, impassible. Ines s'apprêtait à l'insulter : comment pouvait-il la planter comme cela ?

— Suis-moi, dit-il au bout de deux pas. Par bonheur, notre tente-mess est celle qui a été le moins touchée.

Ils marchèrent une vingtaine de mètres au milieu de ruines de toiles, et la tente centrale se dessina dans la pénombre blanche. Elle était déchirée et affaissée sur sa partie gauche, mais la partie droite

1. Bourgade et aéroport le plus proche du camp de base.

était intacte. Connor entra par ce côté. Ines le suivit. La radio était là, apparemment intacte. Dave balaya de la main la neige qui était entrée par la brèche.

— Vas-y, je t'en prie.

Le modèle était en tout point similaire au sien. Elle se cala sur la fréquence de leur expédition.

— Camp de base pour Misha, Passang vous me recevez ?

Elle n'eut qu'un grésillement pour réponse. Elle renouvela son appel.

— Camp de base, ici Mischa au Camp 1, je vous reçois 4 sur 5.

— Heureuse de t'entendre, comment est la situation chez vous ?

Elle répéta la phrase pour être certaine que Mischa la comprenne bien. Mischa répondit sur le même mode.

— Ça a pas mal secoué, mais chez nous tout le monde est globalement OK. La cordée de Passang vient de rentrer du Camp 2.

— Heureuse que tout le monde soit OK. Vous pensez revenir quand ?

— On va faire le point avec Passang. Ils ont pas mal galéré dans la descente. On a perdu pas mal de repères. On a tous envie de rentrer au plus vite, mais on ne doit pas prendre de risque supplémentaire. Vu comme ça a bougé, passer la cascade de glace risque d'être très compliqué.

— Quelle est la situation par ailleurs ?

— Un blessé grave chez les Coréens et un autre chez les Norvégiens. Et vous, au camp de base ?

Ines choisit de préserver les forces mentales de son équipe et minora quelque peu la situation.

— Pas mal de dégâts ici, mais on n'a pas fini de dresser un état général des lieux. Je vais d'ailleurs te laisser pour cela. Je refais un point avec toi dans deux heures. D'ici là, coupe ta radio pour garder de la batterie. *Over.*

— *Over.*

Elle passa le micro à Connor.

— T'es sûrement le plus capé en ce moment sur le camp. Fais le point avec Lukla et après je te propose de t'aider à faire le tour du camp pour coordonner l'évacuation des blessés et des morts par degré d'urgence.

Dave cligna des yeux en signe d'acquiescement. Il fit plusieurs tentatives avant d'avoir la tour de Lukla. Comme Ines s'y attendait, les Népalais leur annoncèrent qu'ils étaient débordés et qu'en tout état de cause les conditions météo étaient trop mauvaises pour tenter un atterrissage au camp de base.

— Hans, le médecin de notre expédition, est très expérimenté. Je te propose qu'on crée un centre de soins premiers secours sous notre tente-mess. Je fais passer le message au sud à partir du bivouac des Italiens, et toi, tu t'occupes du nord. Pour les morts, je pense que les familles des Occidentaux voudront récupérer les corps. On pourrait aussi les regrouper vers chez nous. *A priori*, on est les plus près de l'aire d'héliportage.

— Ça me va, mais je veux qu'on propose aux Népalais de descendre les corps des sherpas, s'ils le veulent.

— Bien sûr, ils auront le choix de reposer ici ou en bas.

Ines retrouva Mats, Thomas et Julian. Ils avaient tous trouvé au moins une radio en état de marche, mais Ines avait été la plus prompte et, compte tenu de sa recommandation faite à Passang de couper sa radio, les trois étaient catastrophés de ne pas avoir des nouvelles de leurs équipiers. Elle les rassura et leur expliqua ce qu'elle avait convenu avec Connor.

Ils retrouvèrent Hans qui avait déjà pris les devants et s'occupait du sherpa d'un groupe de randonneurs anglais arrivé la veille au camp.

De nouveau, elle expliqua que leur bivouac allait devenir un point de secours avancé en attendant les renforts envoyés par Lukla. Hans approuva :

— Il va falloir que vous m'aidiez. Il faudrait préparer des brancards pour faciliter les évacuations, et il me faut plus de médicaments. Ramenez tout ce que vous pouvez et surtout, s'il y a d'autres médecins, je suis preneur aussi. Ah, il nous faut au moins deux autres grandes tentes qu'on disposera idéalement en U.

Ainsi, ils passèrent le reste de l'après-midi à organiser le rapatriement des blessés transportables vers leur bivouac, très vite rebaptisé dans leur jargon « SP » pour *Safety Point*. Après la consternation, l'abattement et la tristesse, la plupart de ces aventuriers de l'extrême retrouvaient de vieux réflexes de survie et les choses se déroulèrent au mieux, compte tenu des circonstances.

Alors que la nuit approchait, Ines décida de s'octroyer une pause. En toute discrétion, elle se saisit d'une bière népalaise – une Everest – dans les réserves, la fourra dans la poche de sa doudoune et se dirigea vers la sortie sud du camp. Elle éprouvait le besoin de savourer sa boisson en solitaire.

Dans ce paysage remodelé par la neige, elle cherchait un rocher plat sur lequel elle allait souvent se ressourcer. Elle finit par le retrouver. Elle s'assit en tailleur, déboucha sa bière, et remarqua que la crevasse située au pied de son refuge avait disparu. Elle but une première longue gorgée, puis fixa devant elle, l'œil dans le vide. Elle eut une seconde d'hésitation, pas plus. À dix mètres devant elle, une main émergeait de la neige.

Elle posa son Everest, se redressa et sauta dans la neige, qui se révéla très molle à cet endroit. Elle s'enfonça jusqu'aux genoux, pesta contre son imprudence. La crevasse ne s'était peut-être que partiellement rebouchée. Elle avança à pas lents jusqu'à la main. Mue par un réflexe d'alpiniste, elle se mit à creuser frénétiquement. Pourtant, celui qui était en dessous était forcément mort.

Très vite elle arriva à l'épaule, puis commença à mettre au jour le côté droit du visage : un homme d'une quarantaine d'années. C'en fut trop pour elle. Ines se releva. Elle avait agi par réflexe, mais à présent qu'elle était certaine qu'il n'y avait plus aucun espoir, elle pouvait s'enquérir de renforts sans remords.

Elle fut surprise qu'Hans accepte de l'accompagner. Elle avait pensé qu'il resterait au chevet des blessés, mais il lui avait répondu que les choses étaient sous contrôle et qu'il avait besoin de se dégourdir les jambes. Drôle de passe-temps que celui d'aller déneiger un corps, pensa-t-elle. Dave, qui semblait être dans le même état d'esprit, s'était joint à eux. À trois, ils creusèrent beaucoup plus rapidement et découvrirent le corps qui s'était figé sur le côté. Il ne restait plus que le bras gauche à dégager avant d'exhumer totalement la dépouille. Ines et Dave s'attaquaient avec précaution à cette dernière partie lorsque Dave jura :

— *Fucking hell, there is another one*[1] *!*

Ines et Hans eurent le même regard surpris.

— *I'm not kidding*[2]. Venez voir, il y a des cheveux !

Dave céda sa place et ils découvrirent un bout de bonnet d'où sortait une mèche.

Pour Ines, c'était vraiment la journée du diable. L'Everest se vengeait des hommes et recrachait toutes les scories les unes après les autres. Si, par chance, il n'y avait pas de réplique au tremblement de terre et qu'elle sortait vivante du camp, elle laisserait l'Himalaya en paix et se contenterait des sommets européens.

— Si ça se trouve, il y a toute une cordée là-dessous.

Connor acquiesça.

— Je vais demander aux sherpas de sonder toute la zone.

— Prenez des lampes, il va bientôt faire nuit.

Ines et Hans finirent de dégager le corps numéro un, mais la congélation rendait la manœuvre difficile. Hans essaya tant bien que mal de l'allonger sur le dos.

---

1. « Putain de merde, il y en a un autre ! »
2. « Je ne déconne pas. »

— Commençons à dégager le numéro deux, ordonna-t-il dans la foulée.

Ines crut sentir une pointe d'anxiété dans sa voix. Ils se remirent à creuser la neige et, malgré la pénombre et la couche de glace, comprirent très vite que le numéro deux était une jeune femme. Connor arriva avec une dizaine de sherpas armés de deux projecteurs et de bâtons. Il leur demanda de sonder en arc de cercle tout autour des défunts.

Puis il s'attela à aider Hans et Ines à exhumer le numéro deux. Ils avaient dégagé le visage et le haut du dos. Ines fut la première à noter l'anomalie :

— Bizarre, la position de son bras.

Ils creusèrent encore et arrivèrent à la base de ce qui était le bras gauche. La femme avait les deux mains liées dans le dos.

— *Was ist denn los*[1]*?* hurla-t-elle en attrapant Hans par les épaules.

C'en était trop, ses nerfs avaient lâché. Sous l'effet de la surprise, Hans avait basculé en arrière et Ines restait agrippée à lui. Connor vint à la rescousse du médecin et prit Ines dans ses bras. Elle se laissa faire et se calma en se blottissant contre lui. Hans se redressa.

— Tu penses la même chose que moi, Doc ? fit Connor.

— J'avais déjà un pressentiment en voyant le numéro un et la tache rouge sur son ventre, mais là, le doute n'est plus permis. Ils n'ont pas été tués par la montagne, ils ont été assassinés.

---

1. Mot à mot : « Qu'est-ce qui se passe ? » (en allemand) mais, vu le contexte : « C'est quoi, ce bordel ? »

Chapitre 2

Camp de base de l'Everest,
25 avril 2015.

Que faire ? Connor, bercé par les séries criminelles américaines et sa connaissance hollywoodienne des scènes de crime, ne voulait pas bouger les corps. Hans était partagé et Ines, qui était en pleine crise de mysticisme, considérait que c'était une offense aussi bien pour la montagne que pour l'âme des défunts de les laisser ainsi. Finalement, après une vive discussion, ils décidèrent de prendre des photos des lieux et de rapatrier les corps près de leur tente avec les autres victimes.

« Tant qu'à les bouger, regardons s'ils ont des papiers sur eux », avait proposé Hans. La réponse fut négative. Ines proposa de les surnommer Adam et Ève plutôt que numéro un et numéro deux.

Connor avait obtenu, en contrepartie de la migration, l'engagement des autres alpinistes de ne pas ébruiter l'affaire. C'était compter sans les sherpas qui avaient assisté à la macabre découverte et qui jouèrent à fond leur rôle de téléphone népalais, si bien qu'en cette fin de journée éprouvante pour tous, passer à la tente pour en savoir plus sur le meurtre de l'Everest se révéla comme une catharsis.

Mats, Thomas et Julian s'étaient chargés de faire le comité d'accueil, offrant du thé aux visiteurs avant de les renvoyer poliment mais fermement à leur tente. Entretemps, Ines avait effectué l'aller-retour au campement de Connor et avait établi une nouvelle liaison radio avec Passang. Il serait de retour le lendemain avec Mischa. Ensuite, Connor et elle avaient réussi à joindre Lukla. Diplomatiquement, elle avait laissé l'Américain leur expliquer la situation. Même dans un pays pauvre et ravagé par un tremblement de terre, l'évocation d'un double meurtre avait eu un effet accélérateur. Les autorités népalaises avaient promis que si les conditions météo le permettaient, un hélico débarquerait dans la matinée avec un inspecteur. Il repartirait ensuite avec les blessés.

Malgré la fatigue, Ines n'avait pas envie de rejoindre sa tente individuelle. Pour vaincre aussi bien le froid (les nuits sont plus que fraîches à 5 300 mètres, même fin avril) que son désir de boire quelque chose de plus fort, elle se refit un thé. Ses trois compatriotes étaient partis se coucher. Elle fut surprise de voir Chris, un bandeau émergeant sous son bonnet, dans les pas de Hans. La dernière fois qu'elle avait vu son équipier, il était allongé dans la neige la tête en sang.

— Tu devrais rester tranquille, reprocha-t-elle en anglais au Français, qui maîtrisait mal l'allemand.

— Content de te voir aussi. Ça va beaucoup mieux et, comme tu peux le voir, Hans m'a autorisé à me lever.

Celui-ci acquiesça d'un signe de tête, se servit un thé et fit demi-tour. Chris versa le fond de la théière dans un mug et s'attabla en face d'Ines.

— Hans m'a tout raconté : Norbu, les autres morts et Adam et Ève. Putain de merde, ajouta-t-il en français.

Ines n'eut pas besoin de traduction. Depuis quatre semaines, Chris, fidèle à la réputation des Français, avait une fâcheuse tendance à râler et à jurer, si bien que toute l'expé avait appris à comprendre la dizaine de mots fleuris qu'il utilisait de manière récurrente.

— Bon, avec tout ça, on peut dire adieu à la déesse des montagnes. *Auf wiedersehen Sagarmatha*[1]. Tous ces mois de préparation qui s'envolent en fumée. Je vais retourner tranquillement à la fac de Grenoble.

Avant d'être alpiniste, Chris était un des chercheurs en intelligence artificielle les plus prometteurs d'Europe de l'Ouest. Karl Gruber, le patron de la SM Technology, l'un des mécènes de l'expédition et accessoirement un oncle d'Ines, avait lu ses premiers travaux et, ayant appris que l'homme passait tout son temps libre à faire des voies dans les Alpes, lui avait proposé de se joindre à cette expédition qui devait être une vitrine pour leur conglomérat. En cas de succès, Chris s'était engagé à quitter le département recherche de la fac et rejoindre SMT.

— Tu sais quoi ? dit-il à Ines.

Il ne le lui laissa pas le temps de répondre :

— Je vais aller me griller une clope, six mois que je n'ai pas fumé, rien, *nada*, *nichts*[2], même pas un petit pétard en fin de nuit.

---

1. « Au revoir, Sagarmatha » (en allemand). Sagarmatha est le nom népalais de l'Everest, signifiant « la montagne dont la tête touche le ciel ».

2. « Rien » (en allemand).

— T'es complètement débile. Pourquoi reprendre ? T'as pris un coup sur la tête et on est à 5 300 mètres. Tu vas être complètement défoncé !

— Ben justement, c'est peut-être cela dont j'ai besoin.

Ines ne répondit pas. À quoi bon ? Chris avait raison. Plus rien ne serait pareil après la journée qu'ils venaient de passer. Ils avaient tous besoin de décompresser, à chacun sa méthode. Elle mit ses écouteurs et lança *Trigger Hippie* de Morcheeba. La douceur des premières notes la berça dans sa mélancolie. Chris sortit dans la nuit glaciale. Il regarda la température sur son bracelet : –16 °C, pas un temps à traîner dehors.

Il s'empara de l'étui qu'il avait précieusement gardé depuis des mois « au cas où » et se félicita de cette initiative. Il y avait cinq bâtons de nicotine. Il en prit un et l'alluma. Il trouva ça absolument infect. Néanmoins, il poursuivit. Rien à foutre, il avait envie de planer.

Il faisait trop froid pour rester immobile. Chris, qui découvrait le réaménagement de leur bivouac suite à sa transformation en SP, contourna le centre de soins et vit l'auvent bricolé avec des bouts de tente. Il tira sur sa clope. Ines avait raison, il avait la tête qui tournait. Rien ne freinait plus sa curiosité macabre. Il se rapprocha et compta quinze corps, recouverts dans un dernier linceul de sacs de couchage et de couvertures de survie. Il n'eut aucun mal à localiser Adam et Ève. C'était les seuls dont les bras étaient apparents, en raison de la raideur provoquée par le gel.

Il s'agenouilla et murmura : « Toi, tu dois être Ève », et découvrit le corps d'une jeune femme blonde aux traits figés. Elle avait dû sûrement être jolie. Pour s'assurer qu'il ne se trompait pas, il effectua la même manœuvre sur l'homme. Il était moins sensible au charme masculin, mais, malgré la raideur, il se dit qu'Adam avait aussi une gueule. Ines avait vu juste en les surnommant ainsi. En tout cas, il était conforté dans son hypothèse. Il replaça le linceul, éteignit sa cigarette dans la neige, mit le mégot dans sa boîte et retourna à la tente-mess. Il espérait qu'Ines ne serait pas couchée, il avait envie de partager sa découverte.

Il la vit allongée sur un banc, les yeux fermés, écouteurs sur les oreilles. Il se pencha, tira sur le fil de l'oreillette. Ines sursauta. Il ne lui laissa pas le temps de reprendre ses esprits.

— *Sie sind französich*[1].

La curiosité l'emporta sur la colère d'avoir été dérangée.

— Comment tu sais ça ?

— Leurs fringues, il n'y a que des Français pour venir sur l'Everest entièrement habillés en Quechua.

1. « Ils sont français » (en allemand).

Chapitre 3

Katmandou, ambassade de France,
dimanche 26 avril 2015.

Christopher Lamy avait peu et mal dormi. Ce n'était pas la faute de son canapé plutôt très confortable, ni du bruit assourdissant des générateurs électriques qui tournaient à plein régime depuis que le courant avait été coupé dans toute la ville, mais bien à cause de la tension générée par la situation. Son premier réflexe, à son réveil, fut de jeter un coup d'œil par la fenêtre de son bureau.

« Katmandou, merde, je suis encore à Katmandou », murmura-t-il d'un air mi-blasé, mi-ironique. Il pensait à cet instant à la première scène d'*Apocalypse Now*, où Martin Sheen émerge d'une cuite mémorable et réalise qu'il est encore à Saigon. L'apocalypse s'était déplacée dans l'espace-temps et géographique pour atterrir à Katmandou. Ce qu'il vit ne le rassura pas. Les habitants de la ville, terrorisés par les multiples répliques du tremblement de terre, avaient choisi pour une grande partie d'entre eux de déserter leurs habitations et de dormir dans la rue. Ils avaient visiblement été imités par un groupe d'Occidentaux – probablement des Français qui s'étaient servis de leur matériel de bivouac pour installer un campement devant l'ambassade.

Depuis des années qu'il traînait ses guêtres dans les services consulaires de la République, il n'avait jamais été affecté dans un pays en guerre. Comme l'immense majorité de ses compatriotes, il ne la connaissait que par les reportages télé ou par leurs pendants cinématographiques, mais ce qu'il voyait depuis quelques heures ressemblait furieusement à l'image qu'il s'en faisait. La seule différence, c'est que les bombes ne venaient pas du ciel mais du sous-sol.

Et dire que, la veille, il jouait au golf avec la jeune et charmante Angelina, nouvellement affectée comme attachée économique à l'ambassade des États-Unis. Il détestait ce sport, mais s'y était mis au Cambodge, sa précédente affectation. Il avait fini par comprendre que c'était le moyen le plus sûr de nouer des contacts tout en douceur avec la gent féminine occidentale. Les résultats étaient allés au-delà de ses espérances. Il faut dire qu'avec sa dégaine de cow-boy, il dénotait sur les greens. Mais ce qui serait passé pour ringard ailleurs avait visiblement du charme dans cet univers feutré. Malheureusement, cette fois, il n'était pas près de mettre la belle Californienne dans son lit. Le séisme avait gâché tous ses plans. Dès que la terre avait tremblé, il avait retrouvé ses réflexes professionnels, et rejoint l'ambassade.

En tant qu'attaché de sécurité intérieure (ASI), il avait pour mission de superviser la sécurité de l'ambassade et du personnel consulaire, mais était aussi responsable de la sécurité des ressortissants et compatriotes de passage. Il avait déjà occupé ce poste à Katmandou avant de goûter aux charmes de Phnom Penh. Il était revenu au Népal deux mois auparavant.

Compte tenu de la pauvreté du pays et de la faiblesse des moyens informatiques des autorités douanières népalaises, il n'avait pas les données exactes concernant le nombre de visas délivrés à des Français sur la période récente. Il savait d'expérience qu'en cette fin de haute saison touristique, plusieurs centaines de ses compatriotes se trouvaient en montagne, et autant dans la vallée de Katmandou. Il fallait ajouter aussi tous les bénévoles qui travaillaient dans les multiples ONG de la capitale et, évidemment, le personnel consulaire. L'économie du Népal reposant sur trois piliers – l'aide internationale, le tourisme et l'agriculture –, il y avait peu de chances que des hommes d'affaires français soient sur le territoire. C'était déjà un souci de moins.

Depuis la veille, tout le personnel était en état d'alerte maximum. Le Quai d'Orsay avait mis en place un numéro d'urgence pour les familles. Évidemment, toutes les demandes de renseignements finissaient par atterrir à l'ambassade.

En fin d'après-midi, chose assez exceptionnelle, l'ambassadeur lui avait demandé de l'accompagner à pied vers le centre-ville, situé à un peu plus d'un kilomètre, pour avoir une idée précise de la situation. C'est à ce moment-là qu'il avait pu mesurer le chaos qui régnait dans la ville, déjà peu organisée. Bizarrement, il y avait assez peu d'habitations complètement détruites. C'était un miracle pour un séisme de magnitude 7,9 sur l'échelle de Richter, comme il venait de l'apprendre, et dont l'épicentre était situé à environ quatre-vingts kilomètres au nord de la capitale. En revanche, la plupart des fils électriques, habituellement fixés de manière artisanale sur ce qui pouvait ressembler de près ou de loin à des poteaux, étaient par terre, rendant la progression pénible et dangereuse.

Ils avaient poussé jusqu'à Durbar Square, le poumon historique et culturel de la ville. Les bâtiments du XIVᵉ siècle étaient détruits à plus de cinquante pour cent. Même un dur comme Lamy, habituellement peu sensible aux splendeurs architecturales, avait été ébranlé par cette vision. Tout en marchant dans ce décor attristant, ils avaient appris par un des policiers sur place que de nombreux Occidentaux avaient été victimes de l'écroulement de monuments. D'après l'homme, on dénombrait plus de vingt morts, dont au moins un Français. Les corps venaient d'être acheminés jusqu'à l'hôpital. Malgré la fatigue, l'ambassadeur avait tenu à se rendre sur place pour relever l'identité de la victime française et rassurer d'éventuels blessés. Ils avaient ensuite rebroussé chemin pour aider les équipes à l'ambassade. Toute la nuit, le personnel diplomatique, quel que soit son poste, avait été mis à contribution pour coordonner les secours. Tout cela s'était fait dans la crainte qu'une réplique ne vienne frapper le bâtiment. Fort heureusement pour l'instant, seule une fissure sur le mur latéral nord était à déplorer.

C'est dans ce contexte qu'il venait de recevoir un e-mail de Ramesh Shakya, son contact privilégié au sein de la police népalaise. Son homologue l'informait que de fortes présomptions d'assassinat pesaient sur des compatriotes au camp de base de l'Everest. Compte tenu des éléments à sa disposition, il jugeait l'affaire suffisamment grave pour proposer à Lamy de se rendre sur place dès que l'aéroport serait praticable.

Lamy referma le mail. Partir sur l'Everest examiner une hypothétique scène de crime alors que l'on était sans nouvelles de dizaines de compatriotes, que des centaines d'autres cherchaient à quitter au plus vite le pays et que des milliers harcelaient ses services pour avoir des nouvelles de ces derniers, n'était pas une très bonne idée. Mais avec tout le respect qu'il avait pour Ramesh, laisser les Népalais gérer seuls cette affaire n'était pas source de tranquillité pour la suite. Si vraiment il s'agissait d'un meurtre et que les familles apprenaient que les services français avaient décliné l'invitation des Népalais, le risque d'un mini-scandale, voire un gros s'il s'avérait que les victimes faisaient partie de sphères influentes, n'était pas à négliger.

Il pesa le pour et le contre et, subitement, eut une illumination. Pourquoi ne pas demander du renfort à Paris ? Il se remémora cette jolie commandante de la Crim' qu'il avait aidée à démasquer le « Meurtrier rouge » alors qu'il était en poste au Cambodge. Comment s'appelait-elle déjà ? Il se souvenait très bien de ses traits fins, de ses yeux bleus, de son corps souple et élancé et de son air déterminé, mais il avait un trou de mémoire quant à son nom. Il se mit à fouiller son porte-cartes de manière frénétique. Il n'eut pas longtemps à chercher et se bénit de ne pas avoir cédé à la mode du tout-informatique. Il avait perdu tous ses mails et contacts, deux ans auparavant à Phnom Penh, à cause d'une cyberattaque que les autorités avaient passée sous silence. Pas le genre de pub que les services français s'autorisaient. La jeune flic intrépide se nommait Clara Boiron. Comment avait-il pu oublier son nom ?

Chapitre 4

Paris, dimanche 26 avril 2015.

Clara avait cru à une mauvaise blague. Elle profitait enfin d'un dimanche de repos. Elle et son groupe avaient eu les nerfs à rude preuve dans une affaire de meurtre au sein d'une famille bourgeoise et apparemment sans histoire du sud de la capitale. L'enquête s'était avérée pleine de surprises et extrêmement prenante. Entre triple vie et amitiés avec des membres actifs de la mafia albanaise, le jeune père idéal et cadre BCBG s'était révélé être un dangereux manipulateur. Reconstruire le puzzle avait été un sacré jeu de piste, qui avait largement débordé sur les horaires légaux.

Mais le succès avait été au rendez-vous. Vendredi, son boss les avait félicités, elle et son groupe, et leur avait souhaité de profiter pleinement de leur week-end. Maintenant il l'invitait, ou plutôt la convoquait séance tenante à le retrouver chez lui pour boire un verre et lui exposer une affaire confidentielle.

Elle reposa son portable sur sa table de nuit et regarda avec tendresse Thierry qui avait sombré dans le sommeil. Cela faisait cinq ans qu'ils étaient ensemble mais, physiquement, il était toujours aussi attirant. Elle déposa un baiser sur son front. Au moins, elle avait pu profiter de son homme pour une sieste crapuleuse. Cela faisait une éternité qu'ils n'avaient pas pris autant de temps pour se mélanger. La faute à la routine, à leur travail et à des soirées trop courtes. Elle repoussa délicatement la couette, ramassa ses vêtements éparpillés sur le sol et se dirigea sans un bruit vers la salle de bains.

Elle se glissa sous la douche et, sous l'effet délassant de l'eau chaude, se perdit dans ses pensées. Pourquoi Fabian Deschamps, le patron de la Crim', lui demandait-il de passer chez lui ? Si une affaire était tombée ce jour, il y avait toujours un groupe de permanence à la brigade. Un motif disciplinaire ? Une proposition indécente ? Ridicule ! Secrète à ses débuts, sa liaison avec Thierry Chesnais, surnommé « le Che », un de ses homologues aux stups, avait depuis longtemps fait le tour de la maison Poulaga. Elle avait beau chercher, elle ne trouvait rien de plausible. Lassée, elle se saisit d'une serviette et s'essuya. Elle remit ses vêtements – un jean et un débardeur laissant apparaître ses deux bras nus aux muscles dessinés. C'était son orgueil. Elle avait déjà surpris dans les couloirs des conversations de certains collègues qui trouvaient que la commandante Boiron était, *dixit*, « bonne, à part ses bras de mecs ». Loin de s'en offusquer, elle avait jubilé intérieurement. Elle les aimait comme cela, elle détestait les bras flasques des femmes à l'approche de la quarantaine. D'une manière générale, à trente-sept ans, elle avait une bien meilleure condition physique qu'à son entrée dans l'école de police treize ans auparavant.

Elle se maquilla légèrement – un coup de blush sur ses joues, un brin de mascara – et appliqua un peu de rouge très neutre sur ses lèvres. Une fois ses cheveux attachés, elle sourit devant sa glace. Elle était fidèle à sa réputation gagnée au fil des années : « l'Amazone de la Crim' ».

Thierry dormait toujours. Elle choisit de ne pas le réveiller. Avec un peu de chance, il ne s'apercevrait pas de son aller-retour. Dehors, la pluie redoublait de violence. Satané réchauffement climatique. Elle consulta les conditions de circulation sur son appli de trafic : le temps de trajet entre leur appartement boulevard de l'Hôpital et celui de son boss dans le 15ᵉ était de dix-huit minutes, raisonnable. Elle griffonna un mot pour son homme au cas où, prit ses clés, une veste et referma la porte avec précaution.

Comme elle s'y attendait, Clara ne trouva pas de place et jeta son dévolu sur un emplacement livraison. Fabian Deschamps habitait dans un immeuble assez anonyme, ni haussmannien ni moderne, pas le genre à faire rêver, si ce n'était l'emplacement, rue Saint-Saëns, une rue perpendiculaire au boulevard de Grenelle, à un gros jet de pierre du Champ-de-Mars.

Clara composa le code, se signala à l'interphone, s'engouffra dans l'ascenseur exigu et se retrouva au dernier étage. La porte était ouverte. De la musique soul s'échappait de l'appartement. Clara mit une fraction de seconde à reconnaître la voix de Marvin Gaye dans *Sexual Healing*.

— Entrez, je suis dans le salon.

Clara eut une seconde d'hésitation. Et si son boss tentait de lui faire un plan drague ? La musique diminua de volume. Elle pénétra dans la pièce.

Deschamps était assis dans un canapé d'angle en cuir de belle facture. Le reste de la pièce était dans le même ton moderne et épuré, pas de photos personnelles, juste deux tableaux contemporains ; la vision du reste de l'appartement était barrée par une porte. En bonne flic, Clara échafauda instantanément une série d'hypothèses. Son patron vivait seul, et pourtant, il lui semblait avoir lu dans la presse qu'il avait un fils. Il devait probablement être chez sa mère. Clara revint à la réalité.

Une bouteille de vin et deux verres étaient posés sur la table basse. Le directeur portait un jean, une chemise blanche et une veste noire. C'était la première fois que Clara le voyait en tenue aussi décontractée. À ce niveau de poste, le costume-cravate était encore la règle et Deschamps affectionnait particulièrement les ensembles trois-pièces. Il se leva enfin, puis, quand ils se furent serré la main, Fabian fit signe à Clara de s'asseoir.

— Vous prendrez bien un verre de vin ? Un petit Saint-Émilion de 2004 ? Il est vraiment très correct, noté 93 par Parker.

Clara connaissait finalement assez peu Deschamps. Il n'était en poste que depuis quelques semaines. Le 36[1] avait été agité par quelques soubresauts inédits – viol d'une touriste canadienne, fuites et vols de drogue dans les locaux – qui avaient eu des répercussions sur la hiérarchie de l'ensemble des brigades, et la Crim' n'avait pas fait exception.

1. En référence à l'adresse historique de la brigade criminelle jusqu'en septembre 2017, le 36 quai des Orfèvres à Paris.

Elle avait néanmoins noté cette façon assez *british* de son boss d'exprimer que les choses étaient « très correctes », pour signifier qu'il les appréciait beaucoup, le pendant étant « extrêmement moyen » pour marquer sa désapprobation.

Clara aurait préféré un café, mais elle n'osa pas refuser. Elle trempa ses lèvres dans le vin. Bien que non spécialiste, elle apprécia sa saveur. Deschamps semblait satisfait de son effet.

— Commandant, vous devez vous demander pourquoi je vous ai fait venir chez moi un dimanche en fin d'après-midi ?

Clara marqua son assentiment en clignant des yeux.

— En premier lieu, sachez que moi aussi j'aspirais à ne rien faire aujourd'hui, mais parfois les circonstances décident pour vous. Avez-vous eu le temps de suivre l'actualité depuis vendredi soir ?

Cette fois, Clara allait répondre qu'elle avait choisi de décompresser totalement durant ce week-end, mais Fabian ne lui en laissa pas le temps.

— Hier, aux alentours de 6 heures du matin heure française, un tremblement de terre a frappé le Népal. *A priori* il y a des milliers de morts. Rien d'anormal, me direz-vous, dans ce genre de catastrophe. Parmi les victimes, on recense quelques-uns de nos compatriotes. Pourquoi pas ? Chacun a le droit de se tromper dans ses vacances, ajouta-t-il, plein de cynisme.

Il marqua une pause, se resservit un verre de vin.

— Là où les choses commencent à nous intéresser, c'est lorsqu'une avalanche provoquée par ce séisme exhume deux corps assassinés.

Il ouvrit un tiroir sous la table et en sortit un dossier.

— La DCI[1] nous a fait parvenir cela en début d'après-midi.

Clara voyait de moins en moins ce qu'elle faisait là. La DCI avait ses propres hommes, elle comptait notamment de mémoire quelques centaines d'ASI – elle avait connu celui de Phnom Penh et en gardait un bon souvenir. Un mec comme elle les aimait : pro, démerdard et n'hésitant pas à braver les interdits si c'était nécessaire. Deschamps tendit la chemise à Clara.

— Vous pouvez la garder, j'en ai un double.

Clara s'en saisit, interdite. Fabian reprit :

— J'ai lu votre dossier à mon arrivée au 36 et j'ai bien en tête que vous avez mené une enquête en solo au Cambodge il y a six ans. Cette fois, vous n'aurez pas besoin de puiser dans vos économies pour vous payer le billet. L'aéroport de Katmandou, qui était fermé suite aux dégâts causés par le séisme, vient de rouvrir. Un Airbus d'Air France, affrété par le ministère des Affaires étrangères pour récupérer les morts et les blessés, devrait décoller vers 22 h 30 de Roissy pour Katmandou. Je veux que vous soyez dans cet avion.

— Mais… ?

— Il n'y a pas de mais. Il y a éventuellement un pourquoi. Et vous trouverez la réponse dans le dossier, mais, en deux mots, comme je vous le disais,

1. Direction de la coopération internationale : unité opérationnelle depuis le 1er janvier 2011, regroupant les forces de police et de gendarmerie servant hors du sol français.

nous avons suffisamment d'éléments pour penser que deux de nos compatriotes ont été assassinés préalablement au tremblement de terre. Le patron de la DCI et moi sommes tombés d'accord pour suivre la recommandation de Christopher Lamy, l'ASI de Katmandou, de vous nommer agent de liaison sur cette enquête. Ils sont débordés sur place et ont besoin de renfort de qualité. Vous avez toutes les autorisations nécessaires signées ainsi qu'un passeport diplomatique dans le dossier. Lamy viendra vous chercher à l'arrivée. Vous aurez tout le temps de lire le reste pendant le vol.

Il regarda sa montre.

— Je pense qu'il est temps pour vous de partir. Vous n'avez plus beaucoup de marge pour organiser votre départ. Je vous souhaite bonne chance.

Deschamps se leva, signifiant que l'entrevue était terminée. Clara finit son verre cul sec et l'imita. Ainsi Lamy, après lui avoir sauvé la mise six ans auparavant au Cambodge, lui demandait de payer sa dette au Népal. Un autre aspect de la mondialisation. Cette dernière pensée dérida Clara.

En sortant dans la rue où la pluie avait provisoirement cessé, le regard de Clara fut attiré par une jeune femme sortant de l'arrière d'une berline noire. Heureusement qu'il faisait nuit et que l'environnement était tranquille parce que, dans certains quartiers, elle aurait provoqué au mieux une émeute. Clara se dit qu'un jour, pour tester et voir la réaction des hommes, elle s'habillerait comme cela. En attendant, elle avait un avion à attraper.

Chapitre 5

Vers Katmandou,
nuit du 26 au 27 avril 2015.

Le Che avait tenu à accompagner Clara à l'aéroport. Lorsqu'elle lui avait annoncé son départ immédiat pour le Népal, il s'était montré compréhensif et attentif. Décidément, cette sieste crapuleuse avait eu des conséquences bénéfiques. Leur couple, comme la plupart des couples, avait du mal à résister à l'érosion du temps. Si l'on ajoutait à cela leur envie non aboutie d'avoir un enfant, il n'y avait pas besoin d'être diplômé de psychologie pour comprendre que les tensions avaient tendance à se multiplier. Mais aujourd'hui était un jour différent. Clara avait le sentiment qu'elle allait réellement manquer à son homme et le Che voyait dans les beaux yeux bleus de sa compagne ce mélange d'admiration et de tendresse propice à faire fondre l'immense majorité des mâles de la planète. Ils s'embrassèrent comme des adolescents dans la salle d'embarquement.

— Fais attention à toi et fais gaffe au yéti.

— Je reviens vite, je t'aime !

Clara fut elle-même étonnée de ces adieux un brin larmoyants. Elle qui était restée très longtemps sur la réserve avec les hommes, conséquence de son viol un soir de France-Italie pendant le Mondial français. Pour se rassurer, elle avait collectionné les conquêtes comme autant de trophées de vengeance, puis s'était un peu stabilisée avec Jean, un médecin urgentiste, mais le Che restait son seul véritable amour. Malgré cela, le verbaliser avait toujours été compliqué. Elle avait du mal à s'expliquer son comportement de ce soir.

Elle prit place à bord. L'avion était à moitié plein. Les autres passagers étaient pour la plupart du personnel médical militaire ou appartenant à des ONG connues, à qui le Quai d'Orsay avait proposé des places sur le vol. Clara profita de l'absence de voisin pour s'allonger sur sa rangée de sièges et repassa le fil de sa vie en fixant le plafond.

1998 : pour beaucoup de Français, cette année symbolisait la victoire de l'équipe de France à la Coupe du monde de football, la liesse populaire, deux millions de personnes sur les Champs-Élysées, une unité nationale retrouvée autour d'une équipe black blanc beur. Pour Clara, 1998 marquait l'année de sa mort et de sa renaissance. Elle s'était réveillée dans un univers blanc. Une femme remuait des lèvres au-dessus de son visage. Peu après, un homme souriant s'était penché vers elle. Il parlait plus fort que la femme et elle avait compris un morceau de la phrase :

— Reviens !

Il lui avait fallu de longues semaines pour cicatriser toutes ses blessures et se remettre sur pied. Au total, elle avait passé trois jours dans le coma et deux mois en rééducation. Elle ne se souvenait plus de ce qui s'était passé. Elle n'avait pu reconstituer son histoire qu'à l'aide des flics, et spécialement du commandant Gibaud.

Elle revenait d'une soirée de fin d'année chez un de ses camarades étudiant à la fac de droit à Meudon. Ils avaient d'abord regardé la victoire de la France face à l'Italie en quart de finale, puis avaient bu et dansé. Sur la route du retour vers l'appartement familial, sa vieille Renault d'occasion, que son père lui avait offerte pour ses vingt ans, l'avait lâchée sur le quai d'Issy. Dans cette zone de friche industrielle pas encore reconquise par les nouveaux bourgeois, quelqu'un avait dû s'arrêter pour porter assistance à la jeune étudiante.

Malheureusement, les certitudes des flics s'arrêtaient là. Au matin, un joggeur les avait alertés. Elle gisait en bord de Seine, dénudée, inconsciente, le corps et le visage tuméfiés. Elle avait été violée puis battue et laissée pour morte.

Elle s'était inscrite en droit non pas par vocation, mais parce que le reste l'ennuyait. Après « l'incident », comme elle qualifiait elle-même son agression, elle avait remercié le destin de l'avoir aiguillée sur cette voie. Ses multiples entrevues avec le commandant Gibaud l'en avaient convaincue : sitôt sa maîtrise de droit en poche, elle passerait le concours d'officier de police. Sa route était désormais tracée, elle allait combattre le mal avec un grand M et tout faire pour retrouver la trace de ses agresseurs.

Son père avait essayé de la dissuader de s'inscrire à l'ENSOP, l'École nationale supérieure des officiers de police. Il lui avait promis de tout faire pour qu'elle intègre la direction juridique de la grande banque dont il était un des administrateurs. Un poste en or si elle poursuivait ses études par un master de droit des affaires. Mais l'incident avait donné à Clara un but ; elle ne s'en était pas détournée.

Elle avait passé les dix-huit mois de formation à l'école située dans la petite ville de Seine-et-Marne de Cannes-Écluse comme un moine soldat. Elle était la première réveillée, souvent la dernière couchée, révisant jusque tard dans la nuit ses cours de balistique et de procédure.

Seule sa condition physique moyenne à l'époque l'avait empêchée de figurer sur le podium ; elle avait néanmoins terminé quatrième, et première femme. Depuis, elle avait amélioré ses performances physiques en courant régulièrement, d'abord seule et, depuis quelques années, avec son homme. Elle avait également ajouté à sa panoplie une connaissance approfondie du « close-combat » en pratiquant le Krav Maga, une méthode d'autodéfense israélienne, jusqu'à un passé récent. Son excellent rang lui avait permis de choisir le SRPJ de Versailles, à quelques kilomètres de l'appartement de Boulogne que son père lui avait laissé en partant diriger la zone Amérique de sa banque.

La semaine de son arrivée et cinq ans jour pour jour après son agression, elle avait eu droit à son baptême du feu avec une des tueries les plus sanglantes des années 2000, le massacre de Rambouillet. L'horreur de la scène de crime n'eut d'égal que la facilité avec laquelle le groupe de Clara avait résolu l'affaire. Dans le portrait des défunts, il manquait le quatrième fils, le cadet de dix-sept ans tout juste. Il fut interpellé chez sa petite amie, âgée de six ans de plus que lui, une prétendue artiste peintre complètement défoncée. Le jour du quintuple meurtre, ils s'étaient shootés tous les deux avec un cocktail explosif d'acide et de coke. Le mal avait parfois des allures d'apprenti chimiste.

Quelques semaines après cette entrée en matière, Clara s'était procuré une copie du dossier de son agression. Le commandant Gibaud ayant quitté la police, elle avait fait les yeux doux à son adjoint, le capitaine Verneuil. Un simple déjeuner entre collègues, quelques sourires prometteurs et l'affaire avait été dans le sac.

Sa déception avait été à la hauteur de ses attentes : ses collègues n'avaient pas appris grand-chose. Ils supposaient, d'après les traces de pas, que Clara avait été portée par au moins deux hommes. Ils avaient utilisé des préservatifs pour la violer et aucune trace de sperme pouvant permettre un prélèvement ADN n'avait été relevée.

Les seuls indices étaient le témoignage d'un automobiliste qui avait vu une voiture en warning à 4 heures du matin, non loin de l'endroit où Clara avait été retrouvée, et un mégot récupéré à deux mètres de son corps. Il n'y avait aucune certitude que ce reste de cigarette soit relié à un éventuel agresseur et son analyse s'était révélée sans aucune utilité. Le seul élément tangible indiquait qu'un des agresseurs chaussait du 47 et portait vraisemblablement des bottes ou, à défaut, des chaussures à talon. Mais vu sa corpulence supposée, ses collègues avaient privilégié la piste des bottes. Depuis dix ans, à chaque affaire, elle ne pouvait s'empêcher de jeter un œil sur les pieds et chaussures de chaque suspect masculin qu'elle avait interrogé.

Trois ans après son arrivée au SRPJ, grâce à ses brillants états de service, Clara avait obtenu sa mutation à la brigade criminelle de Paris. Au-delà du côté prestigieux de cette institution, son souhait de rallier la Crim' tenait dans un chiffre, 85 %, le plus fort taux d'élucidation de toutes les polices françaises. Elle voulait mettre toutes les chances de son côté pour que, un jour, elle croise la route de ses agresseurs. Depuis qu'elle était flic, elle s'était accrochée à cette idée comme un naufragé à une bouée.

Sur cette dernière pensée, elle sombra dans le sommeil.

Lorsqu'elle se réveilla, le soleil se levait sur le plateau iranien. Elle repoussa la couverture. Le chef de cabine devait être frileux ou la clim avait rendu l'âme, mais il faisait vraiment chaud. Elle but d'un trait sa petite bouteille d'eau qu'elle avait mise de côté. Elle passa quelques minutes à contempler à travers le hublot les reliefs ocre et arides, puis se plongea dans la lecture de son dossier. Deux corps, présumés français par leurs vêtements, l'intuition d'un médecin allemand sur une blessure mortelle par balle… un Post-it aurait aussi bien fait l'affaire, fut sa conclusion. Deschamps et Lamy lui avaient fait un cadeau empoisonné.

Elle coiffa ses écouteurs et regarda le film *La French*, relatant l'histoire du juge Michel qu'elle avait découverte pendant ses études. Bien que la fin fût écrite d'avance – le juge mourait à l'écran comme dans la vraie vie –, Clara fut complètement happée par la réalisation. Par certains côtés, le personnage

Dujardin/Michel lui rappelait son mec, adoré par ses hommes, craint et réprouvé par ses supérieurs ; son surnom de Che n'était pas qu'une abréviation de son nom de famille Chesnais. N'ayant plus le temps pour un autre film, elle empoigna le magazine de bord et, au milieu d'un amoncellement de publicités pour des produits de luxe, tomba sur un article qui recensait les nouvelles adresses de restaurants typiquement parisiens. Le choix de ces petits établissements de quartier à des prix raisonnables détonait avec le reste du magazine et les rendait intéressants. Sans aucun remords, Clara arracha les deux pages et les fourra dans la poche de son blouson. Elle en testerait un à son retour avec le Che.

L'avion avait amorcé sa phase de descente. À la gauche de l'appareil, elle devinait entre les nuages la chaîne himalayenne. Clara avait reconnu le bruit caractéristique d'un train qui sortait. L'atterrissage était imminent.

Le commandant de bord prit alors la parole :

— Mesdames et messieurs, la vallée de Katmandou est traversée par une forte zone de turbulences qui risquent de rendre notre atterrissage assez pénible. Attachez vos ceintures. Restez calmes. Nous allons tenter une première approche.

Le faible brouhaha qui parcourait les travées cessa immédiatement. Clara remarqua les visages fermés des hôtesses. Quelques secondes plus tard, les premières secousses se firent sentir. Clara s'agrippa à ses accoudoirs. Son périple menaçait de s'arrêter avant même d'avoir commencé. Maudite enquête.

Les trous d'air étaient de plus en plus nombreux. Heureusement relativement courts, pas de décrochage continu. Sans être une spécialiste, elle ressentait la lutte du pilote contre les éléments.

Tout d'un coup, l'appareil se stabilisa. L'avion était sorti de la nasse. Il se posa enfin sur le sol népalais sous les applaudissements mérités et soulagés des passagers. « Au moins les secouristes n'auront pas besoin d'être secourus, toujours ça de pris », pensa Clara.

Clara se saisit de son sac de voyage et se dirigea vers la porte. Au pied de la passerelle attendait un 4 × 4 aux vitres fumées. Clara identifia sans peine, malgré une inscription en caractères inconnus, une voiture de police. Lorsqu'elle fut à la hauteur du véhicule, la porte de droite s'ouvrit sur un homme à la carrure imposante, vêtu d'un jean, d'une veste militaire customisée et de bottes improbables. Christopher Lamy avait coupé son catogan, mais il avait toujours un look assez éloigné des règles protocolaires. Il lui tendit la main dans un sourire.

— Vous avez fait bon voyage, j'espère. Je suis content de vous revoir. Ça fait quoi, cinq ans ?

— Un peu plus, c'était fin 2009.

— Ah oui, exact.

Il s'arrêta net et Clara eut l'impression qu'il la scannait des pieds à la tête. Sentiment confirmé une paire de secondes plus tard.

— Vous faites quoi, comme taille, 1,70 mètre ?

— 1,71 mètre, précisément.

— Parfait, je vous avais bien gardée en tête. Et vous chaussez du 39 si je me souviens.

— Exact, mais comment… ?

— Je vous avoue que parfois j'ai des trous de mémoire, notamment en ce qui concerne les noms, mais je me souviens très bien des gens.

— De là à se souvenir de ma pointure, vous bluffez. Vous avez appelé Paris ?

— Que nenni, le hasard fait bien les choses. J'ai vidé mon bureau de Phnom Penh il y a deux mois, juste avant de revenir ici, et j'ai jeté une paire de vieilles Converse encore pleines de boue séchée, taille 39, qui traînait dans un placard. Et la seule personne que j'ai habillée dans mon bureau, c'était vous. D'habitude, je suis plus fan de l'inverse.

Clara ne s'offusqua pas de la plaisanterie. À sa manière, Lamy était un séducteur. Plus Nick Nolte que George Clooney, mais un gentil séducteur. Elle restait tout de même perplexe quant au petit numéro sur ses mensurations.

— Donnez-moi votre sac et montez à l'arrière. Je vais passer devant, ce sera plus pratique pour les présentations.

Clara pénétra dans la voiture. Les vitres fumées lui avaient masqué, outre la présence d'un chauffeur, celle d'un homme d'une cinquantaine d'années au type indien, rivé sur son ordinateur. Il attendit que Clara soit bien installée pour lever les yeux vers elle.

— Je parle un peu le français, mais mon niveau est bas. *So if you don't mind, I'm going to continue this discussion in English*[1].

1. « Si cela ne vous dérange pas, je vais continuer en anglais. »

Clara se félicita d'avoir suivi une heure de cours d'anglais par quinzaine dans le cadre du plan de formation continue à son retour du Cambodge. C'était peu dans l'absolu mais, sur le long terme, elle avait fait d'énormes progrès. L'homme se présenta. Il s'appelait Ramesh Shakya et était le directeur du « Crime Investigation Department », le pendant népalais de la brigade criminelle.

— Comme vos supérieurs ont dû vous le préciser, cette enquête est avant tout sous la responsabilité des autorités népalaises, en l'occurrence moi. Néanmoins, compte tenu des éléments dont nous disposons et de la situation exceptionnelle que connaît le pays, nous avons proposé à la France de collaborer activement avec nous. Nous sommes conscients que, dans les mois qui viennent, notre pays aura besoin d'aide extérieure pour se reconstruire.

Clara réalisa qu'elle n'était qu'un pion dans un jeu diplomatique initié par les Népalais, et elle soupçonna Lamy de ne pas avoir vu le pot aux roses. Comme pour confirmer sa pensée, Shakya dirigea son regard vers l'avant de la voiture.

— Et j'espère que nos amis français retiendront notre prompte coopération sur ce dossier.

Un sourire crispé barra le visage de Lamy.

— L'ambassadeur et le ministre vous sont très reconnaissants de votre proposition de collaboration, et je suis certain qu'ils la relaieront en plus haut lieu.

— Parfait, maintenant ce qui compte, c'est que nous découvrions ensemble ce qui s'est réellement passé là-haut. Comme vous le savez, notre ami Christopher a fort à faire ici avec vos compatriotes, et c'est la raison de votre présence. De notre côté, nous vous avons sélectionné un inspecteur au profil parfait pour cette affaire, puisqu'il a d'abord exercé le métier de guide accompagnateur pendant quelques années, avant de changer de carrière et de nous rejoindre.

Par politesse, Clara s'abstint de tout commentaire mais, intérieurement, elle avait un gros doute sur la compétence de ce policier. Elle n'avait jamais rien entendu de tel. Elle imagina un ancien prof de ski dans son équipe et se retint de rire. L'école de police népalaise devait mériter le détour.

Ramesh dut lire dans ses pensées.

— Je doute fort que vous ayez ce type de profil dans votre police ; en plus, il parle votre langue. Il l'a apprise au contact des touristes français. Vous verrez, c'est un très bon élément.

Clara opina. Après tout, pourquoi pas, le mec était peut-être juste brillant.

— Bien, assez parlé. Allons rejoindre votre avion.

Clara ne put s'empêcher de répondre :

— Je crois que j'en sors.

Lamy savait que le sens de l'humour n'était pas le fort de Shakya.

— Le directeur veut dire : votre avion pour Lukla. Vous décollez dès que la perturbation au-dessus de Katmandou sera passée. D'après les infos que j'ai, c'est une histoire d'une demi-heure.

— Dipak Pangeni, mon inspecteur, vous attend à bord.

Clara prit un air résigné. Elle n'était pas venue faire du tourisme, mais elle n'aurait pas craché sur une douche et quelques heures dans un lit avant de remettre ça. Lamy la rassura :

— Vous dormirez à Lukla. Demain matin, si le temps le permet, un hélico vous posera au camp de base, sinon il faudra monter à pied.

— Mais… ?

— Il y a tout ce qu'il faut dans un deuxième sac au fond du coffre. Pourquoi croyez-vous que j'ai vérifié vos mensurations ?

Ramesh s'adressa au chauffeur en népalais et la voiture fit quelques centaines de mètres sur le tarmac avant de s'arrêter devant un avion qui, en comparaison de l'Airbus dont elle descendait, ressemblait à l'avion de Barbie dans le sketch de Florence Foresti. Ramesh lui tendit à nouveau la main.

— Nous y sommes. Bonne chance !

Lamy se retourna vers elle.

— Je vous accompagne.

Lamy déchargea les deux sacs au pied de la minuscule passerelle et précéda Clara sur la rampe. Il exhiba son passeport diplomatique à l'hôtesse chargée de contrôler les cartes d'embarquement, en même temps qu'il prononça quelques mots en népalais. La jeune femme s'écarta et les laissa pénétrer dans l'appareil. Clara photographia immédiatement la situation : deux rangées de sièges d'une dizaine de places, à moitié vides et occupées exclusivement par des locaux. Un homme assis au troisième rang sur la droite se leva et vint à leur rencontre, un sourire sur le visage.

— *Namaste*[1], je suis l'inspecteur Dipak Pangeni.

Clara lui serra la main. Elle nota intérieurement qu'elle était nettement plus grande que lui, chose qui n'arrivait pas si souvent que cela en France, même si elle affichait une taille au-dessus de la moyenne de ses compatriotes. Pour le reste, le policier avait des traits très fins et un sourire qui suscitait la sympathie.

— Nous avons de la chance, je viens de parler au pilote. Les conditions météo sont plutôt bonnes, nous allons pouvoir décoller. Nous serons à Lukla dans une demi-heure environ.

Lamy n'avait pas menti. Pangeni parlait un très bon français avec juste une pointe d'accent.

— Maintenant que vous avez fait connaissance, je vais vous laisser. Je me permets de vous rappeler que cette enquête est placée sous le signe de la coopération. Ramesh et moi comptons sur vous pour que tout se passe bien.

— Pas de problème, rétorqua Dipak.

— Comptez sur moi.

— Parfait. Je vais juste vérifier en partant qu'ils ont bien embarqué vos sacs. Bon voyage et tenez-moi au courant.

1. « Bonjour » (en népalais).

Chapitre 6

Paris, lundi 27 avril 2015.

Agathe referma son cours d'acoustique. Elle avait trop mal à la tête. Elle n'aurait pas dû boire autant la veille. D'habitude, lorsqu'elle était avec un client, elle se contentait d'un verre, deux au plus. Mais la veille elle avait enfreint ses propres règles. Il avait fallu cela pour subir les assauts répétés de son « sponsor ». C'était extrêmement rare qu'elle fasse la nuit complète, mais, en regardant les billets posés sur sa table de nuit, elle se dit que le jeu en valait la chandelle : mille deux cents euros, de quoi bien améliorer son quotidien d'étudiante.

Elle avait eu beaucoup de mal à joindre les deux bouts lors de sa première année d'études. Certes, vu sa situation familiale – élevée par une mère célibataire vendeuse en librairie –, elle bénéficiait d'une bourse et des APL (aides pour le logement), mais c'était insuffisant pour ne serait-ce que se nourrir de manière équilibrée dans une ville aussi chère que Paris.

Elle se remémora comment tout avait commencé un peu plus d'un an auparavant… Juste après les fêtes de fin d'année, qui avaient généré chez elle beaucoup de frustration face à toutes ces sollicitations de consommation, elle s'était dit que plutôt que d'enchaîner des jobs d'étudiante payés au Smic qui lui mangeaient du temps sur ses révisions, elle pourrait essayer de tirer profit de son capital jeunesse et beauté. Le mardi de la reprise des cours, lassée de voir son frigo vide, elle avait franchi le pas. Elle avait lancé une recherche sur Google sur les boîtes de strip-tease de la capitale. L'offre était pléthorique. Elle avait éliminé toutes celles proches de Pigalle, trop bas de gamme, et s'était concentrée sur celles des quartiers chic. Au final, elle en avait retenu deux : une avenue de Wagram dans le 17e et une autre rue de Ponthieu, près des Champs. Elle avait rempli les formulaires de candidature et, dès le lendemain, avait eu une proposition de rendez-vous pour le jeudi à 15 heures au *Secret Garden*, à proximité de la porte Maillot. Pendant quarante-huit heures, elle avait oscillé entre son envie de tenter sa chance dans un monde un peu parallèle et sa trouille de l'inconnu. En outre, elle avait horreur de manquer des cours, et cet horaire allait lui faire rater au moins deux heures, si ce n'était trois. Mais le destin lui fit un clin d'œil à midi ce jeudi-là, la coordinatrice pédagogique leur annonçant que leur prof de l'après-midi serait absent suite à un décès familial survenu le matin même. Les dés étaient jetés. Elle prit ses affaires et s'engouffra dans le métro.

Une demi-heure plus tard, elle était face à l'entrée du *Secret Garden*. Elle fut rassurée par la devanture noire et dorée, ni anonyme ni vulgaire. Elle sonna et demanda Zoé. Elle patienta quelques secondes et la porte s'ouvrit sur une jeune femme d'une trentaine d'années, ses cheveux roux attachés dans le cou. Elle détailla Agathe de la tête aux pieds.

— Vous êtes aussi jolie que sur vos photos. Suivez-moi.

Elles descendirent un escalier tapissé de rouge et décoré de photos artistiques des danseuses, puis Zoé prit sur la gauche et les deux femmes pénétrèrent dans un petit bureau. Sur les murs, cette fois, s'étalaient des photos de stars du show-biz : des présentateurs télé, un célèbre footballeur du PSG qui se prenait pour Dieu et d'autres qu'Agathe ne réussit pas à identifier.

Zoé lui proposa un café qu'Agathe accepta, bien qu'elle n'aimât pas cela. La trentenaire se retourna, alluma une machine à expresso et prépara deux tasses. Elle en tendit une à Agathe.

— Bien, je me présente, je suis Zoé, responsable des danseuses et moi-même ancienne danseuse : douze ans de danse classique, et sept ans de pole dance, dont un à New York à la Body and Pole School.

Évidemment, Agathe n'avait jamais entendu parler de cette école, mais elle approuva d'un air admiratif.

— J'ai lu dans votre dossier que vous aviez arrêté la danse, jeune.

— Oui, à quatorze ans, confirma Agathe.

— Pourquoi ?

— J'avais d'autres préoccupations.

— Ce n'est pas grave. Ce que je recherche avant tout, ce sont des personnalités, des filles qui ont du chien et, bien sûr, je ne vous le cache pas, un physique agréable.

Agathe resta silencieuse.

— Quelles sont vos motivations pour nous rejoindre ?

Agathe planta ses yeux dans ceux de Zoé. Elle écarta les jambes, passa ses mains sur ses cuisses, se cambra, se redressa, puis se leva d'un coup. Elle tourna le dos à la responsable, puis se mit à onduler et, d'un geste lent, retira son T-shirt, laissant apparaître les bretelles de son soutien-gorge. Elle fit de nouveau face à Zoé et se pencha vers elle, lui donnant un aperçu de ses seins. Elle garda la position une poignée de secondes, puis se rassit.

— Est-ce que cette réponse vous convient ?

Zoé la fixa. La gamine sortait du lot. Elle avait cette flamme dans les yeux que seule une de ses danseuses possédait. En plus, elle était française : c'était parfait, cela rééquilibrait l'équipe, composée majoritairement de filles de l'Est.

— OK, c'est pas mal, mais il va quand même falloir faire une mise à niveau. Je vous prends en individuel deux week-ends de suite, 15-19 heures. En échange de cette formation gracieuse, vous êtes considérée comme stagiaire non rémunérée les quatre premiers soirs. Si, à l'issue, je vois que tout se passe bien, je vous fais un contrat de travail en bonne et due forme. Je vois que vous avez mis sur le formulaire que vous êtes dispo les vendredis et samedis. Éventuellement, vous seriez prête à assurer un autre soir ?

Agathe pensa à ses études. Cela restait sa priorité, mais ce n'était pas le moment de froisser son interlocutrice ; alors, elle fit comme une majorité de gens à un entretien, elle mentit.

— *A priori*, oui.

— Parfait. Vous avez des questions ?

Agathe sourit. La fille avait éludé un point capital – oubli ou stratégie ? Peu importait, ce n'était pas le moment de se montrer timide.

— J'ai bien compris que les premiers soirs étaient une compensation, mais après, ça se passe comment ?

— Vous êtes payée au Smic horaire pour quatre passages de trois minutes sur le podium, et toutes les recettes générées par les danses individuelles sont pour vous. Si vous êtes appréciée des clients, vous toucherez entre trois cents et cinq cents euros par soir.

— Je serai une de vos top danseuses en peu de temps, et je compte bien atteindre le haut de votre fourchette.

Zoé la regarda, amusée. La petite ne doutait de rien, mais le pire, c'est que si Agathe gardait cette énergie, Zoé n'était pas loin de lui donner intérieurement raison.

— Parfait, je vous raccompagne.

C'est ainsi qu'Agathe avait mis un premier pied dans l'argent facile et un autre dans les emmerdes.

Chapitre 7

Vers Lukla, lundi 27 avril 2015.

— Normalement, il n'y a pas de vol l'après-midi à cause du vent, mais compte tenu des circonstances et des conditions météo acceptables, les autorités ont exceptionnellement autorisé trois vols pour Lukla.

Dipak venait de se pencher vers Clara en travers de l'allée pour couvrir le ronflement assourdissant des deux moteurs à hélices. Une première pour Clara. S'il avait pensé détendre l'atmosphère avec son petit laïus, c'était raté. Clara était accrochée à son siège. Juste avant le décollage, elle avait eu le mauvais réflexe de se connecter à Internet et de constater que l'aéroport de Lukla était répertorié comme l'un des plus dangereux du monde en raison de son implantation élevée, des vents violents et de la longueur réduite de la piste qui, de surcroît, se terminait dans le vide. Pour se rassurer, elle se dit que les dieux népalais avaient dû avoir leur quota de morts avec le tremblement de terre.

Les doigts toujours agrippés à son accoudoir, elle se résolut à regarder le paysage par le hublot. Un mur de neige s'étendait à perte de vue sur sa gauche. Clara avait déjà vu des montagnes lors de ses rares séjours au ski, mais cela remontait à une autre époque et elle n'avait pas le souvenir d'une telle immensité. Cette contemplation finit par la détendre et elle osa se pencher pour regarder en contrebas. L'avion survolait les montagnes de quelques centaines de mètres tout au plus. La plupart étaient couvertes de cultures en terrasses, et les arbres avaient trouvé refuge au sommet. Clara n'était pas une experte en écologie, mais elle avait vu quelques reportages sur la déforestation de la planète et la vérité lui sautait aux yeux. Un jour, les flics devraient peut-être protéger les derniers vestiges forestiers d'une destruction totale et irréversible. Dipak tapota sur l'épaule de Clara.

— On va se poser. Regardez par-devant.

De fait, contrairement aux avions de ligne internationaux, la porte de l'étroit cockpit était ouverte et Clara pouvait voir les deux pilotes en action. Elle fut rassurée par leur sérénité. Elle s'inclina un peu plus et vit, droit devant elle, la minuscule piste qui se rapprochait. L'avion fut légèrement secoué par une rafale, mais le commandant de bord redressa très vite l'appareil.

Quelques secondes plus tard, ils rebondirent sur la piste. La roue droite fut la première à toucher le sol, la gauche la remplaça dans un mouvement de tangage et enfin les deux roues roulèrent conjointement sur le bitume. L'avion ralentit immédiatement et engagea la phase de roulage. La manœuvre n'avait duré qu'une poignée d'intenses secondes.

— Bienvenue dans l'Himalaya, bienvenue au Khumbu !

Clara sourit. Elle connaissait Dipak depuis moins d'une heure, mais il transpirait la joie de vivre. Elle avait presque l'impression de partir en vacances alors qu'elle était là pour enquêter sur un éventuel double meurtre, et que le pays où elle se trouvait comptait ses morts par milliers.

Dès la passerelle, le froid la saisit. Elle enfila sa parka sur son T-shirt, mais cela ne fit qu'atténuer la désagréable sensation. Elle avait quitté Paris sous la pluie et une température modérée, voyagé dans un avion surchauffé, goûté quelques minutes au soleil de Katmandou et elle se retrouvait dans les frimas d'une fin d'après-midi à Lukla. Elle sourit à l'évocation de ce marathon climatique. Ses instructeurs à l'école de police lui auraient dit que c'était une belle mise en condition avant de monter au camp de base.

Ils récupérèrent leurs sacs au pied de l'avion. Dipak la précéda dans la bâtisse au toit bleu qui faisait figure d'aérogare. Elle découvrit une foule de touristes occidentaux. Sur leur visage se lisait un mélange de résignation et de soulagement. Ils avaient échappé au pire, mais leur rêve d'évasion s'était brisé net. Ils ressemblaient à ces images de soldats vaincus et démobilisés qui attendaient de rentrer chez eux. Clara comprit l'utilité des trois vols de l'après-midi. Il fallait rapatrier les aventuriers.

Dipak se tourna vers Clara.

— J'ai réservé au *Buddha Lodge*. Je séjournais là lorsque j'étais guide. L'inconvénient, c'est que c'est en haut du village ; l'avantage, c'est qu'ils sont sympas et que la vue est dégagée sur la vallée.

Quelques instants plus tard, Clara découvrit enfin le vrai Népal. Jusqu'ici elle n'avait fait que fouler le tarmac de deux aéroports. Sa seule expérience aussi lointaine restait son enquête au Cambodge.

L'ambiance, ici, était assez différente. Cela tenait beaucoup au climat, très différent de la chaleur tropicale associée dans l'imaginaire collectif à l'Asie du Sud-Est. Les quelques autochtones que Clara croisa étaient emmitouflés dans des pulls, des polaires, des anoraks plus ou moins à bout de course. Les femmes portaient une espèce de jupe longue par-dessus leur pantalon et avaient la tête recouverte d'un foulard noué à la pirate. L'assortiment de couleurs laissait à désirer, et Clara comprit que le côté pratique passait avant l'esthétique. Dans l'étroite rue pavée, les échoppes de souvenirs, vêtements de montagne et produits alimentaires côtoyaient de nombreux lodges et même des pubs. Un mélange étonnant de bout de monde avec une grosse touche de civilisation occidentale. Ils arrivèrent devant une grande maison en pierre grise surplombée de petits drapeaux multicolores.

— Nous y sommes, fit Dipak.

— Ça signifie quoi, tous ces drapeaux ? interrogea Clara.

— C'est pour la prière. Ils représentent les cinq éléments essentiels du bouddhisme tibétain : le bleu symbolise le ciel, le blanc l'air ou la neige, le rouge le soleil, le vert les arbres et le jaune la terre. Vous en verrez partout dans la région. On les tend et le vent emporte les formules sacrées imprimées dessus vers les dieux.

Ils pénétrèrent dans une grande pièce aux allures de réfectoire. Personne ne vint à leur rencontre. Laissant Dipak prendre les choses en main, Clara s'assit sur un des bancs en bois ; la courte marche jusqu'au lodge l'avait achevée. En plus de la fatigue, elle avait une espèce de barre dans le crâne. Enfin, une voix retentit.

— *Namaste*, Dipak.

Une femme sans âge, vêtue d'un bas de survêtement Adidas reconnaissable aux trois bandes latérales et d'une doudoune, fit son apparition. Ils échangèrent un long moment en népalais sans se soucier d'elle. Enfin, Dipak sembla se souvenir de son existence.

— Je vous propose de monter vous reposer. Vous avez la première chambre en haut de l'escalier. On dîne à 18 heures. Je vous ai commandé un *dal bhat*, c'est le plat national népalais. Vous verrez, c'est très bon et idéal pour reprendre des forces. Pendant ce temps, je vais retourner à l'aérodrome pour voir quelles sont les dernières nouvelles.

Clara opina. Se coucher était une excellente idée, elle ne se sentait vraiment pas bien. Dipak le lui fit remarquer.

— Vous êtes toute blanche… On dirait un début de mal de l'altitude.

Il alla fouiller dans son sac et lui tendit un cachet.

— Tenez, prenez ça et allez dormir. Ça devrait passer, on n'est pas très haut.

— Combien déjà ?

— Ici, 2 905 mètres.

— Et au camp de base ?

— 5 364.

Clara se leva. La suite promettait d'être compliquée. Pourquoi avait-elle accepté cette mission de merde ? Avec un peu de chance, les morts seraient belges et elle quitterait cet endroit au plus vite.

Chapitre 8

Paris, mardi 28 avril 2015, vers 13 heures.

Jacques Boiron reposa le *Figaro* avec vigueur sur la table du *Café de la Bourse* où il avait repris ses habitudes. Pendant plus d'une décennie, il avait sillonné le continent américain pour le compte d'une grande banque française, mais l'heure de la retraite, maintes fois repoussée, avait fini par sonner et avec elle le retour dans la mère patrie.

Mais après une vie aussi dense que la sienne, l'inactivité, même à près de soixante-dix ans, n'avait pas été une option. Il avait fait jouer son carnet d'adresses internationales et avait monté en quelques jours son cabinet de gestion de portefeuille, Money Star. Après le creux des années 2008-2009 dû à la crise des *subprimes* et à son corollaire, la faillite de Lehman Brothers, la spéculation financière avait repris des couleurs et les affaires de Jacques Boiron étaient plutôt florissantes. L'homme n'avait donc aucune raison apparente d'être de mauvaise humeur, et pourtant il l'était. La cause principale de son courroux tenait dans le sondage qu'il venait de lire. Nicolas Sarkozy, qui avait effectué son retour à la vie politique quelques mois plus tôt, caracolait en tête des sondages des intentions de vote de la présidentielle française de 2017. Ses compatriotes avaient décidément la mémoire courte.

Il commanda un nouveau café et consulta son téléphone. Son poulain et ami de toujours lui avait envoyé un SMS. Lui aussi était exaspéré à la lecture de cette nouvelle enquête d'opinion. Ce message le fit entrer dans son rôle favori, celui de conseil. Il oublia son énervement et écrivit : *Rappelle-toi, DSK douze mois avant l'élection était président, le petit gros était à 3 % et au final c'est lui qui a raflé la mise. On a vingt-quatre mois pour refaire le même coup. Le nain va finir par s'essouffler.*

Il envoya ensuite un nouveau message à sa fille : *Merci de me dire si c'est toujours OK pour le déjeuner*, puis regagna son bureau situé à une encablure du café, rue Vivienne.

Il salua ses deux jeunes collaborateurs et s'enferma. Il avait besoin de calme pour le dossier d'un de ses clients, Qataris, qui cherchait à investir en France. Au bout de près de trois heures de concentration extrême, il s'octroya une pause et consulta son portable qu'il avait pris soin de mettre sur silencieux. Sa fille ne lui avait pas répondu. Il fut partagé entre deux sentiments : agacé par son manque de respect mais finalement soulagé de ne pas supporter, comme tous les mois, les sous-entendus acerbes de Clara.

Leurs relations avaient été quasi inexistantes pendant tout son séjour américain. Sa fille n'était venue le voir qu'une fois, et si lui s'était rendu plus souvent en France, c'était pour des raisons professionnelles. Au début, il avait profité de l'occasion pour voir sa fille en coup de vent, puis elle avait vite décliné ces rencontres fugaces. Il avait suivi de loin ses débuts dans la police et découvert sur TV5 Monde ses exploits dans la traque du tueur rouge. À son retour définitif, il avait essayé tant bien que mal de renouer le dialogue avec Clara. Il avait créé ce rendez-vous : un déjeuner dans la dernière semaine du mois, mais sa fille l'avait pris à son propre jeu et elle ne ratait pas une occasion de le culpabiliser sur son absence passée. Il aurait pu couper court et rompre définitivement les ponts, mais il éprouvait malgré tout une certaine fierté à voir la femme d'autorité qu'était devenue sa fille.

Qui l'aurait cru dix-sept ans plus tôt, alors qu'elle semblait perdue après son agression et son viol le jour de ce satané match France-Italie ? Pendant des mois, elle avait conduit sa vie sur pilote automatique. Lui n'avait pas trouvé les bons mots. Quelques mois plus tard, elle avait intégré l'école de police et lui était parti en Amérique. La rupture était consommée.

Après cette réflexion, il décida d'en avoir le cœur net. Il composa le numéro de sa fille. Il tomba directement sur sa messagerie. Clara était peut-être en intervention ou simplement elle n'avait plus de batterie. Il avait passé l'âge de s'inquiéter pour ce genre de détail. Il laissa un message laconique et raccrocha.

Chapitre 9

Paris, mardi 28 avril,
quelques heures plus tôt.

Dire que Stéphane Durbin était contrarié relevait de l'euphémisme. Cela faisait à peine trois mois qu'il avait pris la tête de Facebook France et il devait gérer sa première crise majeure. Diplômé de l'ENA, ayant servi dans de nombreux cabinets ministériels avant de passer dans le privé comme numéro deux d'un groupe audiovisuel français, il avait déjà eu à gérer des situations critiques. Aucune n'était comparable à celle qu'il vivait, mais les recettes étaient les mêmes : temporiser, relativiser par rapport aux antécédents et même si, dans le cas présent, c'était difficile, minimiser les faits.

Les flics des stups avaient débarqué peu avant 8 h 30. Heureusement, à cette heure, la plupart des salariés n'étaient pas encore en poste et, par chance, il était lui-même présent. L'hôtesse d'accueil avait eu à peine le temps de le prévenir que quatre hommes et une femme avaient déjà investi le spacieux *open space* des nouveaux locaux, implantés dans un immeuble anonyme à une encablure de la place de la Bourse. En homme de pouvoir, il avait essayé de les stopper en leur demandant de rebrousser chemin ou de lui montrer un mandat de perquisition.

Celui qui semblait diriger les opérations, un grand avec une épaisse tignasse brune et une barbe de trois jours, lui avait ri au nez.

— Vous vous croyez aux États-Unis ? Pas de chance, vous avez beau être une société américaine, nous sommes bien en France.

La réponse de Stéphane s'était limitée à un simple « et ? ». Tant d'années d'études et être autant à court d'arguments, il avait honte de lui. Le flic avait rétorqué, tout en lui montrant une feuille :

— On a une commission rogatoire délivrée par le juge Laprade qui nous autorise tous les actes à la manifestation de la vérité. Va falloir réviser votre droit.

Stéphane comprit que le ton était donné et qu'il n'allait pas passer la meilleure journée de sa vie. Pendant leur échange, deux des flics avaient interrogé un des rares salariés matinaux, puis s'étaient dirigés vers le poste de travail de Carl Ruud, un Norvégien directeur adjoint du pôle création. Celui qui semblait être le plus jeune s'exclama :

— Le tiroir est fermé !

Puis le flic s'adressa à la personne qui avait désigné le bureau.

— Vous savez où sont les clés ou si quelqu'un a un double ?

— Aucune idée.

Poussé par la curiosité, Stéphane se rapprocha d'eux. Le flic s'aperçut de sa présence. Il s'adressa sans fioritures au patron :

— Et vous ?

Cela faisait longtemps qu'on ne lui avait pas parlé sur ce ton. Il eut un temps d'hésitation puis répliqua :

— Peut-être aux services généraux. Mais je crois savoir qu'ils sont en intervention au parking pour une fuite. Voulez-vous que j'envoie quelqu'un vérifier ?

— Pas la peine. On va aller au plus vite ; Daniel, à toi de jouer.

Le flic au crâne dégarni qui répondait à ce prénom fit glisser le sac qu'il avait à l'épaule et en ressortit un pied-de-biche. Il se pencha vers le bureau, trouva un point d'insertion et, dans un craquement, le tiroir céda.

Il se recula, laissant le soin au jeune de finir le travail. Celui-ci enfila une paire de gants et ouvrit le tiroir. Il en ressortit, enveloppé de papier alu, un sac de poudre blanche de la taille d'un mini-saucisson.

Stéphane n'avait jamais touché à aucune drogue de sa vie. Il avait fumé des cigarettes pendant sa jeunesse pour se donner de l'assurance, mais avait mis fin depuis à cette addiction. Néanmoins, il n'était pas complètement ignare et savait que ce n'était pas une réserve de charcuterie exotique ou de farine que son talentueux collaborateur avait ainsi stockée.

— Y a au moins deux cents grammes ! s'exclama le jeune flic.

Le chef, qui les avait rejoints, rétorqua :

— Appelez la canine et passez-moi tout le reste au peigne fin.

Puis il se retourna vers Durbin.

— J'ai lu un papier dans *Le Parisien* sur les boîtes où il fait bon travailler. De mémoire, vous étiez dans les trois premiers. Il paraît que vos salariés peuvent déjeuner gratuitement.

— Et même dîner, s'ils le souhaitent, fit Stéphane qui reprit un peu de confiance à l'évocation des avantages sociaux de son entreprise.

— Et la coke, ça fait partie du package ?

Le flic ne lui laissa pas le temps de répondre.

— Offrez-moi un café et allons parler calmement.

Durbin opina, mais, avant de quitter les lieux, il s'adressa au salarié matinal.

— Je vous rappelle que vous avez signé une charte de confidentialité absolue et que vous ne devez rien faire, dire ou publier qui puisse porter atteinte à l'image de l'entreprise. Je vous demande de faire passer le mot aux personnes présentes.

Puis il se dirigea vers une des nombreuses machines à disposition du personnel et prépara des expressos. Les deux hommes s'engagèrent sur le côté de l'*open space* et longèrent des salles de réunion aux portes vitrées et thématisées selon les noms de ville qu'elles portaient. Ils arrivèrent ensuite dans une pièce meublée de deux canapés de couleur vive, d'un pouf et d'une table basse hyper design. On se serait cru dans un bar branché de l'Est parisien.

Ils s'assirent chacun dans un canapé. Durbin, qui reprenait ses esprits, choisit de temporiser en dégustant son café. Le flic l'imita tout en balayant la pièce du regard. Le silence dura ainsi de longues secondes, puis le flic ouvrit le bal.

— On n'a pas bien commencé tous les deux : commandant Thierry Chesnais, brigade des stups.

— Stéphane Durbin, directeur général de Facebook France.

— Bien, maintenant qu'on a passé le cap des mondanités, on va aller droit au but.

Durbin observa Chesnais. Le flic roulait des mécaniques et faisait tout pour passer pour un gros dur, mais son regard indiquait qu'il y avait peut-être une faille dans sa carapace.

— Que pouvez-vous me dire sur Carl Ruud ?

— Il est directeur adjoint du pôle Création, depuis six mois, je crois. C'est un excellent élément sur lequel je compte beaucoup. Il a énormément d'idées pour développer de nouveaux produits et formats en relation avec nos autres bureaux européens, lui-même étant d'origine norvégienne.

— Avez-vous remarqué des comportements anormaux de sa part ?

— À part le fait qu'il n'est pas venu travailler hier, non, rien.

— Saviez-vous qu'il se droguait ?

— Non, et en est-on certain ? Le fait qu'on retrouve des stupéfiants dans son bureau ne prouve rien. N'importe qui aurait pu les mettre là.

Stéphane se dit que sa première partie de réponse était pertinente, la seconde méritait d'être creusée. Il fallait avant tout protéger la réputation de Facebook et de ses salariés.

Il reprit :

— Avez-vous envisagé l'idée qu'une personne du nettoyage se servirait de son bureau comme d'une planque ?

Chesnais choisit de répondre sur le même ton un peu ampoulé.

— Cette hypothèse aurait pu être appréciée à sa juste valeur si Carl Ruud n'avait pas eu la chance ou la malchance de faire un malaise dans les toilettes du resto où mon adjoint Nicolas Charles dînait avec sa petite amie. Cela lui a probablement sauvé la vie, mais risque fort de lui attirer quelques ennuis au regard de ses premiers témoignages à la sortie de son coma au milieu de la nuit.

Durbin pensa que c'était le moment où il fallait endiguer la crise, minimiser, relativiser et planter de manière invisible une première banderille.

— Admettons que vous disiez vrai. Ce ne serait pas la première personne travaillant dans la sphère créative qui s'adonnerait à cette addiction. En revanche, il s'agit d'un cas isolé et d'une affaire privée. Loin de moi l'idée d'empêcher la police de faire son travail, mais compte tenu des enjeux économiques et d'image, il serait préférable que vos hommes terminent très vite leur vérification et évacuent les lieux au plus vite.

Chesnais ne releva pas la remarque très « sens des affaires ».

— Rassurez-vous, dans moins de dix minutes les chiens auront fait le tour des locaux, enfin, s'ils ne marquent pas tous les bureaux.

— Vous êtes efficace, c'est bien.

Durbin était en train de reprendre le dessus. « Je n'ai pas le parcours que j'ai pour ne pas renvoyer ce flic dans les cordes », se dit-il. Il précisa son attaque.

— J'imagine que vous suivez un peu l'actualité politique et économique du pays ?

Question de pure rhétorique, à laquelle Chesnais répondit évidemment par l'affirmative.

— Vous savez donc que Facebook a son siège européen en Irlande. Ici, nous sommes un bureau opérant sur le territoire français. Nous pourrions tout aussi bien être implantés en Belgique. Je vous avoue que cela serait moins pratique, mais c'est tout à fait jouable. En d'autres termes, le *big boss* a horreur du scandale et il n'hésitera pas à nous envoyer goûter aux charmes du Manneken Pis plutôt qu'à celui de la tour Eiffel, si ce malencontreux incident prenait une tournure médiatique... malsaine.

Cette fois Chesnais comprit la menace ; cela risquait de se jouer à très haut niveau, probablement ministériel, et le retour de bâton pourrait être terrible. Et prendre le risque de marquer l'histoire comme l'homme à l'origine de la fermeture de Facebook France ne le réjouissait pas outre mesure.

Une quinzaine d'années auparavant, il n'avait pas craint de s'opposer à sa hiérarchie dans une tribune du *Monde*, mais c'était un sujet sur lequel il était compétent et qui lui tenait à cœur, à savoir la balance entre prévention et répression en matière de stups. Il y avait gagné le surnom de Che par ses hommes, ainsi qu'un ralentissement certain de sa progression pendant deux ans. Depuis, même s'il gardait une réputation de grande gueule, il marchait dans les clous et sa prochaine promotion au grade de commandant divisionnaire était imminente. Il en était à ce stade de sa réflexion lorsque son adjoint fit irruption dans la pièce.

— Tout est *clean*, boss.

Il enregistra l'information en lui signifiant d'un signe de la main de les laisser tranquilles.

— Vous voyez, je vous l'avais dit, juste une broutille personnelle.

Le Che, par principe et par orgueil, ne pouvait pas perdre comme ça. Il abattit ses dernières cartes.

— Ruud s'est mis à table à son réveil. Il a affirmé qu'il y avait un véritable petit trafic au sein de votre entreprise. Il nous a donné une liste de noms. Apparemment, ses petits camarades sont plus précautionneux que lui.

— Encore une fois, vous et vos hommes, oubliez cette affaire. Je réglerai cela en interne. Des sanctions seront prises, je vous le promets.

— Et je suis censé dire quoi au juge ?

— La vérité : qu'il n'y avait rien. Je passerai deux, trois coups de fil pour appuyer votre version.

— Et je gagne quoi ?

— La tranquillité, ma reconnaissance et la coopération amicale et discrète de Facebook si par hasard nous pouvons vous être utiles dans d'autres enquêtes.

Le Che pensa à une phrase de Julian Assange, le célèbre fondateur de Wikileaks qui vivait reclus depuis 2012 à l'ambassade de l'Équateur à Londres. Celui-ci avait déclaré dans une interview : « De par sa connaissance extrêmement fine de la vie privée de millions d'individus, Facebook a réussi là où la Stasi a échoué. »

Comme si Chesnais lisait dans ses pensées, Durbin ajouta :

— Nous avons ici trente des cent meilleurs chercheurs informatiques de la société qui travaillent d'arrache-pied à une amélioration constante de nos algorithmes. Pour vous donner un exemple parmi d'autres, très prochainement, si vous postez une photo de vous au restaurant avec une assiette de poisson, nous saurons reconnaître par intelligence artificielle que vous aimez cet aliment et ainsi stocker cette donnée. Par ailleurs, même si vous avez désactivé la géolocalisation, si la photo est suffisamment large nous pourrons d'ici quelques mois identifier le restaurant à 80 % de manière quasi instantanée. Je ne pense pas que vos bases de données soient aussi fines que les nôtres.

Chesnais resta silencieux. Assange avait vu juste. Si un tel outil tombait entre de mauvaises mains, on pouvait tout imaginer, créer des situations de troubles insurrectionnels, propager des informations sur mesure à un public réceptif, influer sur le cours d'une élection. Tout cela de manière subtile et sournoise. D'un autre côté, Durbin mettait à sa disposition un outil au potentiel immense. Par curiosité, il posa la question.

— Tout cela est légal ?

— Évidemment. Ce sont nos « amis » qui nous donnent l'information. Nous ne faisons que la compiler, l'analyser et la traiter.

Le Che tendit la main

— Marché conclu.

Lui et ses hommes quittèrent les lieux aussi rapidement qu'ils les avaient investis. Sur le trottoir, il ne remarqua pas l'homme aux cheveux grisonnants qui se rendait à son bureau non loin de là, rue Vivienne. Et pour cause : sa compagne, Clara Boiron, n'avait jamais voulu lui présenter son père. Il n'avait vu de lui que de vieilles photos.

Chapitre 10

Camp de base de l'Everest,
mardi 28 avril 2015.

Comme par enchantement, son mal de tête avait disparu. Elle n'avait certes pas très bien dormi, mais elle ne ressentait bizarrement aucune fatigue.

Assise à droite de Dipak, elle appréciait la situation. Cette fois, tout se passait sans encombre. Pas l'ombre d'une secousse. Le ciel était d'un bleu immaculé, et la chaîne himalayenne figée dans le temps semblait les défier. Ils n'étaient qu'un point bruyant au milieu de cette magnifique immensité de roches et de neige. Heureusement, on leur avait fourni un casque qui atténuait un minimum le bruit des rotors.

Dans ses écouteurs, elle entendit la voix de Dipak :

— Là, sur votre droite, Sagarmatha, le nom népalais qui signifie « déesse des montagnes », l'Everest pour vous.

Clara tourna la tête. Il lui semblait si proche qu'elle eut la sensation qu'elle pouvait presque le toucher. Ainsi elle, la petite flic un brin franchouillarde qui n'avait pas vu une montagne enneigée depuis presque vingt ans, avait en face d'elle « le Toit du monde ». Un lieu unique, un symbole de la résistance de la nature à l'homme, la représentation du défi ultime. Combien de ses collègues, amis, ou personnes qu'elle avait croisées dans son existence avaient eu la chance de vivre ce moment ? Elle connaissait la réponse : aucun. Elle en eut un frisson et une pensée pour ce diable de Lamy qui l'avait fait envoyer ici.

Quelques instants plus tard, Dipak la prit par le bras.

— Retirez votre casque, on descend. Pensez à baisser la tête.

Ils s'élancèrent ensemble en dehors de l'appareil, dos courbé, mains sur les oreilles. Lorsqu'ils se relevèrent, ils firent face à un petit groupe d'alpinistes qui les fixaient en silence. Un grand brun barbu, bandeau dans les cheveux, les yeux cachés par des lunettes de glacier, stéréotype de l'aventurier hollywoodien, rompit la ligne, s'avança et tendit la main à Dipak. Il s'adressa à lui en anglais.

— Dave Connor, c'est moi que vos collègues de Lukla ont eu par radio.

— Oui, je sais, ils m'ont fait un topo très précis. Avant de commencer l'évacuation des blessés, je me permets de vous présenter Clara Boiron de la police française.

— Enchanté, fit Dave en français, tout en esquissant un début de sourire.

Puis il fit un signe et les alpinistes se retournèrent, se saisirent de quatre brancards qui étaient disposés derrière eux et s'élancèrent vers l'appareil.

— Ils vous ont dit combien ils allaient faire de rotations ?

— Ils espèrent au moins quatre, peut-être cinq. Cela dépend de la vitesse à laquelle l'air va se réchauffer. Pour l'instant, la portance est bonne, mais ça peut changer très vite.

Dave acquiesça, chacun son métier. Lui aussi avait eu dans sa carrière des moments où il avait dû renoncer pour la sécurité de tous. Inutile d'insister et de faire prendre des risques à ce qui représentait la seule porte de sortie des blessés.

Ils attendirent que l'hélico reprenne son envol et Dave leur fit signe de le suivre. Dipak et Clara gardèrent le silence, observant les stigmates de l'avalanche. Les alpinistes avaient regroupé le matériel brisé en différents tas, donnant au camp un air de casse montagnarde. Ils virent deux brancards recouverts d'une couverture de survie.

Dave leur expliqua :

— On a voulu regrouper les corps, mais tous n'étaient pas d'accord. La plupart veulent les redescendre, notamment les Occidentaux, mais il est possible que certains de vos compatriotes choisissent d'organiser une crémation. Comme je savais que vous arriviez, j'ai demandé d'attendre votre autorisation.

— OK, je verrai ça après avec les sherpas. La priorité, c'est les blessés, et ensuite Adam et Ève, c'est bien comme cela que vous les avez appelés ?

Dave sourit :

— Je vois que vous avez bien lu mes rapports.

Clara leva les yeux et frissonna en voyant le mur de glace qui se détachait dans un ciel pur. Elle commençait à toucher du doigt la fascination des hommes pour l'alpinisme et pour le défi ultime qu'était l'Everest. Fascinée par cette vision, elle se prit les pieds dans un fil de tente. Dave la rattrapa juste à temps. Par réflexe, elle le remercia en français. Dave lui refit son sourire Ultrabrite.

Ils arrivèrent à une grande tente grise. Une femme coiffée d'un bonnet blanc, d'où s'échappait par la droite une queue-de-cheval blonde, vint à leur rencontre. Bien que Clara ne puisse pas voir ses yeux, les traits de son visage laissaient deviner une très jolie femme. Un instant, elle se demanda si elle n'était pas dans un film catastrophe américain. Cette fois, peut-être par solidarité féminine, ce fut Clara qui fut saluée en premier. Dipak n'eut pas l'air d'en prendre ombrage.

— Ines Gruber, c'est moi qui ai découvert le premier corps.

Au regard du peu d'information qu'il y avait dans le dossier, Clara avait une multitude de questions sur les lèvres, mais, se souvenant qu'elle était invitée, elle garda le silence en attendant de voir si Dipak allait faire le job. Le flic népalais fit un mouvement de tête que Clara eut du mal à interpréter – entre moue et marque de sympathie.

— Vous pouvez nous montrer où se trouvaient les victimes ?

Compte tenu des circonstances de la découverte, Clara se doutait que la visite du terrain avait un intérêt limité, néanmoins c'était un passage obligé. Dave les accompagna et ils prirent en oblique vers le sud. Ines marchait vite, en tout cas trop vite pour Clara qui cherchait son oxygène. Dave le remarqua et s'adressa à Ines :

— Si tu continues comme ça, tu vas la tuer. Marche doucement, elle sort de l'hélico, elle n'est pas acclimatée.

Ines se retourna, s'excusa et repartit d'un pas plus lent. Ils furent enfin sur place. L'alpiniste leur raconta qu'elle venait souvent s'isoler en fin de journée sur ce rocher qui faisait face à une crevasse. Celle-ci avait cessé d'exister le jour du tremblement de terre et elle avait vu une main émerger de la vague blanche. Clara et Dipak scrutèrent la scène. De la neige retournée et tassée, des traces de pas. Les alpinistes avaient planté deux bâtons pour matérialiser l'emplacement de leur découverte. Sympathique mais inefficace, pensa Clara.

Dipak photographia le tout et alla s'asseoir seul sur le rocher cher à Ines. Clara en profita pour interroger les deux alpinistes. Depuis combien de temps étaient-ils au camp ? Combien de personnes avaient-ils dans leurs expéditions, avaient-ils remarqué des choses anormales depuis qu'ils étaient sur place ? Rien de ce qu'elle apprit ne semblait pouvoir l'aider, mais elle se devait de faire une enquête de voisinage. Elle consigna leurs réponses dans son petit cahier. Elle se dirigea vers Dipak, toujours assis en tailleur sur la pierre.

— J'essaie de sentir les vibrations de la montagne, mais elle reste muette.

Clara ne répondit pas. Le décor était magnifique ; Ines et Dave étaient beaux comme des dieux. Dipak était sympathique mais son enquête démarrait mal : deux témoins qui n'avaient rien vu et un flic qui essayait de parler à la nature, cela promettait d'être compliqué.

Elle fit un signe de la main pour signifier sa volonté de faire demi-tour. Elle partit seule devant. Dave la rattrapa, laissant Dipak avec Ines.

En quelques minutes, le temps s'était considérablement couvert et les nuages commençaient à envelopper le glacier. Dave regarda sa montre. L'hélico avait dû faire au maximum deux rotations. Les blessés les plus légers ne seraient probablement pas évacués ce jour.

Clara l'interrompit dans ses pensées.

— J'ai lu que c'est vous qui aviez coordonné l'organisation des secours avec les autres expéditions. Y a-t-il un moyen que chacun des responsables me communique une liste très précise de leurs membres : nom, prénom, nationalité, date d'arrivée au camp et état physique - valide, blessé, décédé ?

— Je dois pouvoir vous obtenir cela.

— Ce serait bien dans la journée !

Elle sentit que son ton avait désorienté l'Américain, mais le moment de grâce était passé et ses réflexes professionnels reprenaient le dessus.

Ils furent de retour à la tente où ils avaient rencontré Ines. Des hommes se tenaient devant, un gobelet à la main. Ines présenta son équipe.

— Voici Mats, Thomas, Julian, et Chris, votre compatriote, qui nous a mis sur la piste française.

Dipak et Clara les saluèrent rapidement. Ils reviendraient vers eux dans un second temps. La priorité était ailleurs. Clara sonda Dipak du regard. Allait-il poursuivre sa quête extranaturelle ou allait-il se reprendre ? Par chance, ce fut la seconde option. Il posa la bonne question.

— Où les avez-vous entreposés ?

— Dans la tente bleue, juste derrière. Je vous accompagne, il y a un cadenas dessus.

Ines avait finalement jugé bon de mettre Adam et Ève totalement à l'abri des regards. Les couvertures de survie n'avaient pas été assez dissuasives. Lassée par la curiosité malsaine de certains, elle les avait fait migrer vers un abri qu'elle espérait plus sûr.

Avant d'ouvrir, Ines vérifia l'état de la tente. Pas de trace d'effraction. Apparemment, la toile avait joué son rôle de rempart. Elle fit jouer la clé dans la serrure et actionna les deux fermetures.

— Ils sont peut-être un peu humides. On les recouvre de neige régulièrement dans la journée lorsque la température monte.

Clara et Dipak pénétrèrent chacun d'un côté. Ines resta légèrement en retrait. Après avoir retiré leurs lunettes de soleil, les deux policiers se penchèrent et soulevèrent simultanément les couvertures.

Adam et Ève étaient conformes aux photos du dossier : un homme d'une quarantaine d'années, la partie droite du visage salement abîmée – seule la présence d'un œil rappelait qu'il avait été humain –, la partie gauche, intacte, laissant deviner des traits émaciés, des cheveux très bruns tirant sur le gris, coupés très court. Pour autant qu'elle puisse en juger avec les vêtements, plutôt du style grand maigre. Le corps de la femme semblait intact. On aurait pu la croire dans un sommeil profond. Nul doute qu'elle était plus jeune que son compagnon d'infortune, cheveux longs châtain très clair et, malgré la rigidité cadavérique, des traits harmonieux.

— Hans, notre médecin, ne voulait pas lui détacher les bras. J'étais de l'avis contraire. On a coupé les cordes sans les toucher. Elles sont dans la tente-mess, dans un sac.

Dipak acquiesça.

— On fera un relevé d'empreintes, mais notre base est très limitée.

Clara se retourna vers Ines.

— J'imagine que vous les avez fouillés.

— Dave s'en est chargé. Ils n'avaient aucun papier sur eux.

Clara resta silencieuse. Elle repensa à cette formule d'un de ses formateurs de l'école de police qu'elle avait toujours dans un coin de la tête : « Parfois le diable est dans le détail. » Elle s'agenouilla et commença par vérifier les poches extérieures de la doudoune d'Ève, puis la poche intérieure, avant de passer au pantalon. Vides !

Ines et Dipak l'observaient en silence, presque gênés. Elle les contourna et répéta la manœuvre avec Adam : les poches extérieures, la poche portefeuille… La thèse émise sur leur pays d'origine semblait pertinente : le Che, son homme, avait quasiment le même modèle de doudoune.

Lui non plus n'était pas un adepte de la montagne, mais il ne supportait pas le froid lors de ses déplacements en scooter. Elle se souvenait d'une deuxième poche en bas, côté droit. Outre son emplacement inhabituel, cette poche avait la particularité de fermer avec du Velcro et non avec une fermeture Éclair, ce qui la rendait moins palpable. Elle avait bien en mémoire ces spécificités parce que, quelques mois plus tôt, son mec avait retourné l'appartement pour retrouver ses clés de scooter et que, dans un flash, il s'était souvenu les avoir mises dans cette poche incongrue.

Elle passa ses doigts à l'intérieur et sentit quelque chose, du papier. Lentement, elle parvint à extraire sa découverte. Elle entendit Ines grommeler ce qui devait être un juron en allemand.

Elle fit apparaître sa trouvaille : une feuille de papier journal, qu'elle déplia. Bien qu'elle ne fût pas une grande lectrice de ce quotidien, elle reconnut immédiatement la typographie ; c'était une page du *Monde*. Elle lut le titre et parcourut rapidement le texte. Interloquée, elle s'apprêtait à le relire plus lentement, cherchant une clé cachée, lorsqu'elle fut interrompue par Dipak et Ines. Ils ne déchiffraient pas l'article et s'impatientaient d'en connaître la teneur.

— Il s'agit d'une page d'un quotidien français. C'est une analyse des forces en présence dans notre parti de droite, à deux ans de notre élection présidentielle.

Ines, dont l'engagement pour le parti écologiste allemand « Die Grünen » était sans faille, eut une mine de dégoût.

— Toute ma famille vote pour les conservateurs, en Allemagne. C'est un éternel sujet de dispute, mais je ne les vois pas emporter un article sur Merkel à l'Everest. Votre compatriote doit être un militant acharné pour faire cela.

Clara resta silencieuse. L'article était daté du 2 mars 2015. Elle avait au moins une certitude et une énorme présomption : Adam étant vivant ce jour-là, et il y avait 99 % de chance qu'il soit français, Chris ne s'était pas trompé. Elle tendit l'article à Dipak et reprit sa fouille. Un deuxième coup de main du destin serait le bienvenu. Elle s'attaqua à Ève mais, cette fois, ne trouva rien.

Ils sortirent en direction de la tente-mess. Clara se tourna vers Dipak.

— Vous savez où on trouve des journaux français au Népal ?

— Il y a de la presse internationale dans quelques points de vente à Katmandou et dans la librairie de la rue principale à Pokhara, la seconde ville du pays. Et, évidemment, dans les ambassades.

Clara moulinait dans sa tête. Elle devait contacter Lamy pour qu'il fasse le tour des librairies de Katmandou, dès le lendemain, avec une photo du profil le moins abîmé d'Adam. Puis pensa « à quoi bon ? ». Non, ce n'était pas comme cela qu'il fallait procéder.

Ils pénétrèrent dans la tente. Autour de la table en fer, elle reconnut les deux Allemands qu'Ines lui avait présentés, et Chris, son compatriote. Dave était également de la fête. Il avait retiré ses lunettes de soleil et elle fut troublée par ses yeux bleus. C'était vraiment un beau mec. Dans une autre vie, elle se serait jetée dessus. Il y avait également un Népalais aux traits presque chinois. Il vint à leur rencontre et, par politesse, s'adressa à eux en anglais :

— Je suis Passang, le chef des sherpas de l'expédition.

Dipak répondit dans la même langue, mais passa très vite au népalais. Clara les laissa et s'installa entre Dave et Chris. Elle félicita ce dernier pour son intuition, puis déclara :

— Sans vous, jamais de ma vie je n'aurais mis les pieds ici et j'en mesure le caractère exceptionnel. En revanche, on ne peut pas dire que cela soit un cadeau, côté enquête. On ne croule pas sous les indices.

Chris garda le silence. Il avait du mal avec l'humour et avec les femmes. C'était sûrement pour cela que, lorsqu'il n'était pas dans ses travaux de recherche, il courait les montagnes. Clara fut un peu désarçonnée par le mutisme du jeune homme. Heureusement, Dave vint à sa rescousse.

— Café, thé ou bière ? Sachant que je ne vous recommande pas la bière si vous avez encore un tant soit peu le mal de l'altitude.

— Non, à part le froid qui me bouffe les pieds, je vais très bien merci. Je ne suis pas contre une bière.

Il lui tendit une bouteille.

— Je me suis occupé de votre demande sur les noms de tous les présents au camp de base. Je pense qu'on aura tout ce soir.

Dipak et Passang continuaient leur conversation en népalais, les Allemands échangeaient… en allemand ; Clara leur poserait quelques questions plus tard. Pour l'instant, elle allait mêler plaisir et travail et converser avec le bel Américain. Elle le questionna sur son parcours, sa passion pour la montagne, ses divers exploits, l'ambiance au sein des expéditions. Connor se prêtait avec plaisir à ce petit jeu.

— Vous m'accompagnez dehors ? J'ai envie d'une cigarette.

— Jamais une bonne idée, et encore moins à cette altitude… mais je vous suis, répondit-il avec son sourire Ultrabrite.

Ils se retrouvèrent dehors. Le temps avait continué à se couvrir, rendant l'absence de lunettes supportable. Clara porta une cigarette à sa bouche, puis se mit à la recherche de son briquet. Elle finit par le trouver en dessous de l'article sur les restaurants découpé dans l'avion, plié en huit dans sa poche. Elle l'avait transvasé machinalement la veille à Lukla de son jean à son pantalon de montagne. Elle porta la flamme sur sa clope, tira deux taffes. L'évidence venait de la frapper.

— Venez, on retourne à la tente. J'ai besoin de Dipak et de votre radio.

Dave semblait déçu. Peut-être avait-il commencé à se faire des idées. « *Anyway*, ce n'était plus le moment », pensa Clara. Elle entra en trombe dans la tente et coupa Dipak et Passang.

— Vous avez un moyen de vous procurer la liste de tous les Français qui sont arrivés à Katmandou le 3 mars ?

— Pourquoi cette date ?

— Parce que je pense qu'Adam n'a pas acheté *Le Monde* à Katmandou, encore moins à Paris. Il aurait rangé l'article dans ses affaires. Non, il a fait comme moi.

Elle exhiba la page sur les restos de Paris. Dipak la regarda d'un air interrogatif.

— Déchirée dans l'avion. Je vous raconte l'histoire : il lit cela tranquillement installé dans son fauteuil. Le sujet lui tient à cœur. Il découpe l'article et il le garde sur lui à un moment où c'est difficile de le stocker. Je suis quasi certaine que cela s'est passé comme ça.

Dipak, dont l'expérience aérienne se limitait à des vols intérieurs sur des coucous de vingt places, avait du mal à visualiser la scène, mais fut impressionné par la détermination de son homologue française.

— Dave, conduisez-nous à la radio, il faut que Dipak et moi contactions nos boss.

Chapitre 11

Paris, dix mois plus tôt.

Contre toute attente, Agathe avait réussi ses examens de première année. Ses capacités en dessin avaient été un atout précieux et avaient compensé sa faible note en droit. Pour la première fois depuis des semaines, elle était sortie avec ses camarades de l'école. Ils avaient écumé les bars du quartier d'Oberkampf pour fêter leur passage en deuxième année. Agathe avait un peu bu, mais beaucoup moins que la plupart de ses amis. Peut-être qu'elle aurait dû boire plus, elle aurait été plus au diapason du groupe. Elle était déjà un peu à l'écart de par son caractère et sa situation financière tendue, mais depuis qu'elle avait une activité secrète, elle trouvait ses jeunes congénères fades et immatures.

Elle s'était ensuite accordé une semaine de vacances avec Julie, son amie d'enfance. Elles étaient parties une semaine à Marrakech. Agathe avait apprécié cette parenthèse au soleil et le changement de décor. Elle avait été contente de passer du temps avec Julie. Sa camarade était toujours aussi bienveillante et facile à vivre, mais Agathe n'avait pas ressenti cette complicité qui les avait réunies pendant des années. Pour preuve de ce léger malaise, elle ne s'était pas sentie assez en confiance pour lui parler de sa vie parallèle.

Elle retrouva Paris et son studio sans regret. En commençant à bosser au *Secret Garden*, Agathe s'était dit qu'elle avait trouvé un boulot facile, pas trop chronophage et rémunérateur. Elle n'avait pas prévu qu'elle allait se comporter comme un ours devant un pot de miel. En fait, elle avait hâte de danser à nouveau. Hâte de captiver l'attention, d'être sous les projecteurs, hâte de provoquer du désir. Jamais elle n'aurait cru que danser à moitié nue lui aurait procuré autant de plaisir.

Les débuts n'avaient pas été simples. Comme promis, Zoé l'avait prise sous son aile pendant quatre après-midi. Mais même avec des notions de danse, maîtriser toutes les techniques de pole dance n'était pas aisé. Un certain nombre de figures sollicitaient une tonicité sans mesure des bras et des abdominaux. Du coup, ses premières prestations avaient été assez basiques et elle avait essayé de compenser ses faiblesses techniques par une sensualité renforcée. Cela avait fait l'affaire, mais n'était pas suffisant pour sortir du lot et générer beaucoup de danses privées. Agathe s'était donc astreinte à une discipline de fer, avec au minimum deux heures de renforcement musculaire par jour. Cette nouvelle contrainte s'était ajoutée à un emploi du temps déjà chargé, entre cours, révisions et deux soirs de show. Mais elle avait considéré cela comme un investissement qui porterait, elle l'espérait, assez vite ses fruits. Et elle avait eu raison. En cinq mois, ses progrès avaient été fulgurants. Certes, cela avait été au détriment de certaines révisions, mais en fin de compte elle avait eu son année et son corps s'était métamorphosé.

Elle attendait cette soirée de reprise après trois semaines de pause, pour cause de partiels et de voyage, avec impatience. Elle arriva en même temps qu'Elena, une Tchèque avec qui elle partageait la particularité de faire partie des trois étudiantes de l'équipe actuelle.

Elles se préparèrent en échangeant des conseils de beauté et en se complimentant mutuellement. Agathe trouvait qu'Elena avait des jambes parfaites, et cette dernière fantasmait sur les seins de la Française. Peu à peu, les autres filles firent leur apparition et, même si Agathe avait, *a priori*, peu d'atomes crochus avec elles, comme presque à chaque fois une dynamique de groupe se créa. Agathe se sentait à sa place dans ce monde de frivolités et de séduction.

Mat, le maître de cérémonie, leur annonça leur ordre de passage. Elle était en troisième position, cela lui convenait. Elle sortit et alla discrètement jeter un coup d'œil sur la salle. Seules deux tables n'étaient pas occupées. Ce soir, le public était plutôt mixte, ce qui n'était pas toujours le cas, surtout en cette période de l'année, propice aux enterrements de vie de garçon. Il n'était pas exclu qu'un groupe arrive en seconde partie de soirée, après le dîner en mode bar. Cette formule drainait de toute manière une clientèle plus jeune et plus masculine.

Naomi, une petite métisse hypertonique, s'élança sur le podium au son de *I Can't Stand the Rain*. Elena prit la suite sur un classique du strip, *You Can Leave Your Hat On* de Joe Cocker. Agathe entra en piste sur les accords de *Born to Be Alive* de

Patrick Hernandez. Elle avait réussi à imposer ce titre à Zoé, leur directrice artistique, qui ne le trouvait pas assez sensuel. Mais elle lui avait prouvé le contraire. C'était juste une histoire de timing et de vibrations. Elle enchaîna des figures assez faciles au début en mode rotatif autour de la barre de pole dance – *swordspin*, *tinkerbell* et autres mouvements similaires. Au refrain, elle en profita pour faire tomber son haut, exhibant fièrement ses seins, et, toujours sur le même rythme saccadé, elle enchaîna des figures plus difficiles en rotation inversée, tête en bas, jambes en l'air, comme le *handspring* ou le *dragon fly*. Malgré son entraînement, ses abdos la brûlaient, mais elle réussit à afficher un sourire qu'elle espérait pas trop crispé. Elle improvisa un final, lâcha la barre et salua le public à genoux, à la manière d'un guitariste d'un groupe de rock. Le public bien élevé et d'ordinaire presque trop guindé applaudit à tout rompre. Agathe savoura cette ovation.

Elle ramassa ses affaires et fila en direction du vestiaire pendant que les premières notes de *Let's Dance* de David Bowie annonçaient le show de Jenny, la recrue la plus récente de l'équipe. Zoé l'accueillit avec un sourire au vestiaire.

— Quel succès !

— T'as vu, ils ont grave kiffé.

Zoé changea de physionomie.

— La prochaine fois que tu veux jouer la star, préviens-moi avant. La patronne, ici, c'est moi.

— Mais ils ont adoré !

— Je ne dis pas le contraire, et t'as de la chance. Ils auraient très bien pu ne pas aimer. Tu as pris un gros risque, non seulement pour toi, mais aussi pour nous, parce qu'au final si tu fais un four, c'est l'image du club qui prend. Je te rappelle que notre créneau, c'est « le chic », pas « le choc ».

Cette fois, Agathe resta silencieuse.

— Allez, retourne dans la salle. Je pense que tu vas avoir beaucoup de demandes de danses privées. C'est ton heure, fais en sorte qu'elle dure le plus longtemps possible.

Une nouvelle danseuse avait pris possession du podium. Agathe prit place dans l'espace bar. Et, comme Zoé l'avait prédit, deux serveuses vinrent de manière quasi simultanée reporter des demandes de tickets, c'est-à-dire de danses privées. Elle demanda aux hôtesses de lui montrer discrètement les commanditaires. Deux couples. Elle choisit de commencer par les plus jeunes.

Elle vint les chercher à leur table. L'homme était un peu fort, la femme plutôt jolie, malgré un maquillage un peu trop appuyé. Agathe connaissait déjà la réponse, mais elle leur demanda :

— C'est votre première fois au *Secret Garden* ?

Ce fut la femme qui répondit.

— Oui. Cela faisait longtemps qu'on voulait venir, mais avec les enfants, c'est toujours compliqué et on n'habite pas tout près. En tout cas, le show est magnifique et vous êtes superbe.

— Merci.

Ils la suivirent jusqu'à un salon privé. Ils prirent place sur un petit canapé. Elle se connecta à la base musicale et lança *Sexual Healing* de Marvin Gaye.

Elle monta sur le mini-podium et, cette fois, elle fit fi des difficultés techniques. Elle choisit d'onduler comme une louve sur la musique. Elle sentait qu'elle était complètement dans le rythme à chacun de ses déhanchés. Elle se rapprocha du couple et joua avec sa poitrine à une distance infime de leur visage. Ils étaient subjugués. Elle se recula dans un ultime déhanché, fit glisser son string quelques secondes avant que la musique ne cesse. Les deux tourtereaux applaudirent. Elle ramassa ses vêtements et s'empressa de se rhabiller. Elle les raccompagna dans la salle et écouta leurs commentaires élogieux tout en les remerciant. Elle avait visiblement une longue nuit devant elle.

Chapitre 12

Camp de base de l'Everest,
mercredi 29 avril 2015.

Clara n'avait quasiment pas dormi. L'altitude et le froid n'en étaient pas les principaux responsables. Non, la vraie raison, c'était l'excitation née de sa découverte. La veille, Dipak et elle avaient eu une liaison radio avec leurs hiérarchies respectives. Elle avait laissé son homologue népalais commencer à expliquer la situation à Ramesh Shakya. La conversation s'étant déroulée en népalais, elle n'avait évidemment rien compris. Puis elle avait fait son topo à Lamy, lui expliquant où il fallait concentrer les recherches. Elle avait pris le risque de froisser Dipak en demandant à son boss d'insister auprès des Népalais pour qu'ils privilégient la piste des compagnies aériennes plutôt que des entrées en douane.

Soit l'inspecteur népalais ne l'écoutait plus à ce moment-là, trop heureux d'avoir eu une piste à apporter à son patron, soit il avait fait semblant de ne pas entendre, toujours est-il qu'il n'avait pas réagi, alors qu'il en avait la possibilité puisqu'il était juste devant la tente lorsqu'elle avait fait cette observation.

Après leurs rapports, ils s'étaient entretenus avec Hans, le médecin de l'expédition d'Ines. Celui-ci leur avait répété son diagnostic. Il pensait qu'Adam avait été tué par une balle reçue au niveau du cœur, mais il fallait évidemment confirmer ce diagnostic en hôpital. Médecin d'altitude et médecin légiste étaient deux métiers différents.

Elle parcourait les différents feuillets récoltés par Dave auprès de toutes les expéditions. Elle avait fait le compte, pas loin de mille personnes, dont près de deux tiers de Népalais et vingt-cinq nationalités, allant des Néo-Zélandais aux Argentins en passant par les Indiens, les Coréens et une mosaïque européenne. Le bilan à date faisait état de dix-huit morts, hormis Adam et Ève, dont quatorze Népalais. Il ne fallait pas oublier soixante blessés dont les vingt plus graves avaient finalement réussi à être évacués par hélico dans des conditions difficiles. Elle apprit également que les plus anciens au camp de base étaient les Néo-Zélandais d'Adventure Consultants qui s'étaient déployés sur place le 20 mars.

Elle s'apprêtait à demander à Ines de l'orienter dans ce village de toile pour aller les interroger lorsque Dipak fit irruption dans la tente-mess.

— J'ai appris à l'Alliance française un proverbe français : « Qu'importe le flacon, pourvu qu'on en ait l'ivresse », c'est ça ?

— « Qu'on ait l'ivresse », corrigea Clara. J'avoue que je suis bluffée par votre connaissance de notre langue, mais y a-t-il un côté pratique à cette citation matinale ?

— Tout à fait. Vous aviez l'air hier de douter de la capacité de nos services à vous fournir les noms des Français entrés sur le territoire népalais le 3 mars. Vous aviez tort. Certes, l'information ne vient pas de notre service d'immigration mais des compagnies aériennes, en tout cas le résultat est là.

Clara fut à deux doigts d'apprendre à Dipak un nouveau proverbe de circonstance : « La vengeance est un plat qui se mange froid », mais elle s'abstint.

Elle remercia d'un signe de tête et prit le listing que Dipak lui tendait.

— Vous pouvez aller directement à la dernière page.

Clara survola le doc. Le classement était établi par compagnies aériennes : Qatar Airways, Oman Air, Turkish Airlines, Etihad, Air India.

Dipak avait bien briefé ses services. Sur l'ultime feuillet figurait un tableau récapitulatif : quarante-cinq Français avaient pris un vol pour Katmandou, mais seulement cinq ne faisaient pas l'objet d'un achat groupé par une agence spécialisée. Les noms et âges de ceux-ci apparaissaient en gras. Parmi les cinq, il y avait trois hommes âgés de quarante-deux, cinquante-cinq et soixante et un ans, et deux femmes de quarante-cinq et soixante ans. Si la piste se révélait une impasse pour les femmes, elle venait sûrement d'identifier son « Adam » ; le voyageur de quarante-deux ans se nommait Thomas Bréal.

— Est-ce que Lamy a eu ce listing ?

— Pas à ma connaissance. Nous voulions vous donner la primeur de l'information.

— C'est fort aimable de votre part. Bon boulot. Je vais le contacter de ce pas.

Clara s'était empressée de joindre Lamy. Celui-ci l'avait félicitée pour cette avancée de l'enquête. Il lui avait dit qu'il allait transmettre aussitôt l'info à Paris et lui avait demandé de rester à proximité de la radio. Quelques minutes plus tard, l'ASI l'avait recontactée.

— Malgré le décalage horaire (c'était le milieu de la nuit en France), j'ai réussi à joindre Deschamps. Il veut que vous rentriez au plus vite pour poursuivre les investigations en France. Il a affirmé que vous seriez plus utile là-bas et que vous pourriez aussi dérouler le fil pour identifier la femme. On laisse votre homologue népalais terminer l'enquête de voisinage sur le camp, même si je ne pense pas qu'il en sortira quelque chose. Je vois avec Ramesh Shakya pour faire rapatrier les corps le plus rapidement possible. Communiquez-moi votre heure d'arrivée à Katmandou et je vous récupère.

— OK, parfait, mais tant que vous y êtes, voyez si nos amis peuvent nous fournir la même requête une semaine avant et une semaine après, en mettant l'accent sur les femmes seules.

— Je vais voir ce que je peux faire, mais j'ai peur qu'ils pensent avoir déjà fait leur part du job.

Clara avait aussitôt débriefé Dipak du changement de donne dans leur collaboration. Elle devait rentrer au plus vite, il continuerait seul les investigations sur place.

Dipak lui avait annoncé qu'elle avait juste le temps de rassembler ses affaires et de prendre congé des alpinistes. La prochaine rotation de l'hélico était imminente. Il allait s'assurer qu'elle puisse prendre place à bord, mais également qu'elle attrape le dernier vol à 10 h 15 pour Katmandou à Lukla.

Elle remercia chaleureusement Ines et son équipe de l'avoir accueillie dans leur campement. Un peu par sentimentalisme, mais aussi par acquit de conscience au cas où les Népalais « oublieraient » de communiquer à Lamy certaines pièces, elle prit soin de prendre les coordonnées de chacun. Elle regrettait de ne pas avoir le temps de saluer Dave, mais elle n'avait pas le temps de se perdre dans le camp pour le retrouver. Dipak l'accompagna à l'aire de décollage. L'Américain était sur place. Le sourire qu'elle s'apprêtait à lui prodiguer disparut lorsqu'elle comprit ce qu'il faisait : après l'évacuation des blessés, il coordonnait celle des morts. Elle s'approcha de lui et lui expliqua la situation. Il lui donna son adresse mail et l'invita à venir passer quelques jours dans le Wyoming. Clara n'avait jamais mis les pieds aux États-Unis, mais savait que, pour les Américains, une invitation à séjourner chez eux avait autant de profondeur qu'une promesse de déjeuner pour des Français. Elle répondit poliment que ce serait avec plaisir et monta à côté de deux corps enveloppés dans des sacs plastique de l'armée népalaise. Quelques instants plus tard, son regard se porta une dernière fois sur la déesse des montagnes : Sagarmatha, l'Everest. Elle ne lui avait pas donné toutes les cartes, mais suffisamment pour continuer la partie.

Chapitre 13

Katmandou, mercredi 29 avril 2015.

— Vous avez fait du bon boulot, là-haut. Ramesh Shakya n'était pas disponible pour vous accueillir, mais il m'a chargé de vous transmettre les félicitations du Crime Investigation Department. Si vous voulez mon avis, les Népalais tiennent beaucoup à ce que cette affaire avance vite. Malgré les pertes humaines et les destructions que le tremblement de terre a provoquées, ils pensent déjà à « l'après-séisme ». Il est fort à craindre que le flot de touristes se réduise considérablement dans les prochains mois. Ils n'ont pas envie, en plus, que leur montagne passe pour une nouvelle zone de non-droit aux yeux des trekkeurs et alpinistes. Vous voyez le topo ?

Clara sourit. Christopher Lamy avait retrouvé son bagout. En fait, l'avait-il jamais perdu ? Il portait la même veste de treillis dépareillée que le jour de son arrivée au Népal. Clara revit la scène. Cela lui semblait tellement loin, alors que ça remontait à quarante-huit heures en réalité.

— J'ai eu raison d'insister auprès de Paris pour qu'ils vous envoient. En même temps, vous pouvez me remercier, j'ai passé en tout quatre ans dans ce pays et je n'ai jamais vu l'Everest d'aussi près que vous, un peu comme si l'ambassadeur des

États-Unis ne traversait jamais la Seine pour aller voir la tour Eiffel. Bref, je divague. Venez, rentrons à l'intérieur. Cette putain de pluie va finir par nous filer la mort.

Clara ne broncha pas. C'est elle qui avait demandé à Lamy de pouvoir sortir du hall pour fumer sa première clope en basse altitude. Elle ne s'était pas attendue à ce que le ciel, pourtant gris, se mette à déverser soudainement un tel déluge. Heureusement que l'orage ne s'était pas déclenché quelques minutes plus tôt. Elle aurait encore eu droit à un atterrissage sportif.

Une fois à l'abri, Lamy reprit :

— Le trafic aérien est redevenu quasi normal. Je vous ai trouvé une place en première sur le vol de la Qatar de ce soir.

Clara ne put s'empêcher de s'exclamer :

— Mais vous êtes dingue !

— Il ne restait plus que cela. Tout le monde veut quitter le pays au plus vite. Ne vous inquiétez pas, ce sera sur mon budget. De toute façon, j'ai dix morts à rapatrier, donc il va bien me falloir une rallonge.

Clara ne releva pas. La manière dont Lamy organisait ses comptes ne la regardait pas. Les bagages arrivèrent sur deux grands chariots et deux hommes les étalèrent à même le sol. Clara montra son billet à un des préposés et récupéra ses sacs.

— Qu'est-ce que je fais des fringues que vous m'avez achetées ?

— Gardez-les. J'ai personne de votre corpulence à l'ambassade. Vous serez équipée si l'idée vous prend de grimper sur le mont Blanc cet été.

Cette pensée la fit sourire. Elle imaginait la tête du Che si elle lui proposait une telle hypothèse pour leurs vacances.

— Malgré les conditions de circulation, on a le temps de passer à l'ambassade. Avec un peu de chance, nos générateurs tourneront et vous pourrez prendre une douche chaude et contacter Paris.

Ils s'engouffrèrent dans la voiture de Lamy. Après avoir franchi un poste de contrôle, Christopher bifurqua sur sa gauche. Clara fut surprise de découvrir un golf jouxtant la route.

— Le meilleur endroit de Katmandou pour faire des rencontres, s'esclaffa Lamy. Plus sérieusement, vu le niveau de pauvreté du pays, ce n'est pas la première chose qu'on s'attend à voir en sortant de l'aéroport, mais vous allez voir dans quelques mètres, Phnom Penh passera pour une ville suisse à vos yeux en comparaison de Katmandou. Pour être honnête, c'est spécialement sale et bordélique depuis le tremblement de terre. Les ordures ne sont plus ramassées et la moitié des habitants dorment dans la rue de peur que leur habitation leur tombe sur la tête pendant leur sommeil. Mais en temps normal, cette ville a un côté irréel qui en fait sa magie. Revenez dans six mois lorsque les choses se seront normalisées, vous adorerez ou... vous détesterez, mais Katmandou ne vous laissera pas indifférente.

Décidément, Lamy avait à cœur de s'occuper de ses prochains congés. Clara resta silencieuse et observa la foule bigarrée qui circulait, malgré la pluie, le long de la rue. L'ambiance était très différente de celle qu'elle avait pu rencontrer à Lukla ou au camp de base, où les randonneurs et alpinistes occidentaux avaient laissé une empreinte importante. Ici, elle était noyée dans la masse des locaux affairés et bruyants. Lamy devança sa question.

— Il y a toujours du monde sur cette partie de la route, parce que sur votre droite se trouve un des principaux temples du pays : Pashupatinath, et juste en face un grand marché. Depuis hier, le gouvernement népalais y a installé des points de distribution de l'aide internationale. Tout le circuit alimentaire est désorganisé, mais les Katmandais restent étonnamment calmes. Même Ramesh est étonné. Il s'attendait à des émeutes ou des pillages. Pour l'instant, rien de tout cela n'est arrivé.

La circulation se fluidifia peu après. Clara aperçut quelques habitations éventrées, mais elle s'était attendue à bien pire… Ils contournèrent ce que Lamy lui confirma être un palais, plus précisément « l'ancien palais royal transformé en musée depuis la chute de la monarchie quelques années plus tôt », et arrivèrent peu après à la grille de l'ambassade.

À la vue de l'ASI, le garde actionna automatiquement l'ouverture. Clara découvrit un bâtiment ocre nettement moins imposant que l'ambassade du Cambodge, son seul point de repère consulaire jusqu'à présent. Lamy claqua la portière de sa voiture.

— Je suis certain que vous vous dites que j'ai perdu au change avec le Cambodge.

La question était de pure forme car il embraya :

— Un, j'avais beaucoup aimé mon premier passage ici, et deux, c'est transitoire avant un transfert pour Pékin dans quelques mois.

Clara ignora la remarque remplie de contentement viril.

— Je voudrais contacter mon équipe, dit-elle sur un ton décidé, limite autoritaire.

Lamy se renfrogna mais obtempéra.

— Suivez-moi, mon bureau est au premier.

Ils contournèrent le hall d'accueil du public, empruntèrent un escalier tapissé de rouge et prirent à droite. Lamy salua un petit groupe de collaborateurs dans la salle de réunion qui faisait visiblement office de cellule de crise. Son œil aguerri repéra des pochettes aux noms de tour-opérateurs français, empilées sur la table ovale. Visiblement encore vexé, Lamy ne se donna pas la peine de faire les présentations. Clara opta pour un signe de la main pour les saluer.

Enfin ils pénétrèrent dans son bureau. Clara reconnut quelques bibelots déjà présents à Phnom Penh, notamment une tour Eiffel et l'affiche de la une de *L'Équipe* au lendemain de la victoire de l'équipe de France en finale de la Coupe du monde 98. Elle fut surprise d'arriver à refouler immédiatement les souvenirs douloureux qui se rattachaient à cet événement.

Ils prirent place face à face. Lamy lui tendit son téléphone.

— *A priori* la ligne est sécurisée. Même si je suis persuadé que nos amis américains pourraient nous écouter s'ils le voulaient, mais je doute que notre affaire ait un lien avec une histoire d'espions.

Clara apprécia que Lamy ait parlé de « notre affaire » et non de « votre affaire ». C'est à ce genre de petit détail qu'on mesurait si on avait des partenaires ou des adversaires.

Elle esquissa un sourire de remerciement signifiant par ailleurs que leur petite escarmouche était terminée. Elle choisit d'appeler non pas son boss Deschamps, mais son adjoint Yannick Ichane. Le poste sonna dans le vide. Elle composa alors le numéro de son portable. Cette fois, elle eut plus de succès.

— Comment va la Népalaise ?

— Comment tu savais que c'était moi ?

— Un numéro bizarre qui s'affiche sur mon écran et un appel de Deschamps aux aurores nous informant que t'as identifié ta première victime, ça fait suffisamment d'indices, même pour un Black.

Clara ne releva pas la plaisanterie. Elle savait qu'il ne comprenait pas pourquoi il ne passait pas chef de groupe. Il s'était mis en tête que cela tenait à sa couleur de peau. Clara n'en était pas persuadée. Elle penchait plus pour une attitude qui pouvait paraître désinvolte aux yeux de sa hiérarchie. Elle savait que Yannick était un bon flic et elle avait même appuyé sa promotion. Deschamps lui avait affirmé que son adjoint avait besoin de grandir, mais ce n'était pas le moment de rentrer dans le débat.

— À part ça, t'en es où ?

— Nos collègues de la PAF[1] ont confirmé ton info. En revanche, l'adresse figurant sur le passeport n'était pas la bonne. Blachère et moi, on a fait chou blanc dans le 18e tout à l'heure.

— Et les voisins ?

1. Police de l'air et des frontières.

— Le seul truc qu'on a réussi à en tirer, c'est qu'il voyageait beaucoup et qu'il aurait déménagé dans Paris.

— Et le TAJ[1] ?

— *Nada.*

— Les impôts, la Sécu ?

— On est dessus, mais je te rappelle que la journée ne fait que commencer en France et que tous nos collègues de l'administration ne sont pas aussi speed que nous.

Clara avait oublié le décalage horaire. Lamy, qui avait également compris la méprise, lui désigna du doigt les deux horloges sur le mur transversal ; l'une d'elles indiquait l'heure de Paris : 10 h 10.

Clara se refit la chronologie de la matinée : Yannick et Blachère, un autre membre historique de son groupe, s'étaient certainement rendus vers 8 heures dans le 18e. Le temps de s'apercevoir que le tuyau de la PAF était percé et de faire le tour du voisinage, ils n'avaient pas dû lancer les réquisitions judiciaires avant 9 heures. Selon l'efficacité des personnes qui allaient les recevoir, ils auraient la réponse entre maintenant et la fin de la journée, enfin normalement. On n'était jamais à l'abri d'un cafouillage.

— OK, je te rappelle juste avant de quitter l'ambassade.

---

1. Traitement des antécédents judiciaires : fichier regroupant les victimes et les personnes, à l'encontre desquelles sont réunis des indices graves ou concordants rendant « vraisemblable » qu'elles aient pu participer comme auteurs ou complices à la commission d'un crime, d'un délit.

Elle raccrocha, partagée entre le soulagement de savoir que son équipe allait loger Bréal d'un moment à l'autre et la frustration de ne pas avoir la réponse immédiatement. Depuis la veille au soir, elle l'espérait. Maintenant qu'elle savait qu'il faudrait encore patienter un peu, son corps lui rappela qu'elle avait exceptionnellement peu mangé depuis trois jours et quasi rien depuis la veille au soir.

— Y a moyen d'avoir un steak-frites ou un burger ou n'importe quoi de bien bourratif ?

Lamy sourit :

— On est dans une ambassade française. Même post-tremblement de terre, je devrais arriver à vous faire préparer cela.

Elle se leva et lui tapa dans la main.

— La prochaine fois que vous passez à Paris, prévenez-moi, je vous invite à dîner et puis je vous présenterai mon homme, je suis certaine que vous vous entendrez à merveille.

— Cela risque de ne pas être avant un bon bout de temps, mais je retiens la proposition. Et si vous avez une copine qui traîne dans les parages à cette occasion, conviez-la.

— Vous ne vous arrêtez jamais !

— Si, avec vous. Je vous vois comme un pote.

— Ça me va. En attendant que vous trouviez de quoi me nourrir, votre pote va prendre une douche. Cela sera plus sympa pour mes voisins, ce soir.

Lamy lui tendit une clé.

— C'est à l'étage du dessus.

Clara le remercia. Elle avait hâte de se décrasser. La route vers Paris et la vérité était encore longue.

Chapitre 14

Paris, jeudi 30 avril 2015.

Clara activa son portable dès que l'avion fut stationné. Il était 7 h 30 à Paris. Elle avait quitté l'ambassade dix-sept heures plus tôt, sans avoir de nouvelles fraîches de son équipe. Elle avait bien essayé de les joindre depuis l'escale de Doha, mais un incident technique avait paralysé les communications privées. Assise à un bar de l'aéroport, elle avait entendu la conversation entre deux stewards qui lui avait fourni les raisons de ce bug : un incendie provoqué par des travaux de raccordement sur le chantier d'un des nouveaux stades pour le futur Mondial. Par un effet boule de neige, l'ensemble du système électrique de la capitale qatarie avait été affecté. L'aéroport avait évidemment un circuit de secours, mais qui était réservé aux besoins prioritaires, à savoir le trafic.

La petite icône lui signifiant qu'elle avait des messages vocaux apparut. Elle activa l'écoute. Deux messages de son père, le premier datait du 28, son ton était dépité. Le second remontait à la veille. Cette fois, les reproches prenaient le dessus : « Passe encore que tu me plantes pour le déjeuner, mais tu aurais pu au moins avoir la politesse d'appeler pour t'excuser. » Le troisième était de son adjoint :

ils avaient accumulé les contretemps et n'avaient toujours pas « logé » Bréal.

Déçue par cette nouvelle et même si elle ne portait pas son père dans son cœur, Clara choisit de l'appeler en premier. Au moins elle serait débarrassée. Son père était matinal et, à cette heure, elle était certaine qu'il serait disponible. Elle attendit d'être dans le couloir de débarquement et lança son appel. Il décrocha au bout de deux sonneries et alla droit au but.

— J'espère que tu as de bonnes raisons pour…

Elle le coupa.

— Désolée, j'ai dû partir en urgence à l'autre bout du monde.

Son père répliqua d'un ton sarcastique :

— Ton tueur khmer est ressuscité ?

Clara faillit raccrocher. L'ironie avec laquelle son père parlait de sa célèbre enquête l'avait piquée au vif. Elle prit sur elle.

— J'étais sur un dossier au Népal. Je viens d'atterrir à l'instant à Roissy.

Cette réponse eut pour effet de clouer provisoirement le bec à son père. Il répéta « ah, d'accord » trois fois de suite, puis retrouva ses esprits.

— La Crim' fait dans l'humanitaire, maintenant ?

— Un effet collatéral du tremblement de terre.

Elle sentit son père surpris.

— Que de mystères ! Tu me dois un déjeuner. Voyons-nous ce midi, tu me raconteras.

— Aujourd'hui, c'est impossible, la semaine prochaine peut-être, mais je ne te dirai rien. Tu sais très bien que je ne parle pas de mes affaires à l'extérieur.

— Bah, tu pourrais faire une exception. Cela nous évitera de nous engueuler, et je te rappelle que je suis ton père.

Elle faillit lui répondre « quand ça t'arrange », mais se ravisa.

— C'est la même règle pour tout le monde.

— Que tu me mettes au même niveau que ta boulangère me comble.

Clara changea de sujet.

— Je te tiens au courant pour demain. Bonne journée.

Maintenant qu'elle avait fait le plus dur, elle choisit de joindre son homme, le Che. Comme tous les couples, ils s'appelaient par des mots doux, mais souvent lorsqu'elle parlait de lui ou pensait à lui, « le Che » était la dénomination la plus fréquente.

Comme tous les couples également, les années avaient généré des hauts et des bas dans leur relation. En ce moment, c'était plutôt un bas, mais la tendance avait peut-être commencé à s'inverser lorsque son homme l'avait déposée à l'aéroport.

Elle ne l'avait pas beaucoup contacté, se contentant de lui envoyer un SMS assez factuel sur son enquête et l'annonce de son retour ce matin en France. En fait, elle avait été prise dans le tourbillon des événements et la découverte d'univers tellement différents qu'elle ne l'avait pas oublié, mais juste mis de côté.

Elle tomba directement sur le répondeur. Déçue, elle ne laissa pas de message. Elle se mit à espérer qu'il avait peut-être coupé son téléphone pour lui faire la surprise de venir la chercher.

Las, personne ne l'attendait dans le hall. Elle se dirigea vers la station de taxis. Il y avait un peu d'attente, mais cela restait correct, elle avait juste le temps de griller une cigarette. Ce n'était pas dans ses habitudes de fumer le matin, mais avec le décalage horaire et la nuit en avion, son corps ne savait plus trop où il en était. Un truc la troublait. Elle n'arrivait pas à mettre un nom dessus. À force de réfléchir, elle trouva. Le décalage qu'elle avait ressenti à l'autre bout du monde lui revenait en pleine tête, le chaos avait laissé place à la cohue, les voitures lui semblaient trop neuves et trop spacieuses, l'aéroport était trop grand, les gens portaient des habits trop chers. Tout cela lui parut ridicule.

Chapitre 15

Paris, jeudi 30 avril 2015.

Même si Clara l'agaçait au plus haut point, Jacques Boiron était finalement satisfait. Rien de grave n'était arrivé à sa fille et elle avait pris soin de l'appeler dès son retour en France. À défaut d'amour, il restait tout de même un soupçon de lien filial entre eux. Hasard du calendrier, il avait rendez-vous ce matin avec celui qui était indirectement à l'origine de leur brouille initiale.

Ainsi, quelques minutes après sa conversation avec Clara, son taxi le déposa rue d'Astorg, dans le 8e arrondissement, à quelques centaines de mètres à peine de leur but commun, le palais de l'Élysée. Paul Delaroche y avait établi ses bureaux au premier étage d'un immeuble haussmannien. Rien à l'extérieur ne pouvait laisser soupçonner qu'un des protagonistes à la course à l'investiture suprême occupait les lieux. Ils étaient aussi anonymes que les probabilités de succès final de son poulain étaient faibles. Mais Jacques connaissait la volonté de Delaroche qui répétait à l'envi cette maxime héritée d'un célèbre sportif français déterminé à gagner : « Peu importe le pourcentage de chance de victoire que vous avez, l'important c'est d'en avoir au moins une. »

Même pour un étage, il choisit d'attendre l'ascenseur qui, d'après le voyant lumineux, était au cinquième. Il se portait plutôt bien malgré quelques petits ennuis articulaires et, contrairement à beaucoup d'hommes de son âge, il avait réussi à garder la ligne, mais à soixante-quatorze ans il était économe de ses efforts. Il actionna la sonnette. Nathalie, l'assistante de Delaroche, vint lui ouvrir. Boiron se força à lui sourire et la salua d'un signe de tête. Il lui avait serré la main une fois et l'avait aussitôt regretté. Cette femme avait dû être gardienne de prison dans une autre vie. Elle en avait le visage fermé et la poigne énergique. Jacques avait entendu dire par des connaissances communes que la femme de Delaroche l'avait imposée en remplacement de l'assistante précédente, trop jeune, trop mignonne à son goût. Lassé des remontrances et des soupçons de son épouse qui avait menacé de faire un scandale public, Delaroche avait fini par céder. « Paris valait bien une messe pour Henri IV, pour moi, le prix à payer sera Nathalie. Note qu'à part son air de bouledogue, elle est plutôt compétente », lui avait-il confié quelques mois auparavant.

— M. Delaroche est en ligne.

Elle le conduisit dans la salle de réunion et lui proposa un café, qu'il accepta. Il posa ses dossiers sur la table. Paul arriva quelques instants après ; comme à son habitude, il portait un costume impeccablement coupé et repassé. Il y avait du seigneur anglais en lui. Jacques pensa que si les choses commençaient à tourner favorablement, il serait avisé de passer à une garde-robe plus proche du peuple.

Les temps avaient changé. Être bien habillé n'était plus forcément un atout. Il fallait être chic et sobre.

Paul réajusta une mèche de ses cheveux gris et, en guise de bonjour, le gratifia d'un sourire carnassier. Depuis cinquante ans qu'ils se connaissaient, ce rictus moqueur avait toujours été sa marque de fabrique. Même dans les situations les plus fâcheuses, il ne le quittait pas. Boiron n'avait pu déterminer si c'était un masque qu'il s'était créé ou juste le signe d'une indéfectible confiance en lui, probablement un peu des deux.

— J'étais en ligne avec un proche de Sarko. Officiellement, tout va bien de leur côté, mais dans la réalité ils sont très inquiets de la remontée de Juppé. À chaque sondage, l'écart se réduit un peu plus. Il cherchait à savoir si j'étais prêt à me rallier à eux. Quelle blague !

— Il te proposait quoi en échange ?

— Un poste de ministre délégué en cas de victoire. Quelque chose dans le goût du tandem Pasqua-Pandraud[1].

— Et ?

— Plus je réfléchis et plus je suis convaincu que les chances de Sarko sont maigres. Depuis son retour, il y a six mois, ses scores stagnent, il n'arrive pas à élargir sa base. Il ne refera pas le coup de 2007. Ce sera Juppé s'il parvient à mieux contrôler le parti, ou un autre un peu malin qui s'engouffrera dans la brèche, et tu te doutes bien que j'espère être celui-là.

---

1. De 1986 à 1988, Robert Pandraud occupe le poste, créé pour l'occasion, de ministre délégué à la Sécurité au côté du ministre de l'Intérieur Charles Pasqua.

Delaroche sortit sa cigarette électronique et reprit :

— Regarde Hollande, il était entre 3 % et 5 % d'intentions de vote en 2011. Et il a gagné malgré une organisation moyenne. Nous, on a nos réseaux, charge à nous de les activer, de les dynamiser, de trouver de nouveaux soutiens et démultiplier nos ressources financières. Si on a une bonne équipe et beaucoup d'argent, on changera de dimension. Il faut qu'on soit prêts début 2016. On abattra nos cartes et tu verras qu'on gagnera en 2017. Les Français vivent dans un paradoxe permanent : ils veulent à la fois être rassurés et que les choses changent. Je leur promettrai les deux et cela marchera. Au pire, je deviendrai un acteur majeur de la vie politique du pays. Je n'ai plus l'âge des seconds rôles. Donc, leur poste de ministre délégué, ils peuvent se le mettre là où je pense.

Jacques sourit. Un autre que lui aurait pu penser que Delaroche était dingue, mais il connaissait trop bien son ami pour savoir qu'il avait une vraie chance de réussir. Lorsque celui-ci jetait toute sa force de conviction dans la bataille, peu de choses lui résistaient.

Cela avait commencé lors de leur rencontre à l'armée, puis s'était poursuivi au fil des années. En trente ans, Delaroche était devenu l'acteur incontournable de la promotion immobilière française. Puis, fortune faite, il s'était lancé sur le tard en politique. Il avait certes été battu à sa première élection législative, mais avait su en tirer les conséquences pour être élu dès le premier tour à la suivante, et était maintenant député depuis huit ans. Et entre eux, cela avait été une succession de renvois d'ascenseurs entrecoupés de périodes de brouille. Paul avait aidé Jacques à accéder à un poste intéressant dans la banque. Jacques lui avait octroyé ses financements pour ses premiers chantiers. Il l'avait aidé ensuite dans ses montages fiscaux et l'avait même recommandé à des confrères pour asseoir son tour de table. Puis les choses avaient tourné au vinaigre lorsque, en 1998, le marché immobilier avait connu un coup d'arrêt majeur. Paul avait eu besoin d'une énorme rallonge budgétaire pour faire face à de nombreux encours, mais cette fois la hiérarchie de Jacques lui demanda de ne lui octroyer que le tiers du montant demandé. Paul le prit très mal et fut extrêmement virulent. Chacun joua avec ses armes. Paul trouva d'autres sources de financement, relança sa boîte, qui afficha peu après des taux de croissance insolents. Jacques obtint un très beau poste au Brésil où il chapeautait toute la zone Amérique du Sud. Pendant la décennie qui suivit, leurs rapports furent quasi inexistants. Mais comme un vieux couple, ils avaient trop d'intérêts en commun pour se passer l'un de l'autre. Delaroche fit profiter Boiron de son carnet d'adresses à son retour en France et Jacques usait de tout son savoir-faire pour piloter financièrement sa future campagne. Et même s'il subsistait quelques cicatrices de leur brouille, ils se connaissaient par cœur et cela était un atout majeur dans leur nouveau projet.

Paul avait raison d'y croire ; l'histoire politique, à travers le monde, était remplie d'exemples d'outsiders qui avaient pris le pouvoir à la surprise générale. À eux de prolonger la liste.

Chapitre 16

Paris, jeudi 30 avril 2015.

Clara avait trouvé l'appartement vide. Et le portable du Che basculait directement sur sa messagerie. Une seule explication possible, son homme était en intervention. Déçue, elle se prépara un café. En regardant son express s'écouler, elle eut une pensée. Et si le Che avait découché ? Non, impossible ! Elle chassa cette idée aussi vite qu'elle lui était apparue, s'empara de sa tasse, la but rapidement. Quelques secondes plus tard, elle était sous la douche. Elle aurait les idées plus claires pour faire le point avec Ichane.

Elle resta sous l'eau un long moment, les yeux clos, se laissant bercer par le bruit du jet sur son corps. Elle délaissa à regret ce cocon humide, se sécha et s'enroula dans sa serviette. Elle prit des vêtements propres qu'elle déposa sur le lit, puis saisit son téléphone. Son correspondant répondit immédiatement sur un ton chaleureux.

— Bienvenue à Paris !

Son adjoint avait l'air de bonne humeur.

— Merci. Que me vaut cet accueil ?

— Cette fois, on a logé Bréal. Les mecs de la Sécu se sont enfin réveillés. On est sur le point d'y aller. On t'attend ?

— C’est où ?

— Près du canal Saint-Martin, 23 rue Louis-Blanc.

— Laisse-moi le temps d’enfiler un jean, je vous rejoins devant l’usine dans dix minutes. Qui sera là ?

— Blachère vient de m’appeler, il est cloué au lit ; donc il y aura Marie, moi et un serrurier du privé. Il n’y avait pas de technicien de dispo en interne.

— Tu l’as trouvé comment ?

— Il est intervenu chez Marie. D’après elle, il est top.

— OK, préviens-la qu’elle remplacera Blachère dans sa mission de procédurier.

Clara s’habilla à la vitesse de l’éclair. Elle attrapa son blouson dans un tourbillon d’excitation. Quelques instants plus tard, elle était au volant en direction de la brigade criminelle à la rencontre de son équipe, ou du moins ce qu’il en restait.

Elle se gara en amont du 36. Ses collègues chargés de la voie publique avaient l’enlèvement facile et les véhicules privés des flics n’échappaient pas au balai infernal des remorqueuses missionnées par la fourrière.

Elle boucla les cent derniers mètres au pas de course, autant parce qu’elle avait hâte de retrouver Yannick Ichane, son adjoint, et Marie Camus, la plus jeune du groupe, que parce que, tout bêtement, elle avait sous-estimé la température parisienne en cette fin de mois d’avril. Elle les vit, adossés à une Mégane grise banalisée : Marie, jolie petite brune à l’apparence réservée qui, à force d’avoir trente ans, filait sur ses trente-trois, et Yannick, son fidèle adjoint, l'extraverti du groupe, gentiment dragueur avec les femmes et tour à tour flatteur et chambreur avec ses collègues masculins. Un grand mec au crâne dégarni, malgré sa jeunesse, habillé d'un bleu de travail, complétait le tableau. Cela devait être l'homme des clés.

Ils se saluèrent chaleureusement. Ils ne s'étaient pas vus depuis une petite semaine, mais ils s'étaient mutuellement manqué. Marie écrasa sa cigarette. Elle avait repris depuis sa rupture avec son mec. Elle fit un signe de la tête.

— Lui, c'est Gauthier Galmiche. C'est le serrurier qui a changé mes serrures après que mon ex se soit amusé à se pointer chez moi en plein milieu de la nuit.

Clara le salua et lui demanda :

— Vous avez déjà travaillé pour nous ?

— Non, jamais.

— Alors, je vais me permettre de vous préciser votre mission : vous vous contentez de nous ouvrir la porte. Vous n'entrez pas dans l'appartement ; vous nous attendez en dehors et si vous pouvez refermer proprement vous le faites. C'est clair ?

Le jeune homme, probablement briefé par Marie, hasarda un « oui, commandant ».

Clara sourit :

— « Madame » suffira.

Yannick finit d'un trait son café et s'installa au volant. Clara prit place à ses côtés et Marie s'assit sur une place arrière.

Son adjoint actionna le gyrophare et ils remontèrent le boulevard Sébastopol toujours aussi encombré en slalomant entre les voitures. En dix minutes ils furent sur place. La rue était trop étroite pour se garer en double file. Yannick avisa un emplacement barré d'un « réservé police », destiné au commissariat situé quasiment en face de chez Bréal.

Il abaissa le pare-soleil qui faisait mention de l'appartenance du véhicule à la grande maison. Clara pensa que cela ne serait pas forcément suffisant pour calmer le courroux des collègues du quartier, mais dans un accès de mauvaise foi elle se dit que ces crétins avaient à vingt mètres d'eux la résidence d'un homme assassiné à dix mille kilomètres de là et qu'ils n'avaient rien remarqué.

Ils se retrouvèrent au pied d'un immeuble typiquement parisien en pierre blanche, virant sur le gris. Sans surprise, il y avait un digicode à droite de la porte. Galmiche posa sa trousse à terre et s'apprêtait à sortir ses jeux de passe lorsqu'une jeune femme en tablier avec un tatouage apparent sur le cou sortit du restaurant mitoyen. Clara s'adressa à elle :

— Bonjour, police, vous auriez le code, s'il vous plaît ?

La fille la fixa.

— Waouh, j'adore l'idée. Sérieux, vous êtes flic, vous... ?

Sans lui laisser le temps de finir sa phrase, Clara lui mit sa carte sous les yeux.

— En plus, vous êtes commandant. Top. Le code, c'est 1106A. Hé, faudra revenir déjeuner ou dîner.

Clara ne répondit pas, cela faisait longtemps qu'elle ne s'était pas fait allumer par une femme. Et même si elle était restée impassible, elle sentit un léger trouble. La fille avait des traits très fins et des yeux noisette merveilleusement expressifs. Ichane avait déjà composé le code et s'apprêtait à pénétrer dans l'immeuble. Clara reprit :

— Thomas Bréal, ça vous parle ?

— Pas du tout.

— Vous faites quoi, là ?

— Tout de suite, maintenant, je fais une pause clope. Après, je termine de préparer mon service de ce midi avec mon cuistot. Vous avez une idée en tête ? répliqua la jeune femme qui continuait son petit numéro en ignorant les autres membres du groupe.

— Oui, vous allez nous accompagner. Vous allez nous servir de témoin pour notre perquisition.

Cette fois, ce fut la jeune femme qui resta muette. Son regard incrédule trahissait son incompréhension. Cela fit sourire Clara. Cette femme-enfant la touchait. Elle se revoyait, des années plus tôt, à la sortie de l'école de police, pleine d'énergie et de rage.

— On est dans la vraie vie, pas dans un film. La procédure veut qu'il y ait deux témoins indépendants en cas de perquisition, donc, si vous pouvez ramener votre cuisinier, cela aiderait.

— Euh là, ça ne m'arrange pas trop.

Sans réfléchir, Clara rétorqua sur le mode provocateur utilisé par la restauratrice quelques instants auparavant.

— Il va falloir être coopérative si vous voulez que je vienne dîner chez vous.

Elle croisa le regard de Yannick et vit qu'il se demandait jusqu'à quel point elle était sérieuse.

La jeune femme rentra dans son établissement et revint avec un homme de type indien.

Cette fois, ce fut Marie qui entra dans la danse. Après tout, c'est à elle qu'avait échu le rôle de la bonne gestion de la procédure.

— On n'est pas là pour ça, mais monsieur a des papiers en règle ? Parce que sinon, ça risque d'être compliqué.

La restauratrice la toisa.

— Kasun a un permis de séjour valable. J'avais anticipé votre question. J'en garde toujours une photocopie à l'intérieur en cas de contrôle.

— Parfait. Et vous avez également votre pièce d'identité avec vous ?

— *Yes*, tenez.

— Je les garde. Je vous les rendrai à l'intérieur.

Clara fut la première à pénétrer dans l'étroit hall. Elle avisa les boîtes aux lettres. Contre toute attente, celle de Thomas Bréal ne débordait pas. Soit il ne recevait pas de courrier, soit quelqu'un le collectait pour lui et il faudrait trouver qui. Les étages n'étaient pas indiqués sur les panneaux. *A priori*, il y avait huit appartements dans l'immeuble. Rien d'insurmontable, elle espérait juste que les noms seraient mentionnés sur les paliers.

Elle emprunta l'escalier défraîchi, suivie par le reste de sa troupe. Sur le premier palier figurait le nom de Poque, et l'autre porte arborait un drapeau polonais. Peu de chance que Bréal soit originaire de ce pays. Elle continua son chemin. Au deuxième, la porte de droite était vierge, en revanche sur celle de gauche était collée une minuscule étiquette portant les deux lettres « T. B. ». Elle eut un petit sourire de satisfaction. Puis elle repensa à son périple népalais et au corps glacé de l'homme chez qui elle allait pénétrer, et son visage se referma. Elle se retourna vers le serrurier.

— À vous de jouer.

Galmiche s'agenouilla et détailla la serrure. Il trifouilla dans sa trousse et sortit un petit trousseau. Il introduisit une première clé puis renonça rapidement et en tenta deux autres. La quatrième tentative fut la bonne. L'opération avait duré moins d'une minute. Il regarda Clara avec un sourire satisfait et poussa la porte.

— Sésame, ouvre-toi.

Clara s'adressa à Marie.

— On jette un œil en premier, juste pour vérifier que tout est clair. Tu les fais entrer après.

Clara et Yannick enfilèrent une paire de gants et pénétrèrent dans l'appartement. L'entrée distribuait les trois pièces, à savoir la cuisine sur la gauche, la chambre en face, et le salon à droite. Clara se dirigea vers ce dernier. Elle balaya l'espace d'un regard circulaire : un canapé un peu défraîchi, une table basse encombrée d'une pile de documents dominés par de vieux journaux, un grand cadre en verre enserrant une magnifique photo de montagne sur le mur opposé, au-dessus d'une bibliothèque basse, une télé à écran plat et un pêle-mêle d'étiquettes de bière étrangères complétaient le décor. Le tout était finalement assez ordonné. Un appartement typique de mâle parisien célibataire. Aucune trace n'indiquait la présence d'une femme. Cela impliquait deux possibilités : soit leur couple était assez récent et ils habitaient séparément, soit ils s'étaient rencontrés au Népal et la piste serait quasi impossible à remonter de ce côté du globe.

Elle héla Yannick.

— Ça donne quoi, dans la chambre ?

— Rien de spécial *a priori*, un lit, des fringues et des bouquins.

Clara fit un signe de la main à Marie pour l'inviter à faire entrer les témoins afin qu'ils puissent certifier que son groupe ne déposait pas d'objets compromettants. Dans le cas présent cela n'avait pas lieu d'être, mais inutile de gâcher la procédure.

Elle se pencha sur la pile de la table basse et commença à examiner en détail son contenu : des quotidiens nationaux et régionaux, des magazines d'actualité, de voyages et de montagne.

Un Post-it dépassait du dernier exemplaire. Elle l'ouvrit à l'emplacement marqué. Rien n'était écrit sur le papier. L'article portait sur les cinq plus beaux villages de Savoie. Déçue, Clara s'apprêtait à le refermer aussi vite qu'elle l'avait ouvert quand son œil capta enfin le pourquoi du marque-page : en petits caractères sous le titre figurait la mention « Thomas B ». À ce niveau de coïncidence, il n'y avait guère de place au doute quant à l'identité du B. Était-il journaliste ou s'agissait-il d'une publication très ponctuelle ? Elle revint au début du magazine à la recherche d'un ours lui donnant plus d'indications. Elle le trouva en page 6. Bréal n'était pas mentionné parmi les collaborateurs permanents.

En revanche, elle trouva les coordonnées du directeur de la publication. Elle composa le numéro immédiatement. Au bout de deux sonneries, une voix féminine décrocha :

— Éditions « Toutes les montagnes », bonjour.

— Bonjour, commandant Clara Boiron de la brigade criminelle, je souhaiterais parler à Julien Richard.

Il y eut un silence de quelques secondes trahissant l'étonnement de son interlocutrice.

— M. Richard n'est pas au bureau. En quoi puis-je vous aider ?

— Pouvez-vous me dire si le nom de Thomas Bréal vous parle ?

— Oui, bien sûr, mais de quoi s'agit-il ?

— D'une enquête en cours. Pouvez-vous m'en dire un peu plus ?

— Désolée, madame, mais qu'est-ce qui me prouve que vous êtes ce que vous prétendez être ?

— Là, rien… Je pourrais vous envoyer une photo de ma carte par mail, mais le mieux est peut-être que je voie directement avec votre patron.

— Effectivement, ce serait préférable.

Clara réprima son agacement. La conversation tournait en rond.

— Et où puis-je le trouver ?

— Il est en déplacement à Paris aujourd'hui, il sera de retour à Lyon demain.

— Je suis moi-même à Paris. Laissez-lui un message et dites-lui de m'appeler sur ce numéro le plus vite possible. Dans le cas contraire, on sera chez vous demain.

Elle entendit Yannick qui, par acquit de conscience, fouillait la cuisine, mais son instinct lui dit qu'il ne trouverait rien dans cette pièce. Elle s'assit sur le canapé et dégagea les dossiers sous les piles de journaux. Une vraie caverne d'Ali Baba pour un flic qui cherchait à retracer la vie de sa cible : un dossier « Impôts » et un autre « Fiches de paie ». Elle commença par ce dernier. Un rapide coup d'œil suffit à lever ses derniers doutes, Bréal était journaliste et, à voir le nombre de raisons sociales différentes sur les documents, il devait être free-lance. Marie la regarda avec une moue boudeuse.

— On va en avoir du monde à interroger.

Clara n'eut pas le temps de répondre. Son téléphone sonna. Le numéro était inconnu.

— Julien Richard. Sonia, mon assistante, m'a demandé de vous appeler.

— Merci de votre réactivité. J'ai cru comprendre que vous êtes sur Paris, actuellement.

— Tout à fait.

— J'aimerais vous voir quelques minutes à propos de Thomas Bréal, c'est possible ?

L'homme soupira.

— Ai-je vraiment le choix ? Vous avez de la chance, mon rendez-vous a été beaucoup plus court que prévu et le prochain n'est que dans une heure.

— Vous êtes où ?

— Je sors du POPB.

— Je croyais qu'il était fermé pour travaux.

— Il l'est, mais je suis sur un projet pour la réouverture. Si ça marche…

Clara coupa son interlocuteur, elle n'avait pas de temps à perdre avec les perspectives économiques de Paris-Bercy dont il se murmurait qu'un groupe hôtelier voulait changer le nom.

— OK, attendez-moi dans un bar à proximité. Envoyez-moi l'adresse par SMS, je vous y rejoins dans dix minutes max.

Elle raccrocha et se tourna vers Yannick.

— Donne-moi les clés de la caisse. Tu termines ici avec Marie. Vous emportez tout ce qui peut nous aider. Prenez un taxi pour rentrer, je me démerderai pour le faire passer. On se retrouve au 36 dans une grosse heure.

En repassant devant la boîte aux lettres, elle prit une de ses cartes de son portefeuille et griffonna : *Merci à la personne qui relève le courrier de Monsieur Bréal d'entrer en contact avec moi. C'est urgent et important.*

Clara retrouva la voiture intacte et vierge de tout mot de reproche. Elle actionna le gyrophare, se dirigea vers le canal Saint-Martin et le longea en empruntant le quai de Valmy. À l'instar de beaucoup de Parisiens, elle appréciait de plus en plus le quartier et aurait bien aimé y vivre, mais le Che ne partageait pas son enthousiasme. La vie est faite de compromis, se rassura-t-elle.

Elle traversa la place de la Bastille, obliqua à gauche sur les quais de Seine et arriva enfin devant le chantier du POPB. Elle regarda son téléphone. Son contact l'attendait au bien nommé *Bercy Café*. Elle se gara en double file juste devant, laissant le gyrophare en évidence.

Il n'y avait qu'un homme seul sur la terrasse. Leurs regards se croisèrent. Julien Richard avait un physique peu commun, de longs cheveux blancs très lisses, des traits fins presque juvéniles, une silhouette svelte, on aurait dit un ado vieilli prématurément.

Il se leva avec souplesse. Sa poignée de main fut furtive. Il dut sentir le malaise de la policière.

— Je déteste Paris, trop grand, trop sale, trop bruyant.

Depuis sa plus tendre enfance et ses vacances dans le Sud, Clara avait toujours eu du mal avec les provinciaux qui vomissaient Paris.

— J'imagine que Lyon est un havre de paix et que le tunnel de Fourvière apparaît dans le top 10 des lieux où il fait bon s'oxygéner.

— Certes, mais l'idée que la montagne est à portée de main modifie ma perception de l'espace urbain.

Le serveur apparut. Clara commanda un double café. Cette interruption eut le mérite de faire baisser sa tension d'un cran.

— Merci de m'accorder un peu de temps.

Julien Richard hocha la tête en signe de reconnaissance.

— Que pouvez-vous me dire sur Thomas Bréal ?

— Un bon journaliste qui travaille pour nous depuis une petite dizaine d'années, toujours très précis dans ses reportages, même sur des sujets anodins, un des rares que nous ne corrigeons quasiment jamais.

— Et malgré cela, vous le payez à la pige !

— Euh, oui, mais comment savez-vous cela ?

Clara ne répondit pas. Elle se contenta de tremper ses lèvres dans le café que le serveur venait de poser sur la table. Mal à l'aise, Richard reprit :

— Nous sommes un petit groupe de presse sur un secteur niche et je n'ai pas les moyens d'avoir des journalistes salariés. En revanche, je peux vous dire que Bréal fait partie de la fourchette haute en termes de rémunération de ses piges. Je ne comprends pas l'objet de vos questions. Mon assistante m'a dit que vous étiez de la brigade criminelle ? Pouvez-vous m'expliquer de quoi il retourne, ce sera plus simple.

Il était temps d'arrêter de jouer au chat et à la souris.

— Thomas Bréal a été retrouvé mort au Népal. Nous pensons qu'il a été assassiné.

Julien Richard la fixa, incrédule. Clara soutint son regard. La politesse aurait recommandé de détourner légèrement la tête, mais elle se devait d'analyser la réaction du seul lien qu'elle avait à ce jour avec la victime. Richard semblait s'être transformé en statue. La pause dura de longues secondes. Clara avait très souvent annoncé ce type de nouvelles durant sa carrière, mais elle ne se souvenait pas d'un arrêt sur image aussi prononcé. Julien finit par se réactiver. Il passa une main dans ses cheveux en un geste presque féminin.

— Mais qui a fait ça ? Pourquoi ?

— C'est justement ce que je cherche et la raison de ma présence devant vous.

— Mais vous dites qu'il a été assassiné au Népal... Il a sûrement été tué par des voyous qui en voulaient à ses euros. Vous savez, dans ce genre de pays, la vie ne vaut pas grand-chose.

— C'est une hypothèse. Néanmoins les discussions avec mes collègues népalais et notre ambassade m'ont appris que ce type d'événements entre guillemets était rarissime au Népal. On est très loin des standards des pays d'Amérique du Sud régulièrement mentionnés par vos confrères. L'hypothèse n'est pas pour autant écartée, mais il se peut que la cause ait un lien avec la France et puis nous avons un autre souci...

Clara laissa sa phrase en suspens.

— Lequel ?

— Thomas n'était pas seul. Il y avait une femme avec lui. À ce jour, nous ne l'avons pas encore identifiée.

Julien Richard enroula une mèche autour de son index. Visiblement, sa crinière avait le rôle d'une boule antistress.

— Je crains de ne pas pouvoir beaucoup vous aider. Thomas était du genre discret aussi bien sur sa vie professionnelle que sur sa vie privée. Pour avoir échangé avec lui une veille de Noël, j'ai cru comprendre qu'il n'avait pas d'attaches familiales et qu'il allait passer le réveillon à travailler. Côté boulot, il exigeait que tous ses articles soient signés non pas Bréal, mais Thomas B ou TB. Je vous avoue que depuis que je fais ce métier, j'avais toujours vu l'inverse. À force de côtoyer la notoriété, les journalistes revendiquent leur part. Thomas, c'était exactement le contraire.

— Je comprends mieux pourquoi, malgré sa profession, il n'est pas apparu dans nos requêtes Google.

— Oui, rien d'étonnant, en effet.

— Et vous étiez au courant qu'il partait au Népal ?

— Oui, cela, je le savais. Il m'avait même demandé des conseils et contacts il y a trois mois, mais à ma connaissance il a fait sans.

— J'en déduis qu'il n'est pas parti pour faire un reportage pour votre magazine.

— Non, ce n'était pas une commande ; après, il aurait pu nous proposer un papier. S'il avait eu un angle original, on l'aurait sûrement pris, mais encore une fois nous sommes un petit journal et nous n'avons pas les moyens de mandater un journaliste tous frais payés à l'autre bout du monde. Le seul avantage que j'avais concédé à Thomas pour le fidéliser, c'était un téléphone pro. Vous voyez, ça ne va pas très loin.

Un flash s'illumina dans le cerveau de Clara. Yannick lui avait dit dans la voiture qu'ils avaient contacté les différents opérateurs dès que Clara avait identifié Bréal. Aucun n'avait d'abonné à ce nom. Le mystère venait de se dissiper. Elle masqua son excitation et demanda d'un ton neutre :

— Quel est le numéro de cette ligne ?

Julien Richard consulta son répertoire et lui dicta.

— Et vous vous souvenez qui est le prestataire ?

Richard se repassa la main dans les cheveux.

— Oui, on a un contrat global avec SFR. Pourquoi ?

Clara hésita à répondre, mais l'homme venait de lui donner une information susceptible de faire avancer son enquête d'un grand pas. Elle lâcha :

— Les morts ne parlent plus, mais leur téléphone si. Merci, je vous recontacterai si j'ai besoin. De votre côté, si vous avez la moindre information qui puisse nous aider, n'hésitez pas.

Elle lui tendit sa carte par réflexe, se rappelant au même moment que l'homme avait déjà ses coordonnées.

Chapitre 17

Paris, vendredi 1er mai 2015.

Thierry Chesnais consulta l'heure sur son téléphone, presque 11 heures. Il repoussa la couette et se leva discrètement. Clara, vaincue par la fatigue accumulée lors de sa virée au Népal et le décalage horaire, dormait en boule. Lui-même n'avait pas eu une semaine facile. Contrairement à sa compagne, il avait eu du mal à trouver le sommeil et cette grasse matinée avait été la bienvenue. Il se dirigea en pilote automatique vers la cuisine. Pendant que son café s'écoulait, il réalisa enfin que la luminosité était faible et que la pluie menaçait. Il s'approcha de la fenêtre et regarda le thermomètre extérieur. Il affichait dix degrés. Joyeux 1er mai ! Pour une fois qu'il avait trois jours de repos et qu'il avait ambitionné de flâner en amoureux avec Clara, la météo le coupait dans ses élans romantiques.

Il but son café, alla dans le salon et se lança dans une recherche de billets d'avion pour Lisbonne. Il avait pris la décision, pendant l'absence de Clara, de l'inviter au plus vite passer quelques jours dans la capitale portugaise. Il se décida pour un vol sur easyJet l'avant-dernier week-end de juin. De mémoire, Clara était dispo et, pour une fois, le crime attendrait. Il referma l'ordinateur, alluma la télé sur une chaîne info. Des Femen venaient de contrarier le rassemblement du Front national. Il entendit du bruit à l'autre bout de l'appartement et Clara fit enfin son apparition. Elle était uniquement vêtue d'un de ses T-shirts qui laissait deviner le bas de ses fesses. Elle le prit par la main.

— Tu viens te recoucher, il fait moche.

Au moins, le mauvais temps avait des avantages.

Clara but une grande rasade d'eau fraîche. Visiblement, la séparation née de son escapade népalaise leur avait fait du bien à tous les deux. La température dans la chambre avait atteint des niveaux estivaux. Elle se rallongea contre son homme.

— Ça t'ennuie si je vais bosser ?

Elle sentit le Che se raidir instantanément.

— Tu fais chier. On vient à peine de baiser et tu veux aller au taf. C'est bon, décroche ! Tes mecs, ils sont refroidis depuis un bout de temps. On est le 1er mai, personne ne bosse à part les gars qui gèrent les défilés.

— Oui, mais j'aimerais avancer dans mes rapports et puis je voudrais creuser le dossier de Marie.

— La fille que vous avez identifiée hier ?

— Oui.

Elle se remémora la deuxième partie de sa journée de la veille. Elle avait communiqué à Ichane le numéro de Bréal dès qu'elle avait quitté Richard. Son adjoint avait fait une requête auprès de SFR, le résultat ne s'était pas fait attendre. Un seul numéro représentait plus de soixante pour cent des appels sur les deux derniers mois, plus précisément entre le 30 décembre et le 2 mars, date à laquelle la ligne de Bréal devenait quasi muette. Sans surprise, le numéro était au nom d'une femme : Marie Leclerc. L'adresse reliée à la ligne s'était avérée être la bonne, un studio sous les toits dans le 14e. Dans ses affaires, ils avaient retrouvé des fiches de paie pour un emploi de serveuse à temps partiel dans une brasserie du boulevard Montparnasse – de septembre à février –, mais c'était à peu près la seule touche personnelle de l'appartement, pas de photos, pas d'agenda, pas d'ordinateur. Difficile de dresser rapidement un portrait de la jeune femme, à part imaginer qu'elle avait un lien de parenté avec Harry Potter et qu'elle lui avait emprunté sa cape d'invisibilité. Ils avaient évidemment fait une nouvelle requête auprès des administrations, mais un vendredi après-midi, veille de 1er mai, il aurait fallu un miracle pour avoir un retour.

Le Che la sortit de ses pensées.

— D'après ce que tu m'as raconté hier soir, je ne vois pas trop comment tu pourras avancer sur cette nana. Au mieux, t'auras une réponse des administrations lundi, mais mon intuition de flic me dit qu'à part loger ses parents, t'auras pas grand-chose de plus.

— T'as sûrement raison.

— Alors, habille-toi. On va aller courir sur les quais de Seine.

Clara ne cacha pas sa surprise.

— Avec ce temps de merde ?

— Justement, ça va nous réveiller.

— Je n'ai pas couru depuis deux semaines. Je ne vais pas te suivre.

— Il est donc temps de reprendre et je te rappelle que tu as fait un stage en altitude. Allez, on y va. Cela fait longtemps qu'on ne s'est pas entraînés ensemble.

— La faute à qui, « monsieur qui préfère s'entraîner avec ses potes » ?

— Parce que madame a des horaires encore plus débiles que les miens.

Ils suivirent les quais de la rive gauche jusqu'à la place de la Concorde et firent demi-tour. Ils empruntèrent alors la rive droite jusqu'au pont Charles-de-Gaulle, qu'ils traversèrent sous une fine bruine. Puis ils sprintèrent jusqu'à leur appartement. Clara regarda sa montre : 13 h 30. Ils avaient bouclé une grosse dizaine de kilomètres en moins d'une heure. Le Che avait eu raison d'insister. Clara se sentait légère et avait les idées claires. Elle prit les devants :

— J'ai juste besoin d'une petite heure pour rassembler mes notes et après on fait ce que tu veux.

Le Che acquiesça.

— OK, après je t'emmène déjeuner, plus exactement goûter.

Finalement, la journée se déroulait plutôt bien. Il adorait ce rythme décalé qui lui rappelait ses week-ends d'étudiant. Il s'allongea sur le canapé et se lança dans la lecture de *L'Équipe*. Clara s'installa sur la table haute avec son portable et son carnet de notes. Ils restèrent ainsi silencieux pendant de longues minutes. Puis, tout d'un coup, le Che s'exclama :

— J'ai une idée pour ta Manon.

— Marie !

— T'as vérifié si elle a un compte Facebook ?

— Oui. On n'en sait rien. Il y a des dizaines de Marie Leclerc, dont beaucoup n'ont pas de photos de profil ou des photos d'illustrations ; ça fait partie des trucs à explorer, mais autant chercher une aiguille dans une botte de foin.

— Je crois que je peux te faire gagner un temps précieux.

Clara cliqua sur « Enregistrer » et referma son document. Le Che détourna la tête et fit mine de se replonger dans son journal. Clara connaissait son homme. Il attendait qu'elle vienne à lui. En temps normal, elle aurait résisté, pas question de céder au chantage, fût-il implicite, ni avec des criminels, ni avec son mec, mais cette fois elle mit son orgueil dans sa poche. Elle se leva en mode louve, se rapprocha du Che et s'assit à côté de lui.

— Dites-moi, grand commandant, comment pourriez-vous m'aider ?

Thierry sourit, savourant sa petite victoire.

— Tu m'as beaucoup parlé de ton affaire, mais sache que ma semaine ne s'est pas résumée à ma virée à Aubervilliers hier.

Clara se lova contre son homme.

— Oh, pardon, mon grand Che, c'est vrai que j'ai monopolisé la parole toute la soirée ! Mais, mon Aladin, dites-m'en plus à propos de cette lampe magique qui va m'aider à y voir plus clair sur Marie.

Clara en faisait des tonnes, elle le savait. Le Che le savait aussi, mais ce petit jeu fonctionnait bien entre eux. Le Che lui raconta sa descente chez

Facebook et la proposition de Stéphane Durbin. Le sang de Clara ne fit qu'un tour.

— T'as son portable, appelle-le !

— Je le ferai lundi. Là, le mec doit être en week-end entre Marrakech et Ibiza.

— On s'en fout, il te doit ça. Au moins, on saura et on se cale pour lundi matin.

Puis, se radoucissant :

— Allez, fais-le, t'es mon génie à moi.

Étonnamment, Durbin répondit au bout de deux sonneries. Le Che alla droit au but et expliqua qu'il souhaitait passer au plus tôt en début de semaine pour essayer de retrouver une personne sur Facebook de manière rapide.

— Je ne pensais pas avoir si vite de vos nouvelles. Dites-moi, commandant, votre recherche, c'est dans un cadre perso ou pro ?

— Pro, même si je vous appelle pour ma compagne.

Le Che laissa par jeu quelques secondes de silence.

— Elle est commandante à la Crim', c'est pour une de ses enquêtes.

— Pourquoi attendre lundi ?

— Parce qu'on est le 1er mai et que personne ne travaille.

— Moi si. Je suis justement avec ma task force pour finaliser des tests qu'on doit envoyer au siège la semaine prochaine. Vous avez une photo nette de la personne que vous recherchez ?

Clara fit un mouvement affirmatif au Che.

— Oui.

— Passez maintenant, si vous voulez.

Le Che consulta Clara du regard. Elle lui répondit par deux pouces dressés en l'air.

— On est là dans une demi-heure max.

— Parfait, rappelez-moi lorsque vous serez en bas. L'immeuble est officiellement fermé, je viendrai vous ouvrir.

Clara prit son homme dans les bras.

— Ça fait cinq ans qu'on est ensemble et parfois tu me casses grave les couilles, mais t'arrives encore à m'éblouir.

Elle posa ses lèvres sur celle de son homme et ils s'embrassèrent comme au premier jour.

Le soleil tentait enfin une timide apparition. Ils partirent sur le scooter du Che. Les défilés syndicaux entre République et Nation n'avaient pas eu de répercussions sur les autres zones de la capitale et la circulation était fluide. Ils furent sur place plus rapidement qu'ils ne l'avaient annoncé. Comme promis, Durbin vint leur ouvrir. Clara eut un choc en le voyant. Le Che avait oublié de lui dire que l'homme était le sosie de Laurent Delahousse. L'espace d'un instant, elle eut même un mouvement de recul, pensant que son homme la faisait marcher. Mais quel aurait été l'intérêt ? Et Thierry ne connaissait pas personnellement le présentateur télé. Durbin s'aperçut de son trouble, qu'il mit sur sa tenue : T-shirt à manches longues et jean déchiré.

— Désolé, je suis en mode cool. Cela ne fait pas trop P-DG mais, mis à part mes deux geeks, je ne pensais pas voir quelqu'un aujourd'hui.

— Pas de souci. C'est juste que je ne vous imaginais pas comme ça. Déformation professionnelle, sans doute.

Durbin lui sourit et l'invita à le suivre. Il semblait avoir complètement oublié, l'espace d'un instant, la présence du Che. Celui-ci nota que l'attitude de Durbin avait radicalement changé depuis leur première entrevue.

Dans l'ascenseur, Durbin continua à s'adresser à Clara.

— Si je n'avais pas été dans le business, j'aurais adoré traquer les meurtriers. Ça m'a toujours fasciné cette lutte entre le bien et le mal. Vous avez toujours voulu faire ce job ?

C'était la question qu'il ne fallait pas poser à Clara, même vingt ans après. Elle se raidit.

— Le bien et le mal, ce n'est pas qu'une question de meurtre, mais c'est aussi respecter la loi, qu'il s'agisse de crimes ou de stupéfiants.

Cette réplique jeta un froid, mais eut le mérite de recentrer le débat sur un mode plus professionnel.

Durbin leur fit traverser le plateau principal complètement désert et les conduisit dans un *open space* plus réduit. Deux hommes étaient face à un écran. Instinctivement, Clara photographia la scène : le plus âgé, celui qui était debout, devait avoir trente-cinq ans. Il était probablement d'origine réunionnaise ou indienne. Le second, assis, les yeux cachés par des lunettes aux multiples foyers et aux joues rebondies, ressemblait à un gros nounours pas complètement sorti de l'adolescence. Durbin fit les présentations.

— Thieu, directeur du département Intelligence artificielle, ici à Paris, et Jeremy, chef du projet WYSWOY.

— Ce qui signifie ? interrogea Clara.

— C'est un acronyme de l'anglais : *What You See, We Offer You*. En français : ce que vous voyez, nous vous le proposons.

Cette fois, Durbin prit le soin de s'adresser aux deux flics de manière conjointe.

— Comme je vous l'expliquais, tous ces travaux sont confidentiels pour le moment. J'insiste sur le fait qu'il n'y a rien d'illégal dans nos démarches. Néanmoins, je vous demanderai d'oublier tout ce que vous allez voir. Nous cherchons juste à trouver le moyen de proposer à nos internautes des choses qu'ils apprécient. Aujourd'hui vous êtes déjà traqués, je devrais dire « pistés », lorsque vous cliquez sur un lien ou sur une icône « j'aime ».

— Demain…

Il se reprit :

— En fait, depuis quelques heures, nous sommes capables de dire de manière automatique, en analysant une photo où vous portez un T-shirt Gap par exemple, que vous aimez cette marque. Ainsi, nous pourrons proposer à Gap de faire une publicité auprès de vous et des gens dans votre cas. Évidemment, la technologie ne se borne pas à analyser vos vêtements, elle peut tout comparer, y compris des traits humains.

Clara et Thierry se regardèrent, partagés entre admiration et crainte. Clara traduisit leur pensée commune.

— C'est pire que *1984*.

— C'est beaucoup mieux, vous voulez dire. Vous avez la photo ?

Clara lui donna la photo de Marie, prise au camp de base. Durbin la tendit à Jeremy.

— Comme nous sommes en mode projet, il y a encore quelques manipulations à faire. Je vous propose d'aller chercher un café et de revenir dans trois minutes pour voir le résultat.

Clara et Thierry ne furent pas dupes : Durbin voulait les éloigner de l'écran pour préserver son outil, un réflexe professionnel bien inutile vu leur niveau d'informatique.

Ils suivirent Durbin le long du couloir qui contournait le plateau principal et arrivèrent à un immense espace restauration. Clara ne put s'empêcher d'admirer la vue sur Paris à travers la baie vitrée qui entourait la pièce. Durbin fut ravi de jouer les guides.

— J'avoue que nous sommes gâtés. Je crois qu'à part l'Arc de triomphe, on voit tous les monuments emblématiques de la ville, et encore aujourd'hui la visibilité est moyenne.

Le Che, qui dans le feu de son intervention précédente avait délaissé cette partie des locaux, était lui aussi admiratif. Durbin les sortit de leur contemplation.

— Café court ou long ?

Les deux flics optèrent pour un expresso. Durbin se dirigea vers la machine, prit des capsules en libre-service dans un des tiroirs et leur prépara leur boisson. Sans doute histoire de briser le silence pesant qui s'était installé, il leur demanda :

— Savez-vous pourquoi nous, comme de nombreuses start-up, sommes implantés au cœur de Paris ?

Clara pensa que le doute était levé, ils avaient vraiment l'hologramme de Laurent Delahousse en face d'eux. Le Che, après une moue dubitative, finit par répondre :

— Parce que vos employés sont de jeunes urbains.

— Ç'aurait pu, mais ce n'est pas la raison principale. Du fait de la présence de la Bourse que vous voyez juste en face, c'est dans ce quartier qu'historiquement vous avez le plus haut débit Internet de France.

Clara et le Che jetèrent leur gobelet à la poubelle dans un geste synchronisé qui aurait pu faire la joie de l'émission *La France a un incroyable talent.* Durbin consulta son téléphone.

— Allons-y, ils sont prêts.

Ils retrouvèrent Thieu et Jeremy. Les deux hommes avaient inversé leurs positions : Thieu était maintenant assis face à l'ordinateur et Jeremy se tenait debout à ses côtés. Il s'écarta, laissant le groupe prendre place devant le chef du département. Celui-ci ménageait son effet. Il avait neutralisé son écran, qui affichait une photo de Jon Snow, barrée de la phrase culte de la série *Games of Thrones* : « *Winter is coming* ». Il attendit que tout le monde soit bien en place puis il cliqua sur un dossier et une page Facebook s'ouvrit.

— C'est le compte de votre Marie Leclerc. Vous auriez fini par le trouver avec beaucoup de patience.

Notez que la photo de profil est une vue de la tour Eiffel.

Thieu fit défiler les publications composées uniquement de selfies et d'images sans intérêt. Cette jeune femme semblait très seule dans sa vie. Clara soupira :

— On est bien avancé.

Thieu la regarda.

— J'ignore ce que vous recherchez, mais c'est exactement ce que je me suis dit, tant ce compte est vide de contenu. Mais…

Il laissa sa phrase en suspens, sourire aux lèvres. Clara sentit que Thieu jouait avec eux, elle s'efforça de rester courtoise.

— Oui, vous vouliez dire ?

Thieu cliqua sur un autre dossier.

— Voici le compte de Ludivine Pix.

Une photo d'un corps de jeune femme dénudée apparut à l'écran. Les seins étaient floutés, le sexe masqué par une main et la tête tournée. Le Che ne masqua pas son irritation.

— Quel est le rapport ?

Thieu choisit d'ignorer la question.

— Joli cliché, non ? Avant de vous répondre, je dois vous dire que ce compte n'a aucun contact en commun avec celui de Marie Leclerc. Pourquoi je vous en parle ? Parce que notre nouveau programme de reconnaissance a bien bossé.

Il fit glisser le document vers le bas. Les deux flics affichèrent la même expression d'étonnement. Sur la photo suivante, la jeune femme était toujours nue, mais bien qu'elle soit de profil, son visage était visible… C'était Marie. Clara fut la première à réagir.

— Y en a combien comme ça ?

— Précisément dix-sept, signées de quatre photographes. Je vous ai fait une extraction de leurs coordonnées mail et téléphone quand il est enregistré. Je vous ai mis les mots de passe des deux comptes sur le doc. Tenez, tout est sur la clé.

Durbin-Delahousse affichait un sourire satisfait comme s'il venait de terminer une interview exclusive d'Angelina Jolie.

Clara se saisit de la clé et lança :

— Je crois que je vais avoir une fin de week-end studieuse.

Chapitre 18

Paris, dix mois auparavant.

Elle avait commencé un stage dans un cabinet d'architectes où elle était cantonnée à des tâches subalternes. Si ça n'avait pas été obligatoire dans son cursus, elle aurait abandonné au bout de trois jours. Elle était payée une misère, n'apprenait rien. Le seul avantage résidait dans le fait que les horaires étaient vraiment *light* et lui laissaient du temps libre pour continuer à s'entraîner et danser.

Elle repensa à sa soirée de reprise le week-end précédent. Elle avait assuré. À tel point que son avant-dernier client lui avait glissé son numéro de portable en lui disant qu'il avait très envie d'en voir plus et qu'il y mettrait le prix. Comme toujours, Agathe avait longuement tergiversé, pesant le pour et le contre. L'homme devait avoir une quarantaine d'années et présentait plutôt bien, même si ce n'était pas un apollon. Agathe était célibataire depuis plus d'un an. Elle n'avait pas de place pour un petit ami dans sa vie bien remplie. En revanche, elle avait commencé sa vie amoureuse très jeune. Sa mère lui avait laissé une paix royale de ce côté-là. En fait, tant que ses résultats scolaires étaient bons, elle pouvait faire à peu près tout ce qu'elle voulait.

Elle avait enchaîné les petits amis sur des périodes allant de quelques semaines à un an. Elle avait éprouvé des sentiments plus ou moins forts pour chacun d'eux et n'avait jamais couché avec un mec juste pour un soir. Et il y avait un pas entre danser en string et exhiber ce corps dont elle était fière et coucher avec un inconnu… mais après tout elle aimait les défis et l'argent.

Cela faisait cinq jours qu'elle tergiversait. Elle finit par céder à la tentation et l'appela.

Il lui proposa trois cents euros pour une heure en tête à tête, soit presque autant qu'une mauvaise soirée au *Secret Garden*. Elle ne chercha même pas à négocier. Elle précisa qu'évidemment l'usage de préservatifs était obligatoire et qu'elle ne pratiquait pas les rapports anaux. Le soir même, elle avait rendez-vous dans un hôtel du 16e arrondissement.

Elle repassa à son appartement, prit une douche, se maquilla avec soin et changea de vêtements, abandonnant son look d'étudiante lambda pour celui de séductrice. Même si cela était de l'amour tarifé, Agathe était une compétitrice et, à ce titre, elle ne voulait pas décevoir.

Elle s'engouffra dans un Uber, conquérante comme un soldat montant au front, certain de la victoire. Elle retrouva Fabrice dans sa chambre. Il était en costume. Il lui fit la bise. Il sentait bon. Elle apprécia le geste. Il lui proposa une coupe de champagne. Elle accepta. Ils s'assirent sur le canapé, burent face à face, en silence. Elle sentait qu'il la dévorait des yeux, mais qu'il ne savait pas par où commencer. Cette hésitation flatta son orgueil. Même si c'était lui le client, elle allait mener le bal.

Elle reposa son verre, se leva.

— Vous vouliez en voir plus. Alors, regardez. Profitez et ne bougez pas.

L'homme acquiesça d'un signe de tête. Elle commença à faire onduler son corps autour d'une barre imaginaire. Très vite, elle fit glisser sa robe et se retrouva en dessous face à l'homme. Elle avait l'habitude de cette situation, mais c'était la première fois qu'elle se livrait à ce petit manège dans un cadre privé et, contre toute attente, elle y prenait du plaisir. Fabrice essayait de rester impassible, mais ses yeux trahissaient son excitation.

Tout en ondulant du bassin, elle dégrafa son soutien-gorge. Elle fit quelques mouvements de danse puis se rapprocha de l'homme. Ses seins frôlaient maintenant son visage. Respectant les consignes, il n'osa le moindre geste. L'instant d'après, elle était à califourchon sur lui. Elle se cambra, saisit Fabrice par les cheveux et lui fit comprendre de lui lécher la poitrine. Il se jeta dessus comme un affamé. Agathe le laissa faire quelques secondes, puis le repoussa. Elle se releva et retira son dernier vêtement, dévoilant son sexe intégralement épilé.

— Tu voulais en voir plus. J'espère que tu apprécies le spectacle.

La bosse qui déformait le pantalon de Fabrice répondit pour lui. Elle s'allongea sur la partie inoccupée du canapé et ouvrit ses cuisses.

— Regarde de plus près et donne-moi ta langue, mais vas-y plus doucement que sur mes seins.

Fabrice ne se fit pas prier. Il se rapprocha de son fruit sacré et s'appliqua à le dévorer avec précaution. Agathe apprécia. Elle le guidait en exerçant une pression sur sa tête. Depuis des mois, elle considérait son corps uniquement comme un objet de revenu et elle sortait d'une longue période d'abstinence. Certes, quelques mains l'avaient frôlée, mais elle n'avait laissé personne franchir la dernière porte.

Elle était en passe d'oublier qu'elle se trouvait dans cette chambre pour des raisons mercantiles. Elle se laissait porter par la recherche du plaisir. Elle se surprit à gémir. Elle approchait de l'orgasme... L'idée de tout arrêter lui traversa l'esprit une fraction de seconde. Elle avait toujours lu que jouir avec un client n'était pas dans les codes du métier, mais au fond elle se moquait des codes et elle n'était pas une pro au sens « temps plein » du terme. Elle repoussa cette pensée et se reconcentra sur ses bonnes vibrations. L'orgasme la surprit par sa soudaineté et son intensité. Elle resta contractée de longues secondes, agrippée aux cheveux de Fabrice.

Elle revint lentement à la réalité. Fabrice la regardait d'un air satisfait. Il se rapprocha d'elle pour l'embrasser. Elle le repoussa.

— Ressers-moi une coupe, je vais m'occuper de toi.

Un peu d'alcool ne lui ferait pas de mal pour la suite des événements, maintenant que son excitation était retombée. Elle but la moitié de son verre. Puis elle se pencha vers l'homme. Elle l'aida à se débarrasser de son pantalon et de son boxer. En voyant le sexe de Fabrice, elle réprima un mouvement de recul. Elle n'en avait jamais vu de si gros. Elle reprit une gorgée de champagne. Elle caressa le membre bandé, puis le prit en bouche. Elle espérait secrètement le contenter de cette façon et éviter une pénétration qui risquait d'être peu agréable.

Elle avait énormément perfectionné sa technique avec sa dernière liaison, un étudiant en kiné au physique parfait et excellent amant, mais en fin de compte tellement imbu de lui-même qu'elle l'avait bouté hors de sa vie au bout de neuf mois. Elle devait cependant admettre qu'il avait été un excellent terrain de perfectionnement. Malgré ces réflexions vagabondes qui lui traversaient l'esprit, elle continuait son ouvrage. Fabrice semblait apprécier, mais il n'était pas aussi démonstratif que son ex. Elle eut comme un doute sur ses chances de succès. Elle essaya une nouvelle combinaison main-bouche, mais fut stoppée dans son élan par Fabrice. Celui-ci ramassa son pantalon, fouilla dans la poche et en ressortit un préservatif. Agathe pensa « t'as voulu jouer, t'as perdu ». Il fallait limiter les dégâts. Pendant que Fabrice achevait de se préparer, elle se positionna à quatre pattes. C'était le meilleur angle pour tenter d'absorber cette matraque. Son choix s'avéra être bon ; non seulement elle réussit à l'accueillir sans douleur, mais, probablement excité par le sentiment de la posséder et par la vue, Fabrice jouit au bout de quelques allers-retours. Ils se séparèrent. Agathe se dirigea vers la salle de bains et se jeta sous la douche, autant par confort que pour signifier que la fête était finie.

Elle resta de longues minutes sous la douche. Elle en profita pour tirer le bilan de cette expérience. Comme chaque fois qu'elle s'investissait, elle avait réussi sa mission. Elle était vraiment satisfaite d'elle-même. Elle avait assuré, eu un orgasme et se retrouvait plus riche de trois cents euros. Dans une société qui érigeait en dogme l'argent et la recherche du plaisir, ne pas creuser ce filon aurait été criminel.

Chapitre 19

Massif de l'Annapurna,
vendredi 1er mai 2015.

Dipak accepta volontiers la tasse de thé que lui proposait Pramod Khakulrep. Malgré le soleil qui commençait à briller, la température était encore fraîche dans le petit bureau du capitaine qui commandait la compagnie des Forces armées népalaises de Jomson.

Dipak était arrivé de Katmandou par le premier vol de Buddha Air. Comme pour la liaison Katmandou-Lukla, les vols ne se déroulaient qu'en matinée à cause des vents violents qui se levaient à la mi-journée.

Après le départ de la Française, il s'était occupé de faire rapatrier les corps de Bréal et de la mystérieuse Ève au Bir Hospital à Katmandou, le seul hôpital au Népal en mesure de pratiquer une autopsie. Malgré la situation sanitaire provoquée par le tremblement de terre, le professeur Wasti lui avait promis qu'il opérerait au plus tard le lendemain samedi.

Dipak avait ensuite poursuivi ses investigations au sein du camp de base. En raison de l'ancienneté de l'expédition néo-zélandaise d'Adventure Consultants, il avait interrogé ses membres en priorité. Si les alpinistes anglo-saxons du groupe ne lui avaient rien appris, un des porteurs lui avait apporté un semblant de piste.

Le sherpa avait échangé un soir avec un Népalais qu'il n'avait jamais recroisé après. Au cours de leur conversation, l'homme lui avait livré une information qui aurait pu être anodine, mais qui, compte tenu du contexte, méritait d'être creusée. Ce Népalais avait été militaire avant d'être guide. Il avait même précisé avoir servi dix ans dans la brigade des Gurkhas de l'armée britannique, avant de terminer sa carrière militaire dans l'armée népalaise à Jomson.

Ces détails avaient interpellé Dipak à double titre. En premier lieu, il connaissait bien la problématique du changement de métier puisque lui-même était passé de guide à inspecteur et, pour rien au monde, il ne serait revenu en arrière. Sur le papier, il ne gagnait pas plus, mais il avait la sécurité de l'emploi et ses revenus étaient réguliers. Il avait du mal à comprendre qu'on puisse faire le chemin inverse. Le second point tenait à la présence d'un ancien militaire d'élite, habitué à tuer, sur le lieu d'une scène de crime. Coïncidence ?

En tout état de cause, la piste méritait d'être creusée même si rien n'indiquait que le militaire était sur les lieux au moment du crime.

Dipak avait abandonné la veille les pentes de l'Everest, passé la nuit dans son appartement de Katmandou, déserté par sa femme, partie comme souvent chez ses parents. Il avait savouré son absence. Au moins, il avait pu mettre à profit sa courte nuit pour dormir et avait échappé aux ondes négatives d'Amita. Au Népal comme ailleurs, les mariages arrangés débouchaient rarement sur de belles histoires.

Se retrouver de nouveau dans la chaîne himalayenne était donc une nécessité plaisante de son enquête.

Jomson se situait en contrebas des Annapurnas, à trois cents kilomètres à l'ouest du Toit du monde. Le village de quelques centaines d'âmes était situé à 2 740 mètres d'altitude, soit un gain de dénivelé de 3 000 mètres. Et cela, même pour un Népalais, faisait une grande différence, tant au niveau du picotement incessant dû au froid que de la capacité de respiration. Ainsi, malgré son réveil aux aurores, Dipak se sentait en pleine forme et léger comme une plume.

Il posa son thé sur le bureau en fer du capitaine et esquissa un sourire. Pramod était fidèle à l'image qu'il s'en était fait lors de leur brève conversation téléphonique la veille : rigide, méfiant mais poli. La question que se posait Dipak concernait cette politesse : était-elle naturelle ou juste due à sa fonction d'inspecteur ? Il n'aurait sûrement jamais la réponse et au fond il s'en moquait. Il sortit son petit carnet et son stylo sous le regard figé du capitaine, puis attaqua sans détour :

— Savez-vous ou avez-vous un moyen de savoir combien d'hommes du régiment ont servi précédemment dans les rangs des Gurkhas ?

Les traits de Pramod Khakulrep se détendirent d'un coup. Visiblement, il s'attendait à ce que Dipak l'interroge sur un autre sujet. Instantanément, Dipak se dit qu'une fois son enquête terminée, il demanderait à son boss de revenir fouiner dans la région.

— Permettez-moi de vous rappeler que la brigade des Gurkhas n'a rien à envier à d'autres corps d'élite mondialement réputés, comme les Marines américains et la Légion étrangère de l'armée française. Là où nous, Népalais, pouvons être fiers, c'est qu'il est constitué uniquement par nos compatriotes. Tout comme les Marines et la Légion, la sélection pour l'intégrer est impitoyable et les hommes qui ont la chance d'y servir deviennent des soldats d'élite.

Dipak prenait quelques notes même s'il connaissait parfaitement la spécificité de cette brigade.

— Et il est assez rare que de tels hommes réintègrent ensuite un régiment moins prestigieux comme le nôtre. À ma connaissance, c'était arrivé une fois avant que je prenne le commandement de cette unité et une fois depuis.

Dipak se contenta d'une moue d'approbation, même si intérieurement l'excitation était à son comble. Il aurait pu demander quelles étaient les raisons de ce revirement, mais une seule question lui brûlait les lèvres :

— Savez-vous où sont ces deux hommes ?

— Oui, le premier a repris un lodge avec son fils, non loin d'ici à Kagbeni, et le second avait ouvert une agence de voyages basée ici à Jomson.

Dipak releva l'emploi du passé.

— Pourquoi « avait » ?

— Parce qu'il est parti par-delà les cieux.

Dipak sentit que le capitaine, remis en confiance par la tournure de l'enquête, s'amusait à jouer avec ses nerfs.

— Vous n'avez pas dû faire attention aux débris que mes hommes ont rassemblés à l'écart sur le tarmac… Il s'agit de ceux du Twin Otter du vol de Yeti Airlines qui s'est crashé au début du mois à son atterrissage. Seuls les quatre passagers des places arrière ont survécu, tous les autres sont morts, y compris Rishi Shrestra, notre dernier Gurkha.

Dipak enregistra l'information. Il connaissait les statistiques. Sur les dix dernières années, le Népal recensait un crash en moyenne tous les dix-huit mois, Lukla et Jomson en concentrant les trois quarts. Cela pouvait paraître beaucoup, mais compte tenu du nombre de vols quotidiens dans des conditions difficiles, les Népalais acceptaient cette prise de risque avec fatalité. Dipak avait toujours intégré que chaque vol pouvait être son dernier. Il fallait bien mourir un jour et il croyait à la réincarnation. Mais cette fois, la situation le contrariait car les dieux venaient de lui retirer non pas la vie, mais un élément qui aurait pu la lui simplifier. Fermant les yeux, il pria intérieurement pour les victimes et pour trouver la force de continuer son enquête.

Lorsqu'il rouvrit les yeux, Pramod le fixait, imperturbable. Dipak ne rompit pas immédiatement le silence. Il reprit une gorgée de thé puis, tel Astérix ragaillardi par la potion magique, il reprit l'offensive.

— Avait-il de la famille ?

— Pas à ma connaissance, ce sont ses employés qui ont organisé les funérailles.

— Conduisez-moi chez lui, puis à ses bureaux.

Pour toute réponse, le capitaine se leva. Dipak lui emboîta le pas. Le village s'étirait tout en longueur de part et d'autre de la rivière Kali Gandaki.

Pramod emprunta l'axe principal, une ruelle pavée bordée de maisons en pierre, puis prit un long pont suspendu qui menait au hameau situé sur la partie ouest. Une fois sur la berge, il se retourna vers Dipak.

— Comme vous pouvez le voir, le tremblement de terre a provoqué un glissement de terrain de ce côté. Une dizaine d'habitations ont été endommagées, celle de Rishi Shrestra a été miraculeusement épargnée.

— Shiva a su faire la part des choses, rétorqua Dipak.

Ils passèrent devant le lodge connu sous le nom de *Lodge Jimi Hendrix*, même si ce n'était pas son nom officiel – en tant qu'ancien guide, Dipak savait que le guitariste y avait séjourné en 1967, très longtemps avant que le tourisme de masse ne se développe. Quelques mètres plus loin, Pramod lui désigna une maison blanche aux volets bleu ciel.

— C'est ici !

La porte était verrouillée. Dans son excitation, Dipak avait négligé ce détail.

— Savez-vous qui a les clés ?

— Tenzing, son adjoint, doit les avoir.

— Et il se trouve où ?

— Peut-être au bureau ou peut-être ailleurs, je ne saurais vous le dire.

Dipak avait usé de ces réponses elliptiques du temps où il était guide, pour ne pas affoler ses clients et aussi par habitude culturelle, mais maintenant il était flic. Il s'approcha du volet et regarda le crochet. Il sortit son arme de service et, d'un coup de crosse, le fit céder. Dans la foulée, il brisa la vitre sous les yeux ébahis de Pramod qui se défit enfin de son masque rigide.

— Mais vous êtes fou !

— Non, je suis inspecteur au Crime Investigation Department et mandaté par l'ambassade française sur une enquête pour un double homicide. Si vous avez une plainte à formuler auprès de votre hiérarchie, je vous conseille de bien préparer votre dossier.

Pramod resta silencieux. Autant laisser faire, plus vite le flic aurait fini, plus vite il partirait. Il s'assit sur une moto chinoise garée en face de la maison et alluma une cigarette. Dipak ouvrit la fenêtre, sauta à l'intérieur et atterrit sur un sol carrelé. Un canapé en bois sculpté recouvert de coussins faisait face à une télé japonaise et un lecteur DVD. Sur les murs, des photos de Rishi en uniforme, parfois seul, souvent accompagné de frères d'armes népalais, mais aussi sûrement des Britanniques, à en juger par leur peau blanche. Il sortit son téléphone et prit des clichés qu'il enverrait à Clara. Peut-être qu'un de ces hommes avait un lien avec Bréal. Il jeta un coup d'œil à la petite cuisine attenante, rustique mais équipée d'un four moderne et d'un réfrigérateur, ce qui était loin d'être courant dans le pays. Il passa ensuite à la chambre. Il y trouva un lit à l'occidental et deux grandes armoires traditionnelles en bois ornées de motifs bouddhistes. Il ouvrit la première. Elle était remplie de vêtements impeccablement rangés. Il les étala tous sur le lit et entreprit une fouille en règle, ne négligeant aucune poche. Il avait encore bien en tête l'exemple de la Française qui, à partir d'un bout de papier, avait réussi à les mettre sur une piste. Mais malheureusement pour lui, l'histoire ne repassa pas une deuxième fois les plats. Dans la seconde armoire se trouvaient une pile de DVD et des classeurs. Il se saisit de la pile de films. Le premier était *Sept ans au Tibet* en version anglaise. Cela n'avait rien de surprenant, tant le film tourné non loin était devenu mythique dans la région himalayenne, enfin auprès de tous ceux qui avaient accès à l'image. Bien que vivant maintenant à Katmandou, Dipak avait bien en tête le niveau de vie moyen du Népal et le fait que 50 % des zones habitées n'avaient pas l'électricité. Il ouvrit le boîtier pour vérifier le contenu. Il renouvela l'opération pour les suivants, des films d'action américains. Les cinq derniers étaient des films pornographiques. Tout comme la prostitution, ils étaient normalement interdits au Népal. Dans la réalité, il n'y avait pas besoin de faire une école de police pour constater que les deux existaient, et se développaient même à une vitesse fulgurante dans le cas de la prostitution. À titre personnel, Dipak avait découvert tardivement ces plaisirs. Il eut une bouffée de désir à la vue des femmes dénudées sur les jaquettes, mais le côté professionnel revint très vite. Dipak parlait beaucoup mieux le français qu'il ne le lisait, mais son niveau était largement suffisant pour comprendre que les deux dernières productions étaient françaises. Rishi maîtrisait-il cette langue ? D'où venaient ces DVD ?

Lorsqu'il était guide, par deux fois, il s'était égaré à cause des conditions météo. Il avait retrouvé son chemin grâce à des petits détails insignifiants, pour ceux qui ne connaissaient pas la montagne. Il avait le même sentiment à présent, il y avait un lien entre

Rishi et Bréal. Il mit les DVD dans son sac à dos. Il passa ensuite aux classeurs, qui ne lui apprirent rien qu'il ne sache déjà. Il vérifia le dessus et le dessous des meubles et contrôla également le lit. Il ne récolta que de la poussière sur les doigts.

Il ressortit comme il était entré, par la fenêtre. Il prit soin de refermer le volet. Pramod avait délaissé la moto et l'attendait debout, les mains dans le dos, le regard fixe. Dipak ignora l'attitude martiale.

— Rishi parlait-il français ?

— Absolument pas.

— Comment pouvez-vous être aussi catégorique ?

— Peu avant que Rishi nous quitte, nous sommes intervenus pour secourir un groupe de randonneurs français pris dans une tempête de neige, en revenant du Mustang. Je l'ai vu s'occuper d'un des touristes longuement. Il s'est toujours adressé à lui en anglais.

Dipak était dans le brouillard, mais son instinct lui disait que le soleil n'était pas loin, peut-être dans les bureaux de Rishi. Il fit quelques pas en direction du pont, puis il se retourna vers Pramod.

— La moto, elle est à qui ?

— Il me semble que c'est celle de Rishi.

Dipak fit demi-tour, revint au niveau du deux-roues. C'était une moto chinoise tout-terrain de marque CF, très populaire au Népal. Dipak avait eu la même, en beaucoup moins neuve, quelques mois auparavant. Elle avait malheureusement fini sa vie sous un bus. Dipak s'en était sorti indemne, mais il avait suivi l'avertissement des dieux : la moto, ce n'était pas fait pour lui. Cette expérience lui avait appris comment accéder au petit coffre situé sous la selle. Il retourna chez Rishi, trouva un couteau dans la cuisine et s'agenouilla près du véhicule. Il ne fut pas long à attendre le bruit caractéristique de déverrouillage du loquet. Il souleva la selle. Un objet était emballé dans un chiffon. Seul un petit bout dépassait du tissu et cela ressemblait furieusement à un canon de revolver. Dipak déplia précautionneusement le paquet. Il reconnut sans difficulté un China type 54, une des armes les plus facilement accessibles en Asie, tant les Chinois en avaient écoulé auprès des guérillas et bandes armées. Il se tourna vers Pramod.

— J'imagine que vous ne connaissiez pas l'existence de cette arme ?

— Je sais ce qu'est un China type 54. J'ai combattu les maoïstes pendant la guerre civile.

Dipak masqua son énervement par un sourire.

— Je parlais de cet exemplaire spécifiquement.

— Pas du tout. Vous n'ignorez pas que les revolvers qui équipent l'armée régulière sont de provenance américaine ou indienne.

Dipak comprit le sous-entendu – « je n'ai rien à voir là-dedans ». Il remit l'arme dans son chiffon et la glissa dans son sac.

— Allons voir les bureaux.

Ils se dirigèrent en silence vers le centre du village. Les locaux de l'agence étaient aussi fermés, mais lorsqu'il vit le capitaine et Dipak essayer de forcer la porte, l'homme qui détenait la mini-épicerie attenante les informa qu'il avait les clés.

L'espace se réduisait à une table, un bureau et un ordinateur. Dipak fouilla les tiroirs, ne trouva que des prospectus et des factures. Il alluma l'ordinateur. Sans surprise, celui-ci était protégé par un mot de passe. Il n'y avait plus qu'une chose à faire, prendre le disque dur. Il débrancha la tour et la prit sous le bras. Il consulta sa montre.

— À quelle heure est le dernier vol ?

Cette fois, le capitaine fit une réponse directe et précise :

— À 10 h 30. Vous avez le temps de l'attraper. S'il est plein, je vous réquisitionne une place.

Dipak n'ignorait pas que l'aérodrome était géré par l'armée et que le capitaine en avait le pouvoir. Cette hâte de le voir partir confirmait son sentiment, Pramod avait quelque chose à cacher. Il chercherait quoi plus tard. Pour l'instant, il n'avait qu'une envie : confier le C 54 à Prakash, son homologue du service balistique formé par Scotland Yard, pour le faire parler.

Chapitre 20

Paris, samedi 2 mai 2015.

Jamais Clara n'avait autant regretté d'être en week-end. Ses tentatives de joindre le procureur pour lancer une requête sur la ligne SFR de Bréal étaient restées vaines. Elle avait également essayé par la voix officieuse, auprès de son contact chez l'opérateur, mais celui-ci était tout aussi injoignable. Elle lui avait laissé trois messages et, de rage, lui avait dit dans le dernier qu'il pourrait toujours se brosser pour ses futurs P-V si elle n'avait pas de réponse d'ici la fin de la journée. Normalement, vu l'ardoise annuelle de son interlocuteur, cela aurait dû le faire réagir, mais son portable était resté silencieux. Il devait sûrement passer le week-end dans une de ces trop nombreuses zones blanches, délaissées par les géants de la téléphonie pour cause de faible densité.

Elle avait découvert à sa grande surprise que le Che n'utilisait pas cette méthode *off* et suivait la procédure pour se procurer les « fadettes ». Au moins, cela prouvait que s'ils parlaient un peu de leurs jobs respectifs, chacun gardait ses petites recettes.

Du côté des quatre photographes, ce n'était guère mieux. Sur les deux numéros que lui avait donnés

Durbin, un n'était plus attribué, et elle était tombée sur la messagerie de l'autre.

Quant aux deux restants, elle avait hésité sur la tactique à employer. Elle avait finalement choisi l'option pirate : elle avait envoyé un mail depuis la messagerie de Ludivine en se faisant passer pour elle. Il serait toujours temps de jouer à visage découvert. Elle n'avait eu qu'un seul retour et avait rendez-vous le lendemain à 17 heures. Elle calcula, cela faisait vingt-neuf heures d'attente. Le Che lui proposa de courir pour se détendre. Elle déclina l'offre, autant à cause des raideurs de la veille que parce qu'elle ressentait le besoin d'être seule pour réfléchir à la manière de faire avancer son enquête.

Elle s'allongea sur le canapé et alluma sa première cigarette depuis la veille, les yeux fixés au plafond. Elle avait maintenant un certain nombre de pièces du puzzle, mais, incontestablement, il lui en manquait pour pouvoir l'assembler. Bréal était journaliste, sa compagne avait une double activité, pour ne pas dire une double vie. Et ils étaient morts assassinés au Népal. Y avait-il un lien, ou ce meurtre était-il juste le fruit d'une mauvaise rencontre ? Son expérience lui avait appris que plus des deux tiers des crimes avaient un lien avec la personnalité de la victime et que seul le solde était le fruit d'un hasard malheureux, le mauvais endroit au mauvais moment. Il fallait continuer à percer la personnalité des deux victimes, pour être certain de ne pas passer à côté de quelque chose.

Son téléphone se mit à vibrer… Un deuxième photographe était disponible dans l'après-midi. Elle sauta sur l'occasion. En trois mails, l'affaire était réglée. Elle avait rendez-vous à 16 heures à son studio, rue des Volontaires dans le 15e, pour une séance lingerie « au même tarif que la fois précédente ». Elle saurait très vite ce que l'homme sous-entendait par cette mention.

Quelques minutes plus tard, elle reçut un SMS d'Alain Formeaux, son interlocuteur chez SFR, l'informant qu'il fêtait les soixante-dix ans de sa mère à la campagne, mais qu'il essaierait d'anticiper son retour le lendemain après déjeuner, pour passer au bureau en fin de journée. La patience n'était pas la qualité première de Clara, mais elle avait un cœur. Elle n'insista pas et lui dit qu'elle pourrait attendre lundi matin.

À son retour, Thierry lui proposa de reprendre les choses où ils les avaient laissées la veille.

— C'est-à-dire ? interrogea Clara, un brin soupçonneuse quant aux intentions de son homme.

Elle n'était pas du tout d'humeur à faire des galipettes.

— On ne devait pas aller au resto, hier midi avant d'aller chez Facebook ?

— Si.

— J'ai trouvé un italien, rue Monge, qui a des super critiques. Ça te dit ?

Clara sourit. Thierry savait qu'elle avait deux péchés mignons en matière de restaurants : les très bons japonais et les italiens. Elle avait glissé dans son portefeuille la page avec les trois adresses déchirées dans l'avion. Elle se dit qu'elle devait en essayer au moins une, mais cela serait pour une autre fois.

Clara avait abusé des tagliatelles à la truffe et du tiramisu, et il était dit qu'elle sauterait le dîner pour équilibrer ce trop-plein calorique, mais elle ne regrettait rien. Elle s'était régalée.

Thierry l'avait déposée rue des Volontaires avec un quart d'heure d'avance. Erwan, le photographe, lui avait expliqué que le studio donnait en aveugle sur la rue et que l'accès se faisait par le porche intérieur. Elle composa le code de la porte et choisit d'attendre à l'abri des regards. Elle eut à peine le temps de fumer une demi-cigarette qu'un homme surgit. Malgré son crâne dégarni et son léger embonpoint, il semblait relativement jeune, Clara aurait misé sur un trente-cinq, trente-six ans. Il portait en bandoulière un sac Canon qui acheva de dissiper le doute sur son identité. Il salua Clara d'un signe de tête, qui lui répondit sur le même mode. Il fouilla ses multiples poches en quête de la clé. Il dut sentir que Clara l'observait puisque, au moment où il ouvrait la porte, il se retourna. Ce fut le moment qu'elle choisit pour lui révéler son identité, carte de police à la main.

— Mais qu'est-ce que ça veut dire ?

Le ton était véhément. Clara répondit sur le même mode. Elle avait jaugé son interlocuteur en un clin d'œil, un tendre qui jouait les forts en gueule.

— Ça signifie qu'on va discuter tranquillement à l'intérieur et que vous avez intérêt à coopérer, sinon je vous mets en garde à vue pour complicité de meurtre.

La physionomie du photographe changea de manière immédiate. Clara avait vu juste. Ce type n'avait sûrement aucun rôle dans la disparition de Marie/Ludivine, mais le brutaliser un peu pourrait peut-être lui apporter des infos. Clara n'avait jamais mis les pieds dans un studio photo. Naïvement, elle s'était attendue à quelque chose de très technologique. En fait, il s'agissait d'une simple pièce, tout en longueur. À l'opposé, elle remarqua un gros rouleau suspendu qui permettait de dérouler des papiers de couleurs différentes pour changer le fond du décor. Deux grands flashes étaient également installés. Le reste du mobilier était composé d'une chaise et d'une petite table de maquillage. Elle tira la chaise, fit signe à Erwan de s'y asseoir et prit place sur la table. Elle surplombait ainsi le photographe. Elle lui épargna les formules de politesse.

— Parlez-moi de Ludivine.

— Qu'est-ce que vous voulez que je vous dise ? Sympa, débutante, plutôt jolie, voilà. Mais c'est quoi cette histoire de meurtre dont vous parliez ?

Clara le fixa, les bras croisés.

— Ici, les questions, c'est moi qui les pose, mais vu que t'es pas loquace, je vais te donner une info qui va peut-être te motiver…

Elle s'aperçut qu'elle était passée d'instinct au tutoiement.

— Ludivine est décédée et tous les éléments nous conduisent à penser à un homicide volontaire.

Erwan eut une réaction de stupeur qui lui rappela celle de Julien Richard lorsqu'elle lui avait annoncé la mort de Bréal, mais cette fois elle ne laissa pas de temps de pause.

— Tu l'as connue comment ?

— Par Facebook. J'avais vu ses photos avec Olivier Paire.

C'était le photographe avec lequel elle avait rendez-vous le lendemain.

— Je trouvais qu'elle dégageait quelque chose. J'ai eu envie de la shooter. Je lui ai envoyé un message et voilà.

Clara eut un tressaillement : « shooter quelqu'un », en langage de flic, était une activité assez radicale.

— Et voilà quoi ? Qu'est-ce qui s'est passé après ?

— On s'est mis d'accord sur le thème de la séance et les conditions de rémunération.

— C'est-à-dire ?

— Un shoot lingerie pour cinquante euros.

— Je ne comprends pas, qui paye qui ? Elle vous paye ?

La question eut le don de détendre Erwan, qui esquissa un sourire.

— Si j'étais un photographe connu, je me ferais payer, mais en l'occurrence c'est juste une passion. Non, à mon niveau, c'est nous qui payons les modèles ou, quand on y arrive, on travaille en collab'.

Clara fit un signe de la main pour encourager à développer. Elle sentait que son interlocuteur lâchait les vannes, il avait juste besoin de réassurance. Elle s'envoya des fleurs, « à force je pourrais être psy ».

— Collaboration – en gros, temps de pause contre clichés.

— Et pourquoi ne pas avoir fait cela avec Ludivine ?

— Évidemment je lui ai proposé, mais elle a refusé. J'ai réussi à faire baisser ses prétentions de plus de moitié. Elle m'avait demandé cent vingt au début.

— Et comment ?

— Je lui ai fait comprendre qu'elle n'avait pas assez d'expérience pour prétendre à ce tarif... et de vous à moi, j'ai jamais payé ce prix-là pour de la lingerie.

Clara s'engouffra dans la brèche.

— Ah, et vous le payez pour quoi ?

Erwan la regarda d'un air qu'elle jugea condescendant.

— Éventuellement pour du nu !

Elle n'était pas née de la dernière pluie et elle s'était attendue à cette réponse, mais au moins elle était fixée. Elle revint à l'essentiel, Ludivine.

— C'était quand, ce shoot ?

— Je dirais, il y a trois mois environ.

— Je ne suis pas une grande experte en photo mais il me semble qu'il est assez facile de retrouver la date d'une photo numérique, dit-elle sans masquer son ton ironique.

— Effectivement, je peux vous retrouver l'info, mais pas là, il me faut mon ordi chez moi.

— Pas de souci, je vous accompagne chez vous.

Le jeune homme la regarda avec un air de défi.

— Je ne crois pas, non. Je connais mes droits. J'ai déjà été gentil de ne pas avoir appelé mon avocat quand vous avez fait irruption ici. D'ailleurs cet entretien est terminé, à moins que vous me mettiez en garde à vue pour shooting photo.

Clara s'était méprise, c'était un faux mou.

— OK. On va en rester là pour le moment. Débrouillez-vous pour m'envoyer la date à ce numéro, fit-elle en donnant sa carte, et je vous laisse tranquille. Sinon je vous promets que je trouverai un moyen de vous envoyer la cavalerie.

Elle se retrouva dans la rue. Elle n'était pas pressée de rentrer ; le Che l'avait prévenue qu'il devait passer aider sa mère à faire des courses. Elle choisit de marcher. Au pire cela la dérouillerait de ses courbatures de la veille, au mieux elle aurait une inspiration pour cette enquête pas comme les autres.

Chapitre 21

Paris, neuf mois auparavant.

Agathe n'apprenait pas grand-chose de pratique lors de son stage. En revanche, ce qu'elle voyait, même dans une entreprise de « cols blancs », la confortait dans son idée : elle serait très vite sa propre patronne. Elle se servirait de son savoir, comme elle se servait de son corps pour se frayer son propre chemin.

Si elle n'avait pas eu conscience que cet atout avait une durée de vie somme toute réduite, elle aurait peut-être tout arrêté et se serait lancée à temps plein dans la danse et ses extra. Elle attendait chaque week-end avec impatience. Non seulement sur le podium elle avait l'impression d'exister, mais en plus elle avait renouvelé quatre fois l'expérience du numéro de téléphone. Elle avait même à trois reprises pris les devants avec des clients. C'était elle la patronne, c'était elle qui décidait à qui elle se vendait. La vie c'était cela, prendre son destin en main et maximiser ses ressources en se faisant plaisir. Le reste n'était que morale, bonne pour maintenir les masses sous pression. Elle était au-dessus du lot. Mais, malheureusement, dans dix ans maxi, son corps serait moins attractif, et se retrouver sans une porte de sortie n'était pas envisageable. Le plan, c'était donc de continuer à danser, gagner un maximum d'argent tout en poursuivant ses études et, avec le pécule amoncelé, monter sa propre structure.

Comme d'habitude, elle arriva parmi les premières au *Secret Garden*. Elle prenait place à sa table de maquillage lorsque Zoé vint la saluer et lui murmura de la suivre dans son bureau. C'était la première fois depuis son entretien de recrutement qu'elle foulait les lieux.

— Assieds-toi, je t'en prie.

Agathe prit place. Le bureau lui parut plus grand que dans son souvenir. Les photos accrochées aux murs n'avaient pas changé. La seule différence, c'est qu'Agathe réussit à mettre plus de noms sur les visages. Beaucoup de membres du show-biz des années 1980-1990 qu'elle avait croisés au cours des mois passés. Cette fulgurance lui arracha un sourire intérieur et fit baisser son niveau de stress. Après tout, Zoé voulait peut-être lui faire une proposition pour augmenter son nombre de soirs.

— Tu veux boire quelque chose ?

— Non merci. Je n'aime pas trop boire avant de danser.

— Tu as raison. Tu es devenue une vraie pro en quelques mois. Tu savais que tu avais été la deuxième danseuse demandée sur le mois écoulé, juste derrière Elena ?

— Je ne connaissais pas la statistique exacte, mais me doutais que j'étais dans les premières.

— Je suis vraiment contente pour toi.

Zoé marqua un silence.

— Et puis tu sembles douée pour les extra, non ?

Agathe encaissa l'allusion. Avant de nier ou d'avouer, il fallait savoir de quels éléments disposait la directrice. Elle fit une moue d'incompréhension en espérant que cela suffirait à lui faire abattre ses cartes.

— En dehors du bouton d'alarme planqué sous la table, on a aussi des mini-caméras pour surveiller les salons privés. C'est pratique en cas de gros relou et aussi pour surveiller nos danseuses. Tu vois un peu mieux le topo ?

Cette fois, Agathe sut qu'elle était grillée. Néanmoins, elle tenta une manœuvre de diversion.

— Je ne vois pas en quoi prendre un numéro de téléphone te permet de tirer des conclusions hâtives. Et puis, j'aurais dû être prévenue que j'étais filmée. C'est la loi, non...

— Ouh là, ma petite, je serais toi, je ne jouerais pas à ce jeu. Dois-je te rappeler que le racolage est un délit ?

— Soit. Mais échanger un numéro ne signifie pas pour autant que j'ai eu des relations sexuelles tarifées.

— Il est vrai. En revanche, figure-toi que ton dernier client, le beau gosse du week-end dernier, travaillait pour nous. C'était juste un leurre.

Agathe chercha quelque chose d'intelligent à répondre mais rien ne vint. Elle pensa à son langage corporel et, comme après une chute, se força à se redresser et à sourire.

Un silence s'installa entre les deux femmes. Agathe soutint le regard de Zoé. Celle-ci finit par reprendre.

— Tu vois, ce club, c'est un gros investissement, deux millions d'euros de travaux, environ quarante personnes par mois qui y travaillent, une clientèle plutôt chic et haut de gamme, un chiffre d'affaires conséquent, une rentabilité significative… Alors on n'a pas envie de se prendre une fermeture administrative pour racolage. T'es intelligente, je pense que tu peux comprendre.

Agathe acquiesça d'un signe de tête, tout en se demandant qui était ce « on ». À moins que cela soit juste une formule de forme. Non, jamais Zoé ne parlait comme cela.

— Tu crois que je te fais la morale. Non, en fait, je suis pragmatique. Bruno, notre leurre, m'a dit que tu étais plutôt douée. Alors, écoute-moi bien, je vais te faire une proposition en or qu'il ne vaudrait mieux pas que tu refuses.

Agathe sentit qu'elle se recroquevillait malgré elle. Cette fois, plus question de donner le change. Elle tenait plus du boxeur dans les cordes que de la danseuse qui se relevait.

— On a besoin d'appuis, de relations, parfois volontaires, parfois un peu aidés. Comme on est plus malins que toi, on choisit nos cibles en fonction de leur influence et on ne travaille que sur des messageries sécurisées et temporaires. Bref, voilà le deal, une à deux fois par mois maxi, tu seras notre ambassadrice chez un client choisi par nous. Tu garderas l'argent…

Zoé marqua un silence. Agathe se demandait quel était le piège.

— En revanche, tu seras équipée d'une minicaméra implantée dans un collier de ce type. Charge à toi de la brancher, de la garder autour du cou, ou à défaut, si vraiment ton partenaire insiste pour que tu retires ton collier, le positionner sous un bon angle. On aime les belles images.

Ce n'était pas tant l'idée de coucher ou de filmer qui rebuta Agathe, c'était de ne pas choisir, c'était de perdre le contrôle.

— Et si je refuse ?

— On a plusieurs options : soit on te fait de la publicité dans ton école, ou à ton stage dans ton cabinet d'architecte, soit on te balance aux flics, le choix n'est pas encore acté. Remarque, on peut aussi faire un combiné. Tu vois, tu as les cartes en main : ou tu t'enrichis, ou tu te compliques la vie.

Agathe se mordit la lèvre. Cette fois, elle était K-O debout. Elle avait joué, elle avait perdu.

— J'oubliais un truc. On sait tous que les bonnes choses ne durent qu'un temps et on n'est pas des monstres non plus.

Zoé sourit. Tel un chat, elle tenait la petite Agathe entre ses pattes et adorait ce sentiment de puissance.

— Donc, on considère que pour cette mission tu as un contrat de deux ans à dater d'aujourd'hui, après on se quitte bons amis. Tu vois, tu as toutes les cartes en main.

Tu décides quoi ?

— Finalement, je veux bien un truc à boire.

— Alcool ou sans alcool ?

— Alcool !

— J'ai du champagne. Cela me paraît approprié pour fêter notre accord.

Zoé se retourna et attrapa une bouteille dans le mini-frigo. Elle la déboucha avec maîtrise. Elle se leva et sortit deux verres à pied d'un placard.

— Désolée, je n'ai pas de flûte, mais ça devrait pouvoir le faire.

Zoé fit le service et leva son verre.

— Alors, on trinque à notre accord.

Agathe fit un signe de tête résigné et cogna son verre contre celui de Zoé. Au moins, le champagne était bon, même s'il avait un arrière-goût de ciguë.

— Allez, je ne te retiens pas plus longtemps, tu vas être en retard pour danser.

Chapitre 22

Paris, lundi 4 mai 2015.

Par la force des choses, elle avait fini par profiter de son dimanche. Olivier Paire l'avait prévenue dans la matinée qu'il ne serait finalement de retour à Paris que dans la soirée, du coup elle avait finalement accepté d'accompagner son homme à un barbecue chez un ami d'enfance. Et, pour une fois, elle avait passé un bon moment. Probablement grâce à un couple de Belges qui avait mis toute l'assistance dans leur poche grâce à leur bonhomie et leur autodérision.

Elle avait mis la dernière main à son rapport dans la soirée et en avait envoyé une copie par mail à son patron.

Aussi ne fut-elle pas surprise que celui-ci la convoque dans son bureau, peu après son arrivée au 36. Depuis son départ au Népal, dix jours plus tôt, ils n'avaient échangé que par mail ou téléphone.

Visiblement, Fabian Deschamps avait passé un week-end agréable : teint hâlé et traits reposés, il portait comme souvent un costume trois-pièces, cultivant son look anglais. Clara avait appris de la bouche de Yannick, la semaine précédente, que le surnom de « Sherlock » commençait à se répandre au sein de la brigade. Elle se retint de sourire en y pensant. Clara accepta le café qu'il lui proposa. Il se leva pour le lui préparer sur sa machine personnelle et revint s'asseoir face à elle.

— Cela serait mentir d'affirmer que vous n'avez pas mené l'enquête « Everest » avec talent.

Comme Sherlock laissait sa phrase en suspens, Clara hasarda un « merci ».

— J'ai cependant un léger doute sur votre démarche chez Facebook. Je n'ai pas bien compris par quel miracle vous aviez fait le rapprochement entre Marie Leclerc et Ludivine Pix.

À la demande de Durbin, Clara avait respecté son engagement de taire l'existence du logiciel de renseignement facial et avait juste mentionné une recherche algorithmique interne à la firme de Zuckerberg. Elle avait également omis de mentionner la présence de son homme. Bien qu'elles fussent logées sous le même toit, l'entente entre les deux brigades « Crim' » et « stups » était aussi variable que la météo. Et la tendance du moment tirait sur le maussade.

Clara se contenta de répondre :

— Je ne peux rien vous dire d'autre que ce qu'il y a dans le rapport.

Deschamps se passa la main sur le menton.

— Je vois, je vois, la magie des mathématiques. Vous étiez bonne en maths ?

Clara eut un moment d'hésitation. La conversation prenait un tour étrange. Néanmoins, elle n'avait plus vingt-cinq ans et décida de marquer son territoire.

— Suffisamment pour ne pas avoir de points de retard au bac, mais vous pensez m'appuyer pour une promo à la police scientifique ?

Sherlock sembla apprécier le trait d'humour.

— Pourquoi pas ? Je suis certain que vous pourriez être très bonne.

Il but une gorgée de son café.

— Plus sérieusement, nous avons une équation à trois inconnues. Et vous en avez résolu une partie en identifiant les victimes. Il reste à résoudre le qui et le pourquoi.

— C'est pour cela qu'on creuse sur les personnalités. On…

Deschamps la coupa.

— Pas la peine de continuer. Les Népalais vont boucler l'affaire.

Clara ne put se contenir.

— C'est une plaisanterie ? C'est vous qui m'avez envoyée là-bas. Et vous venez de reconnaître que j'avais fait grandement avancer l'enquête.

— Je sais, mais j'ai reçu des nouveaux éléments ce matin. Le rapport émane de votre homologue népalais et a été validé par son boss, Ramesh Shakya. Comme vous pouvez le lire, l'arme du crime a été identifiée, un C 54 chinois appartenant à un ancien soldat népalais. Tenez. Vous pouvez garder cet exemplaire.

Clara se saisit du dossier sans l'ouvrir.

— Vous savez comme moi que l'arme ne désigne pas forcément le meurtrier.

— En théorie, mais dans le cas présent, les choses paraissent simples : un guide aux abois tue deux clients isolés et balance leurs corps dans une crevasse. Inutile de perdre notre temps, je préfère que vous et votre groupe preniez l'affaire de la môme butée dans son parking rue Lauriston.

— Je croyais que c'était le groupe de Tourtaud qui était dessus.

Clara avait entendu parler de l'assassinat de la jeune femme le matin même à la radio. Et selon les règles, c'était le groupe de permanence qui aurait dû se voir affecter l'enquête.

— J'ai peur qu'ils soient toujours très occupés sur leur précédente affaire.

— Les pauvres choux ! Peut-être que s'ils faisaient leur job correctement, ça irait plus vite.

— On va dire que je n'ai pas entendu cette dernière phrase. Ce n'est pas à vous de juger le travail des autres groupes.

— Si je vous suis, on arrête de profiler Bréal et Leclerc et on laisse les Népalais cuisiner le détenteur de l'arme.

Clara sentit une crispation chez Sherlock.

— Oui, c'est à peu près cela. Vous verrez, tout est dans le dossier. Juste un dernier point : on ne devrait plus tarder à récupérer les corps, je vous laisse le soin de faire la remise aux familles, dit-il en se levant, signifiant ainsi la fin de l'entretien.

Clara l'imita en silence. La curiosité avait pris le pas sur la colère. Elle n'eut pas la patience d'attendre d'être dans son bureau. Elle s'adossa au mur du couloir et lut le rapport de Dipak. Les Népalais n'interrogeraient pas le tueur présumé. Il était mort. Et on lui demandait de cesser d'enquêter. Sherlock avait dû se tromper d'adresse, elle n'était pas la compagne du Che pour rien. Depuis le début, elle pressentait qu'il y avait un truc pas clair dans cette affaire, il fallait trouver lequel. Elle n'allait surtout pas annuler son rendez-vous avec Paire en début d'après-midi.

Chapitre 23

Paris, lundi 4 mai 2015.

— On a reçu la téléphonie de Bréal, lui annonça Ichane, à son retour dans leur bureau conjoint.

— Super, et ça dit quoi ?

— Ça dit que t'as l'air soûlée.

C'était l'inconvénient de travailler depuis longtemps avec le même adjoint – il pouvait décrypter chacune de vos humeurs –, mais l'avantage, c'est qu'elle pouvait avoir une confiance absolue en lui.

— On nous retire l'enquête.

— C'est quoi, ces conneries ?

— Les Népalais pensent avoir identifié le tueur et le boss veut qu'on reprenne l'affaire Lauriston. Tiens, lis.

Pendant qu'elle laissait Yannick prendre connaissance du rapport, elle jeta un coup d'œil sur les relevés de la ligne de Bréal. Sans surprise, Marie arrivait en tête de liste. Autre détail qui attira son attention, un numéro « non identifié » apparaissait dans la colonne. Elle regarda la ligne en détail. C'était un appel international passé le 23 février. Le préfixe était le 237. Elle lança une recherche sur Internet et fut surprise de voir qu'il s'agissait du Cameroun. Hors de France, la collaboration entre opérateurs était une affaire d'alliance. Et même cela n'aurait pas garanti l'identification de ce numéro. Pour pouvoir le faire, il aurait fallu passer par la voie officielle avec une commission rogatoire internationale et, de toute évidence, cette solution semblait hors de portée.

Elle croisa le regard de Yannick, qui la devança :

— Je suis d'accord avec toi. Cela mérite d'être creusé. Je vais m'occuper avec les autres du meurtre de la môme, et toi, tu continues en sous-marin.

Clara acquiesça d'un mouvement de tête. Elle savait qu'à partir de ce moment, elle n'avait pas le droit à l'erreur. Seul le succès pourrait voler à son secours dans une enquête hors procédure. Dans le cas contraire, elle risquait au minimum la rétrogradation, voire la radiation. L'alternative était de faire comme les alpinistes en cas de coup dur : rebrousser chemin lorsqu'il en était encore temps. Il allait falloir agir avec rapidité et efficacité. Elle brisa le silence.

— Je te laisse briefer le groupe. Tu me tiens au courant de vos avancées au moins deux fois par jour sur mon téléphone perso.

Elle se leva. Elle allait être en avance à son rendez-vous, mais elle n'avait plus de temps à perdre. Elle avait déclenché un compte à rebours personnel. Elle se donnait soixante-douze heures pour trouver, *a minima*, des éléments significatifs qui contraindraient Deschamps à faire machine arrière.

Elle trouva une place juste devant la mairie de Montrouge. Bien que celle-ci ne fût éloignée de la porte d'Orléans que d'un kilomètre, Clara n'avait pas souvenir d'être déjà passée devant. Le bâtiment avait été ravalé récemment et tout le quartier alentour semblait avoir été le fruit de cette spéculation immobilière qui s'était emparée des villes mitoyennes avec la capitale. Le studio d'Olivier Paire se situait à proximité, à l'angle de l'avenue de la République et de la rue Gabriel-Péri.

Elle appuya sur le bouton de l'interphone et mentionna son nom au grésillement qui lui avait certainement demandé de s'identifier. L'accès se débloqua. L'ascenseur ne lui inspirant pas confiance, elle choisit de monter par l'escalier. Le studio était au deuxième à droite. La porte était ouverte. Elle s'apprêtait à y pénétrer lorsqu'elle sentit un objet dur dans son dos.

— Mains sur la tête et retournez-vous lentement.

Elle s'exécuta. Face à elle se trouvait un sosie du Père Noël, cheveux poivre et sel, longue barbe tirant vers le blanc, avec l'embonpoint adéquat, à la différence que ce Père Noël lui braquait un fusil, qu'elle identifia très facilement comme étant un Mas 49, sur la poitrine.

— Vous êtes qui, bordel ?

Mentir avait parfois du bon mais, en l'occurrence, Clara se dit qu'elle avait bien merdé et qu'elle aurait mieux fait d'annoncer la couleur au photographe. Elle rétablit immédiatement la vérité.

— Clara Boiron, commandant de police à la brigade criminelle.

— Vous pouvez le prouver ?

— Bien sûr, j'ai ma carte sur moi.

— Montrez-la-moi avec votre main gauche.

Clara nota que l'homme était observateur. Il avait dû déduire qu'elle était droitière en voyant sa montre à son poignet gauche. Elle se saisit doucement de sa carte et la montra à Olivier.

Celui-ci baissa son arme. Il lui fit signe de s'asseoir sur un fauteuil en cuir et prit place face à elle sur un tabouret. Clara balaya la pièce d'un regard circulaire. Elle nota sur les côtés, hors du champ de vision présumé, la présence de caisses débordant d'accessoires divers, épées, crâne, robe de mariée pour la partie émergente.

— Vous m'expliquez ?

En quelques phrases, elle lui résuma la situation et sa volonté de mieux cerner la personnalité des deux défunts, afin de balayer toutes les hypothèses. Olivier resta impassible. S'il ne l'avait pas fixée des yeux avec intensité, elle aurait pu croire qu'il était indifférent, mais c'était autre chose. Elle lui en fit la remarque :

— Tout cela a l'air de glisser sur vous, c'est impressionnant.

— Détrompez-vous. Je trouve cela profondément triste, mais mon âge et mon parcours m'ont forgé une philosophie personnelle face à la mort.

Clara résista à la tentation d'en savoir plus ; ce n'était pas le sujet, il fallait rester concentrée sur Ludivine. Elle le relança sur ce thème.

— Elle m'a contacté. Elle trouvait que mes photos sortaient du lot, fit-il en esquissant un sourire. Elle n'avait jamais posé et avait très envie de commencer avec moi. Je lui ai demandé, comme je fais systématiquement avec toutes les débutantes, de m'expliquer ses motivations. Elle m'a répondu entre autres qu'elle avait laissé trop de monde jouer avec son corps et qu'elle voulait se le réapproprier. J'ai trouvé cela intrigant. Je lui ai demandé de m'envoyer un selfie pour vérifier qu'il y avait du potentiel, et on a trouvé un créneau le 28 novembre.

— C'est précis. Quelle mémoire !

— Mon fils aurait dû avoir trente ans ce jour-là. On n'oublie pas ce genre de date.

Indirectement, Clara venait d'avoir une explication du fatalisme affiché par le photographe. Elle le laissa poursuivre.

— Elle est arrivée comme convenu en fin de journée. Je me souviens très bien que j'étais crevé. J'avais fait deux shoots dans l'après-midi, le premier avec une pro très belle et très chiante, et le second avec un couple qui n'avait pas cessé de s'engueuler. Bref, j'étais un peu vidé et je me disais que j'allais essayer de boucler cette dernière séance au plus vite…

Bien que Clara se fût fixé comme objectif de décrypter Ludivine, elle marqua sa première déviation. Pour mieux comprendre la suite, elle se devait d'en savoir un peu plus sur le contexte et l'homme. Marquée par l'ambiance monacale qu'Olivier venait d'installer, elle se surprit par sa courtoisie.

— Excusez-moi de vous interrompre, mais quel genre de photographe êtes-vous ?

L'homme esquissa un sourire.

— Je vais vous répondre, mais avant, je m'aperçois que je ne vous ai pas proposé à boire, étant donné la façon dont vous êtes arrivée. Vous voulez quelque chose ?

— Non merci.

— Tant pis pour vous.

L'homme partit dans la pièce attenante et revint avec ce qui ressemblait à un verre de whisky. Il reprit :

— Pour répondre à votre question, je suis un vieux photographe qui profite enfin de la vie. Un photographe qui a commencé sa carrière en agence de presse et s'est reconverti dans la photo publicitaire parce qu'il avait une famille à nourrir et que gagner en quatre jours ce que vous gagniez auparavant en un mois crée une certaine motivation. Enfin, un photographe qui profite de sa retraite pour shooter ce que ce monde a créé de plus beau, le corps des femmes.

— Et vous faites cela à temps plein ?

— Disons que cela occupe une grande partie de mon temps, la plupart de mes après-midi, mes soirées et mes week-ends. D'autres occupent leur retraite à jouer au golf, aller à la pêche ou voyager, moi je capture de belles images.

— Et qui sont vos modèles ?

— J'ai de tout, des mannequins pros ou semi-pros, des débutantes qui espèrent se lancer, d'autres qui le font par plaisir narcissique, pour se rassurer, pour se prouver qu'elles existent, ou parfois pour leur petit ami, et pour être complet, quelques escort-girls.

— Et Ludivine, dans tout cela ?

Olivier leva la main vers le ciel.

— Un personnage complexe mais très attachant.

Clara fut surprise de la formule.

— Vous en parlez comme si vous la connaissez bien ?

Elle avait sciemment utilisé le présent pour ne pas briser l'élan de Paire.

— Suffisamment pour décrypter en deux secondes quelqu'un qui essaie de se faire passer pour elle par mail.

Clara ne releva pas. Elle s'était déjà punie intérieurement, inutile d'en rajouter.

— On a fait trois shoots ensemble en quelques mois. Pendant le premier, elle m'a relativement peu parlé, mais le deuxième a tenu plus de la séance de psychanalyse que du shoot. Les mots sortaient de sa bouche comme un trop-plein. J'avoue que j'entends souvent des histoires compliquées, voire un peu lourdes, mais la sienne est dans le haut du classement. Selon ses propres mots, elle est « mal née ». Sa mère caissière divorce lorsqu'elle a six ans. Elle enchaîne les liaisons sans lendemain, puis se fixe avec un agent immobilier peu avant les treize ans de Ludivine. Celui-ci la viole au bout de six mois. Sa mère, trop faible mentalement et financièrement, préfère fermer les yeux. La môme prend la tangente le lendemain de ses dix-huit ans avec cent cinquante euros en poche. Elle monte à Paris, cherche un sauveur dans les boîtes de nuit. Sans maturité et sans repères, elle tombe fatalement sur un tocard de trente ans qui lui promet le grand jeu. En fait, il s'avère que c'est le rabatteur d'une boîte de strip-tease. Pendant quatre ans, elle tourne dans toute la France comme strip-teaseuse, puis ayant réussi à mettre suffisamment d'argent de côté, elle se barre, revient à Paris, enchaîne les petits boulots pendant quelques années, passe le bac par correspondance. Et elle arrive jusqu'à moi. Voilà le topo initial.

Clara fouilla dans ses poches. Elle avait envie d'une cigarette. Elle repensa à la phrase de Coluche qu'elle avait découvert tardivement : « On naît tous égaux, mais pour certains cela sera beaucoup plus difficile que pour d'autres. »

— Pourquoi initial ?

— Parce que la dernière fois qu'elle est revenue, elle était accompagnée par Thomas Bréal et ce n'était plus la même femme.

— Mais pourquoi vous ne me l'avez pas dit plus tôt ?

— Parce qu'il fallait commencer par le commencement. Sinon vous m'auriez interrompu, ce que vous venez de faire, d'ailleurs.

Clara se contenta d'un sourire d'approbation. Elle avait enfin retrouvé ses cigarettes au fond de sa poche. Elle en porta une à sa bouche.

— Ça vous dérange ?

— Oui, mais je veux bien faire une exception, vu les circonstances. Ouvrez la fenêtre sur votre droite.

Elle s'exécuta et savoura enfin sa clope.

— Parlez-moi de Bréal.

— Il m'a tout de suite plu. Ça ne s'explique pas, ce genre de choses. Je fais confiance à mon instinct. Je pense qu'il est un peu comme moi, solitaire, à fond dans son truc. Le genre de mec qui fait pas chier, qui a pas envie qu'on l'emmerde. Lui et moi, on est deux mecs indépendants, lui est dans les mots, moi dans les images. Après le shoot, on a commandé des pizzas et on a passé le reste de la soirée à refaire le monde.

— Et il en est sorti quoi ?

— Rien de spécial, si ce n'est qu'on était en ligne sur tous les thèmes. Je me souviens qu'il avait parlé de son voyage au Népal, prévu de longue date. C'était son deuxième de mémoire. La môme buvait ses paroles lorsqu'il parlait du précédent, c'était touchant. Visiblement, il ne lui en avait pas parlé auparavant. Elle a sorti le grand jeu pour s'incruster. Elle m'a appelé quelques jours plus tard pour m'annoncer qu'elle avait réussi à le convaincre. Elle était juste emmerdée parce qu'elle n'avait pas trouvé de place pour voyager avec lui et qu'elle arriverait deux jours après lui. Mais sinon, elle était contente comme une gosse. Chienne de vie, non ?

Clara acquiesça. Au passage, Paire venait de confirmer ce qu'elle avait supposé à la lecture du listing fourni par Dipak. Marie et Bréal n'étaient pas arrivés le même jour au Népal.

— Vous vous souvenez de la date de ce dernier shoot ?

— Non, mais je vais vous la retrouver en deux minutes.

Il consulta son téléphone et livra le verdict :

— Le 17 février. Voilà, vous savez tout.

Malgré toute son expérience, Clara était un peu sonnée. Elle avait choisi de faire ce métier parce qu'elle voulait que le bien l'emporte sur le mal, sachant pertinemment que ce n'était pas toujours le cas. Son histoire personnelle en était le triste exemple. Et le destin de Ludivine lui tordait les tripes. Elle tendit sa carte à Paire.

— Si d'autres détails vous reviennent, appelez-moi, et encore toutes mes excuses pour mon petit numéro.

— Tout est pardonné.

Elle reconnut le clin d'œil. C'étaient les mots qui avaient barré la une de *Charlie Hebdo* à la reprise de la parution après l'attentat du début de l'année.

Chapitre 24

Katmandou, lundi 4 mai 2015.

Manish venait de passer quatre ans à Bangalore, ville située dans le sud de l'Inde à la même latitude que Chennai. Dipak ne savait pas ce qui avait motivé le jeune homme à déserter ce que beaucoup nommaient la « Silicon Valley indienne » pour revenir au Népal et travailler pour la police. Il lui demanderait sûrement un jour, mais il était certain de ses compétences informatiques et pour l'heure c'était sa seule préoccupation.

De par sa philosophie fataliste et son ancien métier de guide, Dipak avait pour habitude de résoudre les problèmes un par un. Il se souvenait que certains de ses anciens clients lui reprochaient de ne pas assez anticiper, mais c'était sa méthode et il était convaincu que c'était la bonne. Finalement, malgré toute sa bonne volonté, le professeur Wasti n'avait procédé à l'autopsie que la veille. Pour simplifier, Marie Leclerc était décédée des suites d'une chute et Thomas d'une balle dans le cœur.

Mais le plus important était que le professeur avait extrait la balle du corps du Français. Dipak, le matin même, avait remis la balle et le C-54 de Rishi à Prakash du service balistique. Il n'avait fallu qu'une demi-heure à l'élève de Scotland Yard pour affirmer avec certitude que les deux étaient liés. Le coup de feu mortel provenait de cette arme.

À présent, c'était le disque dur de l'ancien militaire qui, il l'espérait, allait lui révéler ses secrets. Cette stratégie des petits pas avait un autre mérite. Elle lui permettrait de faire un rapport qu'il espérait plein de nouvelles révélations à Ramesh. Et si son boss était fidèle au système de primes qu'il avait mis en place, sur la qualité des rapports, cela lui permettrait de boucler son budget pour découvrir la mer, au Sri Lanka.

Manish avait branché le disque dur sur un de ses écrans. À la demande du jeune homme, Dipak s'était assis en retrait. Manish avait avancé qu'il serait plus efficace si son collègue n'était pas dans son dos. Dipak en était réduit à regarder les murs du bureau aveugle et observer son benjamin. Il n'avait jamais mis les pieds ni en Europe ni en Occident, mais il avait vu des reportages sur ces jeunes patrons informaticiens qui, depuis quelques années, révolutionnaient le monde. Manish en arborait tous les codes vestimentaires. Barbe de trois jours, T-shirt noir impeccablement coupé, pantalon ajusté et chaussures de sport américaines. Il se posa la question de savoir si Manish ne s'était pas fait blanchir la peau, ce qui était une vraie tendance chez les jeunes des milieux aisés. À un moment donné, la lumière s'éteignit, plongeant la pièce dans le seul halo des écrans. Par souci de sécurité, le circuit électrique qui alimentait le service informatique était différent de celui du reste de l'immeuble et, en cas de défaillance du réseau, ce qui arrivait quotidiennement, son alimentation basculait immédiatement sur un circuit secondaire branché sur un générateur. Manish releva la tête en direction de Dipak.

— Y a du thé dans le Thermos à ta droite, sinon y a du Seven Up, sûrement tiède, dans le petit frigo juste derrière toi. J'ai lancé un programme de décryptage, il y en a pour quelques minutes.

Dipak se servit une tasse, Manish fit de même avant de se rasseoir. Il garda un œil distrait sur son écran, tout en pianotant sur son iPhone. Dipak ferma les yeux et laissa le sommeil s'emparer de lui. Il fut réveillé par un cri :

— Grand frère[1], viens voir !

Dipak vint s'asseoir à côté de Manish.

— J'ai récupéré tous ses mails reçus et envoyés, même ceux qu'il avait effacés. Il y en a huit cent soixante-six. J'ai également tracé toute sa navigation Internet. Tu as toutes les URL sur ce fichier. J'ai jeté un œil, j'ai rien vu de spectaculaire, mais peut-être que tu détecteras quelque chose qui pourra t'aider. Tu as tout sur cette clé.

D'habitude réservé, Dipak ne dissimula pas sa satisfaction. Il était fier de lui, fier de ses collègues. Le Népal avait beau être un des pays les plus pauvres du monde, Katmandou désorganisé par les suites du tremblement de terre, le Crime Investigation Department venait en l'espace de vingt-quatre heures de travailler à l'égal des grandes polices européennes. Il salua chaleureusement Manish et monta

1. Au Népal, il est courant d'appeler ses aînés « grand frère » ou « grande sœur » selon le sexe.

vers son bureau. En petit-fils de tisserand, il avait hâte de continuer à dérouler le fil.

Par chance, Ram, avec qui il partageait sa pièce, n'était pas là. Cela tombait très bien. Les deux hommes n'avaient pas de lien hiérarchique direct et Dipak devait user de toute sa persuasion pour que son collègue cesse ses bavardages incessants. Il se plongea dans la lecture des mails. Par un phénomène qu'il ne comprenait pas, ces derniers étaient classés sans cohérence chronologique. Il chercha sans succès un moyen de les trier. Après tout, il n'avait pas d'autre affaire en cours et, de toute manière, il aurait certainement tout lu, hors de question de passer à côté du moindre indice.

Il ne fut pas étonné de la teneur de ce qu'il lisait : des demandes de renseignements, des échanges avec des fournisseurs, aucun mail personnel jusqu'ici. Il s'accorda une pause, le temps de se préparer un nouveau thé. Quelques minutes après sa reprise, un message déclencha toutes ses alarmes mentales : *Hello Rishi, I have a job for you, if you are interested contact me on Telegram. Your French brother in arms*[1].

« Ton frère d'armes français », cela faisait beaucoup d'indices en quelques mots lorsqu'on enquêtait sur la mort d'un Français tué par balle. Et que dire du « j'ai un boulot pour toi » ! Un sentiment d'excitation s'empara de lui. Son flair ne l'avait pas trahi, il avait déniché la bonne piste. Il ne savait pas ce

1. « Salut Rishi, j'ai un boulot pour toi, si tu es intéressé, contacte-moi sur Telegram. Ton frère d'armes français. »

qu'était Telegram. En deux clics il eut sa réponse : c'était une application de messagerie inventée par des Russes, dont la caractéristique principale était l'intraçabilité des messages. Du coup, il était partagé. Devait-il continuer à lire la suite des mails sachant que la conversation avait dû se poursuivre sur une voie parallèle ? Ou devait-il optimiser son temps et commencer la rédaction de son rapport ? Il opta finalement pour la première hypothèse en cherchant avant tout des mails, entrants ou sortants, mentionnant l'adresse « Frenchbrother ». Comme il l'avait supposé, le résultat fut infructueux.

Son ventre se mit à gargouiller. Il se rappela qu'il n'avait rien mangé de la journée et la faim le rattrapait. Le rapport attendrait le lendemain. Il referma son ordinateur et, n'ayant pas envie de dîner seul, il se dit qu'il marquerait un arrêt chez Bishal sur le chemin du retour.

Motivé par cette perspective, qu'il s'accordait trop rarement à son goût, il hâta le pas. Au bout d'une vingtaine de minutes, il poussa le rideau en plastique de la gargote. Comme d'habitude, tous les clients étaient des Népalais, des hommes exclusivement, il en connaissait une grande partie. Il s'installa à une place libre à côté de deux hommes âgés. Ils se saluèrent mutuellement et ses deux aînés reprirent leur conversation. Dipak en saisit très vite le sens : la lenteur du retour à une vie normale après le tremblement de terre et, notamment, la désorganisation du circuit alimentaire. Tout à son enquête, Dipak avait oublié ce détail. Il interpella Bishal.

— Grand frère, t'as quoi à manger aujourd'hui ?

— Juste de quoi faire un *dal bhat*[1] nature, et encore, je suis chanceux, j'ai été livré en riz parce que le chauffeur est un ami de mon fils.

— Un *dal bhat*, c'est parfait. Et tu as le journal ?

Bishal attrapa sur son comptoir le *Kantipur*[2] du jour et le tendit à Dipak. Celui-ci se lança dans sa lecture, vite interrompue par ses deux voisins qui étaient désireux d'avoir son avis sur la situation du pays. Dipak reposa le quotidien, marqua un silence puis déclara :

— Si vous vous tenez informés de la situation du monde, vous pouvez constater que face à de terribles catastrophes, comme le tsunami de 2005 qui a frappé la Thaïlande, l'Inde et le Sri Lanka, comme celui du Japon de 2011, même des pays plus riches que le Népal sont démunis et désorganisés. Alors ne blâmons pas trop vite nos dirigeants et soyons fiers de notre culture, de notre pays.

Les deux vieux le regardèrent avec une lueur d'étonnement. Ce n'était pas la réponse qu'ils attendaient. Le plus ridé des deux fit un signe de tête.

— Petit frère, merci pour ce que tu viens de dire. Tu as bien parlé. Nous sommes deux idiots qui devrions remercier les dieux de nous prêter encore vie, dans notre beau pays, plutôt que de râler.

L'autre opina.

1. Plat national népalais à base de riz et de lentilles. Selon les occasions et les revenus, il peut être agrémenté de poulet, d'agneau, de pommes de terre et d'épinards.

2. Quotidien en langue népalaise publié à Katmandou.

— Oui, tu as raison. Pour nous faire pardonner de notre stupidité, je t'offre à boire. Veux-tu une Everest ?

Dipak afficha un air gêné.

— Je ne bois quasiment jamais d'alcool.

— Ce qui veut dire que tu en bois de temps en temps. Eh bien, partageons une bouteille à trois.

Dipak accepta. Après tout, aujourd'hui était un grand jour et il méritait bien une petite récompense. Bishal avait visiblement entendu la conversation puisqu'il apporta une Everest et trois verres.

— Tu as été convaincant, Binod. En six ans, je crois que c'est seulement la deuxième fois que je vois Dipak boire de l'alcool. Si vous permettez, je vais vous prendre en photo tous les trois.

— Avec plaisir, répondirent les deux compères à l'unisson.

Dipak n'eut pas le cœur de les contrarier, même si l'idée d'immortaliser un moment de faiblesse ne l'enchantait pas plus que cela. Bishal sortit son portable de sa poche.

— Ah, mince, je n'ai plus de batterie. Dipak, tu me passes ton téléphone ?

Dipak s'exécuta. Bishal prit du recul.

— Allez, les amis, on sourit et on trinque.

Bishal fit plusieurs prises et vint à la hauteur des trois hommes.

— On va les regarder ensemble.

Il fit dérouler les photos, la dernière était floue, la précédente était correcte, même si Binod était partiellement masqué par son verre, et Dipak avait un sourire crispé sur la troisième. Il continua à balayer l'écran de son pouce et une photo en noir et blanc s'afficha. Dipak reconnut un des clichés qu'il avait pris à Jomson. Obnubilé par le C 54 et le disque dur, il les avait complètement oubliés. Bishal s'excusa d'être allé trop loin et rendit le téléphone.

— Tu peux m'envoyer la deuxième ?

— Oui, bien sûr, fit Dipak d'un ton neutre. Je vais le faire tout de suite. Redonne-moi ton mail.

Binod lui tendit une carte. Il saisit l'adresse et transféra la photo.

Il consulta sa montre. Il était 18 h 03 au Népal, cela signifiait qu'il était 14 h 18 en France. Il vérifia qu'il avait bien enregistré les coordonnées de Clara Boiron. Oui, c'était le cas. Son chef avait fini sa journée, mais la Française était encore opérationnelle. Il avait vraiment apprécié sa collaboration. Elle allait avoir la primeur de ses découvertes ; après tout la balle était dans son camp. Il lui fit un topo plus sommaire que le rapport qu'il ferait le lendemain à son boss et lui joignit les portraits de Jomson. Peut-être que le *French brother* figurait sur l'un d'eux. Il demanda juste à Clara d'attendre le lendemain pour en parler à sa hiérarchie. Elle comprendrait le sous-entendu. Il appuya sur « Envoyer ». À la *French sister* de trouver le *French brother*.

Bishal apporta son *dal bhat*, qui finalement était accompagné d'un peu de poulet et d'épinards.

— J'ai pris sur ma réserve personnelle, lui expliqua l'aubergiste. Cadeau de la maison et je te prierais d'être discret.

Dipak le remercia d'un signe de tête. C'était vraiment une belle journée.

Chapitre 25

Paris, lundi 4 mai 2015.

À sa sortie de chez Olivier Paire, Clara hésita. Elle ne se sentait pas de retourner au 36, alors qu'elle était passée en mode franc-tireur. *A contrario*, elle ne voyait pas dans l'immédiat comment elle pouvait continuer à progresser.

Elle opta pour une nouvelle séance d'entraînement. Elle avait cette fois bien récupéré des efforts de vendredi. Elle avait deux semaines de « laisser-aller » à rattraper et elle penserait mieux la tête vide. Elle consulta le trafic sur son portable. La circulation était fluide. Le trajet pour le bois de Boulogne était annoncé à vingt minutes.

Elle se gara entre les deux lacs, attrapa son sac de sport dans son coffre et se changea en essayant de se préserver des regards, pliée en deux sur sa banquette arrière. Elle planqua son téléphone sous le siège. Elle n'avait pas envie ni de s'encombrer, ni d'écouter de la musique.

Elle s'élança, avec pour objectif de boucler deux tours des lacs en moins de trois quarts d'heure. Après des débuts difficiles, elle trouva un bon rythme. À la fin de sa première boucle, la pluie fit son apparition. L'espace d'un instant, elle fut tentée de rejoindre sa voiture puis elle se ressaisit : c'était ridicule, elle avait couru quatre kilomètres seulement. Clara Boiron n'avait pas baissé les bras depuis des années ; ce n'était pas maintenant qu'elle allait commencer. Elle repensa à ses premiers footings laborieux à l'ENSOP, l'École nationale supérieure des officiers de police. Au début, elle avait mis quarante-trois minutes pour faire cinq kilomètres. Actuellement, elle en parcourait en moyenne trois de plus, dans le même laps de temps.

Avec l'effort et la sécrétion d'endorphine, son esprit se libéra. Thomas Bréal et Marie Leclerc formaient un couple atypique composé de deux personnalités originales, et leur mort était elle-même hors du commun. Les autorités népalaises étaient formelles, jamais un assassinat n'avait été perpétré dans un camp de base des sommets himalayens. Deschamps avait les faits pour lui. C'était une affaire népalaise. Rien de rationnel ne reliait ce meurtre à la France, à part la nationalité des victimes, mais plus elle avançait, plus Clara avait l'intuition du contraire. Un petit coup de pouce du destin serait le bienvenu.

La pluie redoubla de violence. Il lui restait environ un quart de tour avant la ligne d'arrivée. Elle allait être rincée, pas très grave. Néanmoins, elle se surprit à accélérer sa foulée et retrouva sa voiture avec plaisir. La pluie avait au moins deux avantages : il n'y avait plus personne aux alentours et l'eau formait un rideau sur son pare-brise. Elle ôta ses fringues mouillées, se retrouvant en sous-vêtements dans sa voiture. Elle s'essuya à l'aide de sa petite serviette. Pas besoin de douche, la nature s'en était chargée.

Elle se rhabilla et ramassa son téléphone. Elle avait un SMS de son père qui recalait leur déjeuner au jeudi 7. Elle lui répondit par un « OK » lapidaire, puis consulta sa boîte mail. Deux messages attirèrent son attention. Dans l'ordre chronologique, ils émanaient de Yannick et, plus surprenant, de Dipak. Elle commença par ce dernier. À la lecture du topo du policier népalais, elle hurla de joie dans l'habitacle. Elle avait vu juste. Ce double meurtre avait sa source en France. Elle attendrait le lendemain pour revenir dans le jeu auprès de son supérieur. Elle passa au second. Son adjoint avait achevé de décortiquer la téléphonie de Bréal. Il lui avait retrouvé une sœur qui habitait en Normandie et qu'il avait eue au téléphone. Les liens étaient très distants entre les deux et il était peu probable qu'elle éclaire leur lanterne, mais cela faisait un contact pour la remise du corps. Mais comme un bonheur n'arrive jamais seul, il avait également identifié un des contacts au potentiel intéressant, Alexis Labaume, rédacteur en chef à *L'Obs*. Yannick avait pris rendez-vous pour elle, avec lui, au journal à 17 heures. Elle le remercia par retour et lui fit un résumé de sa conversation avec Paire. Vu les relations que Marie entretenait avec sa mère, sa recherche passait au second plan. La priorité était d'exploiter le mail de Dipak et de se concentrer sur les photos jointes, tout en restant discrets.

Elle avait de la marge pour rejoindre le centre de Paris. Elle se mit en route. Elle s'installerait dans un café proche de l'hebdomadaire pour traiter ses mails.

L'Obs, journal réputé de gauche, se situait place de la Bourse, face à l'ancien temple du capitalisme, le palais Brongniart. Peu passionnée par les mécanismes financiers, Clara avait appris récemment qu'il n'abritait plus de salle de marché depuis le début du siècle. Néanmoins, elle s'amusa de ce paradoxe des symboles. D'ailleurs ce n'était pas le seul, les bureaux de son père étant situés quelque part dans le quartier. Elle ignorait où exactement et s'en moquait totalement. Sa seule préoccupation, concernant son géniteur, était de ne pas le croiser.

Comme elle l'avait escompté, elle était en avance. Elle s'installa dans une brasserie et mangea un croque-monsieur qu'elle paya au prix de l'or. Elle rédigea ensuite un mail pour remercier Dipak de son topo et lui apprit par retour qu'elle avait identifié Ève. Par conséquent, il n'avait pas besoin de poursuivre ses recherches auprès des compagnies aériennes. Elle s'accorda ensuite sa première cigarette de la journée. Son téléphone vibra. C'était Erwan, le premier photographe. Il avait retrouvé la date exacte du shooting avec Ludivine, samedi 17 janvier. Elle nota l'information et remercia l'homme.

À 16 h 55, elle traversa la rue et alla s'annoncer à l'accueil. Quelques minutes plus tard, un homme d'une quarantaine d'années, plus petit qu'elle, se présenta et lui demanda de le suivre. Ils prirent l'ascenseur en silence et pénétrèrent dans une salle aveugle. Il lui proposa un verre d'eau qu'elle accepta de pure forme.

— Désolé de vous recevoir dans ces conditions, mais nous manquons de place et je ne nous voyais pas discuter sur le plateau devant tout le monde.

— Ça me va bien. Mon adjoint m'a dit qu'il vous avait donné les raisons de ma présence.

— Oui, cette histoire est horrible. Maintenant, si j'ai bien compris, ce drame est arrivé au Népal. Je ne vois pas comment je vais pouvoir vous aider.

Clara décida d'abattre une partie de ses cartes.

— Nous avons de bonnes raisons de penser que ce meurtre n'est pas le crime de maraudeurs népalais, mais qu'il a été commandité depuis la France. Que pouvez-vous me dire de Bréal ?

— Nous nous sommes connus au début de notre vie professionnelle, nous étions tous les deux pigistes au service société de *Libé*. On rêvait tous les deux d'intégrer le service politique, mais personne ne nous avait attendus, alors à nous les reportages sur le mal-logement, les conditions de travail des routiers, les nouvelles tendances alimentaires, etc. On a bossé côte à côte quelques mois, puis Thomas est parti. Il en avait assez de courir partout et de gagner une misère. Il a bifurqué vers la presse pro qu'il estimait plus lucrative. Au début, si je me souviens, dans un truc un peu économique, puis dans le domaine du voyage, mais je ne pourrai pas vous donner tous les détails parce qu'on s'était perdus de vue jusqu'à il y a six mois.

Il marqua une pause et but une gorgée d'eau. Clara resta silencieuse.

— Il m'a contacté en expliquant qu'il était maintenant en free-lance, avec un axe voyage/montagne, mais qu'il retentait sa chance sur un axe enquête/portrait. Il voulait creuser la personnalité des hommes politiques. Il avait un premier sujet qui était les météorites de la vie politique des trente dernières années, genre Alain Bompard, Thomas Thévenoud, Léon Schwartzenberg. Vous voyez le truc ?

Clara, qui suivait l'actualité politique de manière épisodique, masqua son ignorance du « truc » par un hochement de tête.

— Bref, c'est le genre de thème qui n'intéresse personne. Évidemment, j'ai botté en touche et lui ai dit que j'étais ouvert à le faire travailler s'il avait des sujets plus chauds. Il a eu l'air déçu. Il m'a dit qu'il me recontacterait s'il avait de la matière. Et c'est ce qu'il a fait. Il était surexcité au téléphone, il m'a dit qu'il était sur un gros truc ayant trait au Cameroun et à la politique française, qu'il partait au Népal pour un voyage prévu de longue date, mais qu'à son retour, il finaliserait son enquête et que c'était une mini-bombe.

Clara se retint de hurler de joie pour la deuxième fois de la journée. Tout s'emboîtait enfin à merveille. En quelques heures, l'existence d'un commanditaire français et un motif en lien avec le Cameroun venaient de faire une entrée fracassante dans son dossier. Elle jubilait en imaginant la tête de Deschamps lorsqu'il serait obligé de lui rendre son affaire. Elle faillit en oublier de poser sa dernière question.

— Vous sauriez dater cet appel ?

— C'était un vendredi de février. J'étais super speed parce que, pour une fois, je partais en week-end à la montagne. Attendez, je vais vous retrouver ça.

Il consulta son téléphone.

— Voilà, je l'ai, c'était le 26.

Revenue à sa voiture, elle consulta ses notes et dressa un résumé de la chronologie livrée par ses différents témoins du duo Thomas-Marie/Ludivine. Elle écrivit les dates en gras :

28 novembre *premier shooting de Ludivine chez Olivier,* ***17 janvier*** *shooting Ludivine chez Erwan,* ***17 février*** *rencontre Thomas, Ludivine, Olivier,* ***23 février*** *appel vers le Cameroun passé par Thomas,* ***26 février*** *appel à Alexis Labaume,* ***3 mars*** *vol vers le Népal pour Thomas,* ***5 mars*** *vol vers le Népal pour Marie/Ludivine.*

Son euphorie, suite à la révélation du journaliste, était un peu retombée. Il y avait encore tant de zones d'ombre sur cette affaire.

Chapitre 26

Paris, lundi 4 mai 2015.

Suite au marché « proposé » par Zoé, Agathe avait accusé le coup pendant quelques semaines. Elle avait attendu sa première mission avec angoisse. Finalement, elle s'en était bien sortie. Le client était un journaliste de télé au physique plutôt agréable, et même s'il avait un ego surdimensionné, elle avait réussi à rentrer dans son rôle. La seconde mission avait été beaucoup plus compliquée. Agathe avait été à deux doigts de faire demi-tour tellement l'homme était laid. Il n'y avait rien à garder. Ses traits étaient disgracieux, il était quasiment chauve et affichait un embonpoint à faire pâlir un moine. Elle avait fait un effort de concentration et d'imagination intense pour effectuer sa tâche. Mais, pour la première fois, le dégoût l'avait emporté sur l'appât du gain et l'attrait des sensations fortes. Même si elle avait anticipé mentalement ce genre de situation le jour de son entretien avec Zoé, le vivre était autre chose. Elle avait été tout près de tout abandonner, arrêter ses études, quitter Paris, mettre des centaines de kilomètres entre Zoé et elle. Mais elle s'était reprise. Choisir cette voie, c'était perdre au minimum une année de scolarité, retourner à ses problèmes d'argent et repartir de zéro. Non, elle avait essuyé un revers, mais perdre n'était pas une option envisageable. Elle avait réfléchi pendant des heures sur le meilleur moyen de se battre et de prendre le contrepied de ses adversaires. Zoé se servait d'elle et de sa dépendance financière pour cibler des personnalités choisies. Agathe devait utiliser les mêmes armes qu'elle.

Elle allait reprendre la main, se faire sa propre base de données et mettre les bouchées doubles pour amasser vraiment beaucoup, beaucoup d'argent. En quelques nouveaux clics, elle trouva des sites proposant des « accompagnatrices ». Elle se revoyait quelques mois auparavant effectuer la recherche qui l'avait amenée jusqu'au *Secret Garden*. Ce n'était pas le moment d'avoir des regrets. Si certaines filles étaient vraiment quelconques, d'autres étaient magnifiques, ou du moins leurs photos l'étaient. Elle se devait d'être au niveau. Elle surfa longuement avant de trouver celui qui allait la sublimer. Elle obtint un rendez-vous deux semaines après. Le résultat dépassa ses espérances : elle était tellement belle sur les images qu'elle avait du mal à croire que c'était elle. Elle ne posta aucune photo où elle était clairement identifiable. Ses cheveux étaient le garant de son anonymat, pour les images de face. Elle choisit d'afficher des tarifs dans la fourchette haute et, ultime argument dans cet océan de concurrence venue d'Europe de l'Est, précisa sa nationalité française.

Lorsque son annonce fut mise en ligne, elle fut assaillie de messages pendant les premiers jours. Elle passa des heures à tous les traiter. Mais la plupart des demandes n'aboutirent nulle part. La nouveauté avait drainé son lot de fantasmeurs. Mais, au milieu de ce flot, deux touches se révélèrent positives et lucratives : un jeune Suisse et un quadra parisien plutôt très heureux en affaires qui lui présenta deux de ses amis, au même profil.

En l'espace de trois mois, Agathe engrangea pas loin de quatorze mille euros nets, auxquels s'ajoutèrent trois mille euros par la filière de Zoé. À ce rythme, elle aurait rapidement un matelas financier confortable qui pourrait permettre d'envisager l'avenir sous un autre jour. Mais l'attrait de la nouveauté ne dure qu'un temps. Il en est du commerce des charmes comme du commerce traditionnel ; certains clients quittent le navire et il faut en conquérir d'autres. Agathe ne fut pas longue à comprendre qu'elle devait renouveler régulièrement ses photos dans le cadre de sa politique marketing.

Elle appuya sur l'interphone. Elle était pile à l'heure. La porte s'ouvrit. Ayant la flemme de monter à pied, elle prit l'ascenseur pour deux étages. Le Père Noël l'attendait sur le palier.

— Toujours aussi ponctuelle.

Elle sourit. Elle aimait beaucoup la bonhomie du photographe. En quelques séances, elle s'était attachée à lui. Dire qu'elle le considérait comme un père de substitution aurait été un peu fort, tant il est rare que les jeunes femmes se promènent nues devant leur géniteur, mais il était pour elle à la fois un grand frère, un psy, un ami, et même un conseiller financier. Elle lui avait fait par deux fois des infidélités parce que, même si elle trouvait ses photos très belles, il ne changeait pas assez de style, mais il lui avait promis qu'il avait trouvé une nouvelle idée. Et il restait son nounours.

Agathe posa ses affaires sur le fauteuil en cuir. Elle remarqua les accessoires qui débordaient de partout.

— Tu ne devais pas t'acheter de plus grandes caisses de rangement ?

— Je n'ai pas eu le temps. Je ferai cela le jour où j'aurai moins de shoots. Tu veux boire quelque chose ?

— Un jus de fruits ou un Coca Light, si t'as ?

— J'ai du Zéro

— Va pour du Zéro.

Olivier revint avec une canette et un verre de ce qui ressemblait à du whisky.

— Je croyais que tu ne buvais plus.

— Non, j'ai diminué. Et je ne bois que du très bon, Aberlour A' Bunadh, presque soixante-dix euros la bouteille. Je te garantis qu'à ce prix-là, même moi je fais gaffe.

— OK, comme tu veux. T'es un grand garçon.

Olivier sourit. Agathe était un des rares modèles qui, malgré la différence d'âge, lui parlait d'égal à égal. Les autres étaient soit complaisantes, soit effacées ou, pire, arrogantes, pensant que leur beauté leur donnait tous les droits. Il dévia.

— J'ai envie d'essayer un truc avec toi. J'ai acheté de nouveaux néons violets. J'ai déjà fait deux, trois tests à blanc et je pense qu'avec ta texture de peau ça peut vraiment donner quelque chose de bien.

— OK, top, mais on se pose deux minutes avant de commencer, non ? T'es pressé ?

— Non, je n'ai personne derrière toi. On pourra même se commander un jap lorsqu'on aura fini.

— Nickel. Quel privilège ! T'auras eu ton quota de shoot dans la journée ?

Olivier se rembrunit.

— Pour être honnête, si ça n'avait pas été toi ce soir, j'aurais annulé comme j'ai annulé le précédent. J'ai appris une mauvaise nouvelle, aujourd'hui.

Agathe resta coite. Ce n'était pas le genre de la maison d'étaler ses états d'âme. Un silence pesant s'installa. Paire semblait parti ailleurs. Elle finit par reprendre la parole. Désorientée, les mots se bousculèrent :

— Je peux faire quelque chose pour toi ? Tu veux en parler ? Tu veux que je te laisse et qu'on reporte ?

— Non, maintenant que t'es là, on va shooter. Je suis désolé, je ne voulais pas te pourrir avec ça, mais j'ai appris...

Sa voix se noua.

— Le décès d'un modèle et de son mec.

— Ah merde, désolée.

Compte tenu de la simultanéité, Agathe émit une hypothèse.

— Un accident de voiture ?

— Non, pas du tout, *a priori* un double meurtre. Les flics étaient chez moi ce midi.

— Ah ouais, chaud. Ah ouais, je comprends.

— D'ailleurs, je me demande même si tu la connais ?

— Je ne sais pas. C'est qui ?

— Ludivine Pix.

Cette fois, ce fut Agathe qui se vida de son sang. Cela n'échappa pas à Paire.

— Tu vois qui c'est ?

— Oui, murmura-t-elle. Je l'ai croisée chez un autre photographe. Je t'avais dit que j'avais fait un bout de duo cet hiver avec une nana perchée, c'était elle. Après, on a fini la soirée ensemble à boire des coups, mais on s'est jamais recroisées.

— Je me souvenais plus que tu la connaissais. J'ai une très bonne mémoire visuelle, mais comme j'entends beaucoup d'histoires, je ne me rappelle pas tout.

Pour la première fois de sa vie, Agathe venait de mentir à son nounours. Un truc dans le ventre lui en expliquait la raison : c'était la peur.

Chapitre 27

Paris, mardi 5 mai 2015.

Elle avait prévenu son adjoint la veille au soir des nouveaux développements de l'affaire. Yannick ne fut donc pas étonné de la revoir en train de siroter un café à son arrivée. En guise de bonjour, il lança juste un « heureux de te voir *back in the game* ».

— Et moi donc. Du coup, j'étais tellement dans mon truc, hier, que je ne t'ai pas demandé où vous en étiez dans le meurtre de la môme.

— Elle s'appelait Hélène Debucket. On a des images des caméras de surveillance. Grâce aux témoignages du voisinage, on est en train de recouper les infos. *A priori* le suspect fréquentait la victime. On devrait pouvoir l'identifier assez vite et le serrer dans la foulée.

Clara n'eut pas le temps de répondre. Son téléphone sonna. C'était « Sherlock » Deschamps. Comme un air de déjà-vu, elle se trouva face à son boss. Comme la veille, il portait un costume trois-pièces. Mais cette fois la teinte était claire. Il fit signe à Clara de s'asseoir et la fixa avec un sourire que Clara devinait forcé. Dans l'absolu, il aurait dû être content puisque l'enquête avançait, mais cela contrariait sa prise de position très ferme de la veille. D'ailleurs, il ne s'embarrassa pas de préambule.

— Décidément, nos amis népalais ont le sens du suspens ou de l'humour noir. Je suis à deux doigts de dire qu'ils me font rire jaune.

Face à l'humour douteux de son patron, Clara feignit l'incompréhension.

— Je ne suis pas certaine de vous suivre. Il y a un problème avec le rapatriement des corps ?

— Non, encore que nous n'avons aucune échéance de ce côté-là. Pourtant, bien qu'il n'y ait qu'un seul service des autopsies dans ce pays, je viens de recevoir leur rapport. Le médecin allemand avait vu juste, c'est bien une balle qui a tué Bréal.

Clara demanda d'un air innocent :

— Et donc, peut-on savoir ce qui vous contrarie ?

— Au-delà de l'autopsie, j'ai reçu de nouveaux éléments qui semblent prouver que le meurtre Bréal/Leclerc trouve sa source en France. Il semblerait que vous ayez vu juste.

Un rictus qui ressemblait à un sourire apparut sur le visage de Clara. Elle s'amusa des circonvolutions de son boss, qui s'était exprimé à grand renfort de « semble » et « vu juste » pour ne pas dire « j'ai eu tort » ou « vous aviez raison », plus impliquant en termes de sémantique et d'émotion.

Il lui tendit le rapport. Clara s'en empara. Elle avait sincèrement hâte de voir l'exhaustivité des informations. Et, pour marquer sa victoire, elle commença non pas à le feuilleter mais à le lire attentivement. Elle devinait le regard agacé de Sherlock. Au bout de la deuxième page, il commença à s'impatienter.

— Puis-je vous suggérer de terminer cette lecture dans votre bureau ?

Elle refusa de céder. Sa colère de la veille était toujours présente et elle se sentait en position de force, au moins morale. Elle employa volontairement la même tournure que son boss précédemment.

— Il me semble qu'il y a des éléments intéressants qui méritent d'être débattus avec vous. Ce serait dommage de passer à côté, non ?

Elle reprit sa lecture. Sherlock ne broncha pas. Elle tenait au moins cette victoire. Elle se concentra sur le document. Dipak mentionnait dans son rapport un élément qu'il avait omis dans son mail de la veille : la présence de DVD porno français. La probabilité qu'ils aient été envoyés par le frère d'armes était non négligeable. Lorsqu'elle eut fini, elle déclara :

— Il nous faut la coopération des Anglais pour l'identification de tous les hommes de type européen sur les photos. Il nous faut également toutes les affectations de ce Rishi.

— Ce sera tout ?

— Non, par ailleurs j'aimerais votre appui pour accélérer une requête internationale sur la téléphonie de Bréal. J'ai des informations qui semblent (elle employa encore une fois le mot à dessein) indiquer qu'il y a quelque chose à creuser du côté du Cameroun.

— Quels éléments ? Je ne vois pas le lien avec le Cameroun…

— Moi non plus, mais je suis payée pour le trouver, non ? Vous aurez tout dans mon rapport ce soir.

Elle se leva et prit congé. Elle avait eu le dernier mot.

Elle retrouva Yannick à son bureau. Elle lui fit un compte-rendu de son entretien avec Deschamps et lui passa le rapport. Il l'examina attentivement pendant que Clara consultait son ordinateur. Rien de passionnant.

— C'est top. Le problème, c'est qu'on est coincés tant qu'on n'a pas le retour des Anglais et l'identification du numéro camerounais.

— Oui, je sais. Dans l'attente, je vais aller voir la mère de Marie et la sœur de Bréal. Je ne pense pas que cela donnera quelque chose mais il faut essayer, et puis quelque part je leur dois cela.

— Comme tu veux. Et les deux autres photographes dont tu m'avais parlé ?

— J'ai eu du neuf hier après-midi. Un est décédé d'un cancer foudroyant et l'autre est à Bali pour trois mois.

— Bonjour le contraste. Enfin, il y en a au moins un qui a la belle vie.

— Je ne te le fais pas dire, mais nous, on combat le crime et on sert la République. Redonne-moi les coordonnées de la mère et de la sœur.

Yannick lui tendit une feuille.

— Tiens, je t'ai tout préparé.

Clara la saisit et regarda les adresses. Un petit tour dans le Calvados lui changerait les idées.

Chapitre 28

Paris, mardi 5 mai 2015.

— L'enquête sur Bréal reprend. J'ai eu l'info en fin de matinée.

— Mais je croyais que nous avions fait le nécessaire pour que cela devienne l'affaire des Népalais ?

— Oui, mais malheureusement nous sommes tombés sur le seul bon flic de ce pays et il a transmis des éléments qui ne peuvent qu'aboutir à une relance de la procédure en France.

— Voulez-vous que je règle le problème de manière définitive ?

— Surtout pas ! Nous avions fait le choix d'opérer au Népal pour être discrets, ce n'est pas pour faire la une de l'actualité avec la disparition d'une flic. Non, à partir de maintenant, vous et vos hommes, vous ne la lâchez pas d'une semelle. Je ne pense pas qu'elle ait assez de billes dans son sac pour remonter jusqu'à nous. Mais je veux en être certain. Et si jamais par malheur elle se rapprochait trop, alors oui, entre deux maux, nous choisirons le moindre et cette fois il faudra la terminer, mais vous ne faites rien de tel sans mon ordre, c'est clair ?

— Très clair, monsieur.

Le plus jeune des deux hommes quitta la spacieuse berline et s'engouffra dans son SUV japonais aux vitres teintées. Depuis des années qu'ils travaillaient ensemble, ils avaient toujours veillé à ce que quasiment rien ne les relie, seules deux lignes avec de faux noms et utilisées de manière parcimonieuse. La plupart de leurs rendez-vous avaient lieu dans ce parking de l'avenue Foch, qui présentait le double avantage d'être proche de leur lieu de résidence et d'avoir un système de caméra de surveillance qui ne contrôlait pas le troisième étage, suite à un ancien conflit entre copropriétaires.

L'avenue était exceptionnellement dégagée sur deux cents mètres. Il avait besoin de sensations. Il accéléra et fut rapidement bien au-dessus des 50 km/h de dépassement de vitesse. Il se reprit et freina aussi vite qu'il avait accéléré. Inutile de provoquer le destin, perdre son permis ne faciliterait pas la situation.

Si cela n'avait tenu qu'à lui, il aurait réglé le problème immédiatement, mais il avait le sens de la hiérarchie et n'était jamais allé contre les instructions de son mentor et patron. Il allait mettre en place une surveillance étroite de la flic. En revanche, lui aussi était déterminé à protéger ses arrières, ce qui signifiait que s'il avait le moindre doute, il passerait en mode terminal avec ou sans autorisation.

Il passa la porte Dauphine et prit le périphérique nord. La circulation d'abord fluide devint dense à partir de la porte de Champerret. Coincé dans les embouteillages, il mit un CD de Wagner. Un de ses frères d'armes lui avait fait découvrir le compositeur lors de la guerre contre les Serbes. Il avait, depuis, vu la scène du film *Apocalypse Now* où les Américains donnent l'assaut au son de « la Chevauchée des Walkyries », qui avait inspiré son ami.

Bercé par la musique, il finit par atteindre la porte d'Aubervilliers. Au feu rouge de la rampe de sortie, une femme frappa à sa fenêtre. Elle portait un carton « Réfugiée, famille syrienne ». Il la considéra avec mépris à travers la vitre. Ces Syriens auraient mieux fait de rester chez eux à se battre, plutôt que de fuir comme des rats. Certes, lui aussi avait quitté son pays, mais une fois la paix revenue. La femme insista. L'image d'une vieille dans un village ravagé par les Serbes lui revint subitement à l'esprit. Il baissa sa vitre et lui donna deux euros. Même les tueurs avaient envie d'une place au paradis.

Il remonta la rue de Crimée et se gara sur une place livraison en face du *Café des Sports*. À cette heure de la journée, il y avait de fortes chances qu'il trouve celui dont il avait besoin. Il pénétra dans le bar mais ne vit pas trace du rouquin. Il retourna fumer dehors et balaya la rue du regard. Le quartier restait un des plus populaires de Paris, même si, de-ci, de-là, des îlots de gentrification apparaissaient. Son premier point de chute parisien ne se trouvait qu'à quelques centaines de mètres de là, une chambre de douze mètres carrés. En vingt ans, il en avait parcouru du chemin ! Il n'avait qu'un seul regret, celui de ne pas être allé encore plus vite. Il jeta son mégot sur la chaussée. Lorsqu'il avait rencontré le rouquin, celui-ci n'était qu'adolescent. Il l'avait surpris à 2 heures du matin en train de démonter un autoradio et avait été impressionné par sa dextérité et son absence de peur. Le môme s'était adressé à lui comme un caïd : « T'as deux solutions, tu me laisses finir et je te paye un verre au *Café des Sports* à partir de 18 heures, ou tu me casses les couilles et c'est moi qui te retrouverai et pas pour te payer un verre. » Ni les écarts d'âge, de taille et de poids n'avaient altéré sa détermination.

Il en avait proposé une troisième au gamin.

— Tu termines, et demain tu me retrouves à ton café, c'est moi qui te paye un verre. J'ai un job à te proposer.

Cet entretien avait marqué le début d'une longue collaboration. Le rouquin avait commencé par lui servir de guetteur, puis de passeur, de suiveur et parfois d'exécuteur. Cela faisait un certain temps qu'il n'avait pas eu recours à ses services, mais c'était le moment de relancer l'activité…

Il prit une place en retrait dans la salle. Il patienta en lisant les derniers résultats sportifs et la présentation du match du soir entre la Juve et le Real de Madrid en demi-finale aller de la Ligue des champions. Enfin l'homme arriva. Il avait laissé pousser ses cheveux et arborait un catogan inattendu. Leurs regards se croisèrent. Si le Bosniaque avait souvent intimidé par sa carrure, les yeux du rouquin avaient, malgré leur couleur bleue, quelque chose à la fois d'hypnotique et de maléfique.

— Ça va, Rox ?

C'était le surnom qu'il lui avait donné, en clin d'œil au film *Rox et Rouky*. Il l'avait vu, ainsi que la plupart des Disney, à son arrivée en France, pour perfectionner son apprentissage de la langue.

— Je t'ai déjà dit de ne plus m'appeler comme ça.

— Comment tu veux que je t'appelle ?

— Jérôme, ou au pire Jé.

— Pourquoi pas Monsieur Nairet, pendant que tu y es ? Ça fait presque quinze ans que je t'appelle Rox, que ceux qui te servent d'amis t'appellent Rox. Alors je vais continuer à t'appeler Rox.

— Mes amis, comme tu dis, m'appellent Jé maintenant. Et si t'allais au bout de ton humour pourri, ça serait Rouky.

— J'aime bien le second degré ; Rox, ça te va comme un gant. Je ne suis pas ton ami et je suis venu en tant qu'employeur. Six mille pour pister une flic pendant une semaine, ça t'intéresse ou tu préfères te branler avec tes formules de politesse ?

— Je suis pas mal occupé en ce moment, mais je peux peut-être m'arranger. Vas-y, raconte.

Le Bosniaque posa une grosse enveloppe sur la table.

— Clara Boiron, commandant à la Crim'. Je veux savoir où elle va, qui elle voit, et idéalement ce que les gens qu'elle voit lui racontent. Tu t'organises comme tu veux, si t'as besoin de sous-traitant, tu prends, mais ne vous faites pas griller. T'as un topo avec son adresse perso et ce qu'on sait d'elle à ce jour : noms des équipiers et une photo de son mec, flic également.

Nairet le fixa.

— C'est *short*, six mille.

Il s'était attendu à cette objection. Il en avait volontairement gardé sous le pied.

— Je monte à huit mille.

— Je veux dix mille.

— Fais-moi du super boulot et tu les auras. Tu me connais !

Le rouquin cligna des yeux.

Il tendit une nouvelle enveloppe à Nairet. Celui-ci la prit avec un certain dédain.

— Une avance, y a cinq mille.

Pour la première fois, le rouquin esquissa l'amorce d'un sourire. Le Bosniaque avait les mains pleines de sang, mais il avait toujours tué avec méthode et sans plaisir particulier. Il avait vu son lot d'horreurs pendant la guerre contre les Serbes, notamment après Srebrenica. Il se dit que Rox appartenait à cette catégorie d'hommes nés pour faire le mal. Un jour prochain, lorsqu'il serait certain de ne plus avoir besoin de lui, il s'en débarrasserait. Un tel geste ne lui garantissait pas une place au paradis – il avait trop de retard –, mais cela aurait deux avantages, éviter que l'idée de lui faire la peau vienne en premier à Rox et, pour le coup, le tuer risquait de lui procurer du plaisir.

— Ça commence à partir de maintenant. Pas de mails ni de téléphone, uniquement sur Telegram ou ici, clair ?

— Clair.

Les deux hommes se séparèrent avec un signe de tête en guise d'au revoir.

Chapitre 29

Blonville, mardi 5 mai 2015.

La dernière fois que Clara était venue dans les parages, c'était avec Jean, le médecin urgentiste qui avait précédé le Che dans sa vie. C'était au début de leur histoire commune et ils avaient passé un super week-end, sûrement le meilleur de leur relation.

Peut-être à cause de ce souvenir un peu trop fort, ou parce que le Che balançait entre Paris et la montagne, elle n'était jamais retournée en Normandie. Elle choisit de sortir de l'autoroute à hauteur de Deauville. Elle avait envie de revoir le bord de mer. Elle jeta un œil sur l'horloge du tableau de bord, elle était en avance. La mère de Marie lui avait annoncé au téléphone qu'elle serait de retour d'un rendez-vous médical vers 16 heures. C'était parfait. Elle avait le temps de prendre un café à l'un des bars implantés sur « les planches », la promenade incontournable, située le long de la plage.

Elle évita le centre-ville en longeant le port puis, arrivée à la hauteur de la piscine, visible de loin en raison de son plongeoir extérieur, elle se gara. La quasi-totalité des places était disponible. Le changement de décor par rapport à son souvenir était total. Il faut dire que c'était à l'occasion du week-end de Pentecôte et qu'il faisait un temps magnifique.

Aujourd'hui était un jour de semaine, avec une alternance de passages nuageux et d'éclaircies.

En toute logique, le bar était aussi vide que le parking. Elle s'installa en terrasse derrière une des vitres de protection contre le vent et contempla la vue. La mer était incroyablement loin à cet endroit. Sur la ligne d'horizon, il était difficile de distinguer l'eau du ciel. Bien que très différente, cette vision la ramena deux semaines en arrière, au pied de l'Everest. Bizarrement, elle ressentit le même type de vibration. Était-elle en train de basculer vers une sorte de mysticisme comme son collègue népalais ?

Une serveuse vint interrompre sa rêverie. Elle commanda un café, alluma sa troisième cigarette de la journée. Elle consulta ses mails. Comme un clin d'œil, Dipak venait de lui écrire à nouveau. Après les formules d'usage arrivaient les deux informations principales du courrier. La première concernait Marie : l'annulation de sa demande relative à Ève était arrivée trop tard, il avait eu un nouveau retour des compagnies aériennes et il confirmait que Marie Leclerc était arrivée au Népal le 5 mars. La seconde était que Ramesh Shakya avait validé le retour des corps aux autorités françaises. Dipak lui demandait également si ses infos de la veille avaient permis à Clara d'avancer.

Clara se demanda dans quelle mesure ce n'était pas ce point qui intéressait le plus son collègue. Elle soupçonna que l'info sur la restitution des dépouilles était juste un prétexte. Pour le coup, il n'y avait pas de caractère d'urgence et elle l'aurait eu dans les heures suivantes. Elle décida de jouer le jeu et lui rédigea un topo complet sur la situation. Elle vérifia l'heure, il était temps de reprendre la route. Elle paya son café et partit.

Elle régla son GPS. L'itinéraire était simplissime : il suffisait de suivre la côte pendant une poignée de kilomètres. Quelques minutes plus tard, elle dépassa le panneau indiquant l'entrée de la commune de Blonville. Elle contourna le centre du village par un rond-point et se retrouva sur une ligne droite. Le décor avait changé. Si, sur sa droite, coincées entre la route et la mer, les bâtisses étaient imposantes et d'aspect bourgeois, sur sa gauche la plupart des maisons tenaient plus du gros bungalow.

L'adresse de la mère de Marie correspondait à un de ces derniers, juste après un camping. Clara se gara devant. Elle examina les lieux. La bâtisse devait mesurer entre trente et quarante mètres carrés. Le sel avait fait son œuvre et la peinture de la façade ne semblait plus qu'un souvenir. Quelques mauvaises herbes composaient la seule végétation du jardin. Il n'y avait pas de sonnette ; Clara frappa contre la porte en bois. Une voix retentit :

— Entrez, c'est ouvert.

Clara s'exécuta. En face d'elle, une femme d'une cinquantaine d'années était avachie dans un canapé élimé.

— Excusez-moi, je me lève pas, je suis épuisée.

Clara chercha des yeux un endroit pour s'asseoir. Elle finit par repérer une chaise sous un amas de vêtements.

— Posez ça par terre.

Clara acquiesça. De toute manière, elle n'avait pas d'autre choix, la table de quatre places était un cimetière de bouteilles vides et les autres chaises avaient disparu. Elle vint se positionner face à la femme tout en veillant à respecter une distance d'environ un mètre cinquante. La femme se redressa et passa sa main sur le côté opposé. Une bouteille de whisky fit son apparition.

— Si vous voulez m'accompagner, il y a des verres dans l'évier.

Clara hésita. Refuser risquait d'être mal perçu, mais elle n'avait pas envie d'alcool et encore moins de whisky. Elle choisit une voie médiane, elle allait donner le change et tremper ses lèvres. Elle pénétra dans la cuisine. La vaisselle n'avait pas été faite depuis quelques jours. Au milieu des assiettes et des casseroles, elle dénicha un verre qu'elle rinça avec vigueur.

Elle revint prendre place face à la mère de Marie. À l'idée de boire, la femme semblait avoir retrouvé de l'énergie. Elle était presque droite dans le canapé.

— Je vais faire le service.

Clara tendit son verre. À sa surprise, la femme respecta ses consignes et ne remplit son verre qu'au quart, en revanche, pour elle-même, elle ne lésina pas sur la quantité.

— Allez, santé !

Clara s'exécuta. Elle réalisa le côté improbable de la situation. Elle trinquait avec une femme en plein milieu d'après-midi, une femme dont la fille avait été assassinée. Il était temps de revenir à la réalité.

— Je voulais vous présenter de vive voix mes condoléances pour votre fille.

— Oui, c'est triste.

Yannick l'avait prévenue. L'annonce du décès de sa fille ne semblait pas l'avoir trop ébranlée. Cette réponse lapidaire le confirmait. Du coup, Clara ne s'embarrassa pas de précautions oratoires. Elle posa une question de pure forme.

— Mon adjoint vous a-t-il dit que Marie avait été assassinée ?

— Oui, au Tibet, avec son nouveau mec.

— C'était au Népal, corrigea Clara.

— Soit, on s'en cogne un peu, c'est le même pays, non ? Tout ce qui compte, c'est que ma petite chérie est morte loin de chez elle.

Était-ce de l'ironie ou juste une fluctuation sentimentale radicale, phénomène marqué chez les personnes fortement alcoolisées ? Clara prit un ton moins percutant.

— Je suis vraiment désolée. Sachez que je m'associe à votre douleur.

— Oui, mon bébé est partie... En même temps, fallait pas aller là-bas. C'est des pays où les Blancs ne sont pas en sécurité. Remarquez, ici c'est pareil, tous ces étrangers qui pensent qu'à nous tuer.

Il n'y avait plus aucun doute, la rationalité avait abandonné le cerveau de la mère de Marie.

Clara reprit :

— D'après les éléments dont nous disposons, des Français seraient à l'origine du meurtre. Est-ce que votre fille vous avait parlé de quelque chose qui pourrait nous aider ?

— Écoutez, commissaire, ma fille elle est pas venue me voir depuis plus de deux ans. Certes, je l'avais au téléphone de temps en temps, mais ne pas venir voir sa mère malade alors que Paris est à moins de deux heures de train, c'est normal, ça ? Vous voyez dans quel état je suis ? Elle aurait pu m'aider, non ? D'ailleurs, je l'ai eue avant qu'elle parte. Elle m'avait annoncé qu'elle avait un nouveau mec. J'étais contente pour elle. Je lui ai proposé qu'elle passe avec.

Elle s'interrompit, finit d'un trait ce qui restait dans son verre.

— Ç'aurait été sympa que je le rencontre, non ? Et puis il aurait pu me donner un coup de main. J'ai pas mal de trucs à bricoler. Je vous avoue que depuis que mon mari nous a quittées, ça manque d'un homme, ici.

Clara balaya la pièce du regard. Une entreprise de nettoyage semblait être la priorité. Elle soupçonna la femme d'avoir exprimé les envies de rencontre de son « gendre » en exposant le fond de sa pensée, ce qui n'avait pas dû renforcer les motivations de sa fille.

— Elle vous a parlé de lui ?

— Oui, un peu.

— Vous vous souvenez de ce qu'elle vous a dit ?

— Qu'il était plus âgé qu'elle, que ça se passait bien entre eux, qu'ils partaient en voyage et surtout qu'à leur retour on parlerait de lui dans les médias, des conneries pour se faire mousser. Marie a toujours aimé attirer l'attention.

Clara resta impassible. D'après Alexis Labaume, Bréal avait parlé d'une mini-bombe. À présent, la mère de Marie parlait de notoriété médiatique. L'hypothèse d'un scoop mortel commençait sérieusement à se dessiner.

— Elle ne vous a pas expliqué pourquoi ?

— Bah, t'es pas maligne, toi. Je te l'aurais dit si elle me l'avait dit.

Clara laissa passer le tutoiement. L'essentiel était ailleurs.

— Le corps de votre fille va être rapatrié sur Paris dans les jours qui viennent. Étant donné que vous êtes sa seule famille, je pense que c'est à vous d'organiser les funérailles. Vous vous en sentez capable ?

La femme changea une nouvelle fois de registre, passant à celui de l'abattement.

— Sérieusement, vous m'avez vue ? Je fanfaronne, mais je suis au bout du rouleau et je n'ai pas un rond de côté. Je peux vous montrer l'état de mon compte en banque.

— Ça ne sera pas nécessaire. Je vais voir comment on peut vous aider. Je vous fais rappeler par un de mes collègues dès que j'ai du nouveau.

Ce n'était pas pour la mère que Clara avait réagi ainsi, mais bien pour la fille « mal née » qu'elle avait découverte deux semaines auparavant à l'autre bout du monde. Après la vie qu'elle avait eue, Marie méritait mieux que le carré des indigents.

Finalement, elle vida son verre cul sec. Elle avait hâte de quitter cet endroit. Une autre épreuve l'attendait sur le chemin du retour, elle avait rendez-vous avec la sœur de Bréal.

Chapitre 30

Paris, mercredi 6 mai 2015.

Aucune nouvelle des Anglais quant à l'identification des hommes visibles sur les photos de Rishi, rien de marquant sur la téléphonie, Clara pestait intérieurement. Jusqu'à présent, elle avait progressé pas à pas dans son enquête mais là, elle ne voyait plus comment dérouler le fil.

La visite chez la sœur de Bréal avait été très différente, dans son cadre – un pavillon bien tenu dans la banlieue ouest de Paris –, de celle de la mère de Marie, mais elle ne lui avait rien appris de décisif, à part que le frère et la sœur, sans être fâchés, avaient des relations assez distantes. « Nous avons tracé des voies très différentes », avait déclaré Amélie. Elle avait poursuivi : « malheureusement, la disparition de mon frère ne nous laissera pas l'opportunité d'essayer de nous rapprocher de nouveau ». En l'état actuel, ces tristes considérations familiales ne lui étaient d'aucune aide.

L'arrivée en début d'après-midi des deux corps sur le sol français était le seul fait marquant de la journée. Initialement, Clara n'avait pas prévu de participer à leur réception, mais devant le vide de sa matinée, elle avait changé d'avis. Elle s'apprêtait à se diriger vers Roissy lorsque son téléphone vibra. Elle avait un nouveau mail. Elle l'ouvrit. C'était une très bonne surprise. Non seulement le numéro camerounais avait été identifié mais, en plus, il avait borné deux heures avant à Marseille. Si elle avait eu le procureur en face d'elle, elle l'aurait embrassé. La ligne était au nom d'Ambroise Yombi. Clara lança une recherche sur Google : elle ne trouva pas de page dédiée mais une interview datant de deux ans. En introduction, l'homme était présenté comme le nouveau directeur du Comité français de l'UPC, l'Union des populations du Cameroun.

Elle lut les premières lignes : « Il faut construire une véritable économie au service de la population, pour le plus grand nombre et les plus démunis – les gens qui aujourd'hui souffrent pour gagner leur pain, ouvriers, paysans, petits employés. Cela veut dire dans un premier temps qu'il faut reprendre possession de nos matières premières, de tout ce qu'on produit qui ne profite absolument pas aux Camerounais, ni aux Africains en général, parce que nous ne concevons pas du tout que le Cameroun puisse être un îlot libéré dans une Afrique dominée. »

Le ton était donné : revendicatif, limite révolutionnaire, tiers-mondiste, une dialectique que le vrai Che, pas le sien, beaucoup plus modéré dans la réalité, aurait adoré. Clara était perplexe. En quoi ce révolutionnaire de second rang pouvait-il permettre à Thomas Bréal de croire une seconde qu'il allait sortir une mini-bombe et devenir un personnage médiatique ?

Elle consulta les horaires des trains pour Marseille. Il y avait un TGV dans quarante minutes. La gare de Lyon était à quinze minutes maximum en voiture depuis le 36. Elle avait le temps de l'attraper et serait dans la cité phocéenne en milieu d'après-midi. Mais le jeu n'en valait la chandelle que si l'homme restait sur place. Elle vérifia sur Google le nom du café qui jouxtait la gare, le *San Carlo*. Elle y avait attendu le Che pendant plus d'une heure, l'été précédent. Elle avait une idée en tête. Elle composa le numéro d'Ambroise. Comme précédemment, lorsqu'elle avait testé la ligne, elle bascula directement sur une messagerie anonyme, mais cette fois, elle laissa un message. Tentant le tout pour le tout, elle donnait rendez-vous à l'homme au café *San Carlo* à côté de la gare à 16 heures, ou lui demandait de rappeler s'il ne pouvait pas honorer cette « invitation ». Le procédé tenait beaucoup de la bouteille à la mer. L'homme allait-il rallumer son téléphone, était-il disponible et même, dans ce cas, viendrait-il à sa rencontre ? Elle envoya ensuite un message à Ichane lui demandant de superviser à sa place le rapatriement des corps.

Quelques minutes plus tard, elle était devant le distributeur de billets SNCF, à la gare de Lyon. Proximité du week-end du 8 mai oblige, il n'y avait plus que des places en première. Au diable les notes de service, elle n'avait pas le choix et cela coûterait moins cher au contribuable qu'un aller-retour au Népal. Derrière elle, un homme roux pesta, lui demandant d'accélérer sa manœuvre parce qu'il avait un départ imminent.

— Ça tombe bien, moi aussi.

Elle eut le sentiment qu'il la collait lorsqu'elle valida son billet. Elle se retint de l'envoyer paître. Elle passa au kiosque acheter des journaux, se fraya un chemin dans la foule et s'installa dans son wagon. Après la cohue de la gare, elle fut heureusement surprise du calme qui régnait à l'intérieur. Le train démarra. Elle se mit à lire ses magazines, mais, n'arrivant pas à se concentrer sur sa lecture, elle contempla le paysage. Rapidement, la banlieue et ses immeubles laissèrent la place aux champs de la plaine de Beauce. Devant la monotonie de cette vision, elle sombra dans le sommeil.

Elle se réveilla à hauteur de Valence. Le paysage, la végétation, la couleur du ciel avaient radicalement changé. Cela avait un faux air de vacances. Elle se leva pour aller aux toilettes et remarqua que le rouquin agressif était assis à l'entrée du wagon. Il avait le nez dans son téléphone, casque sur les oreilles. Elle ne put s'empêcher de le dévisager. Elle l'avait entraperçu plutôt que vu dans la gare. Il dut sentir sa présence car il releva la tête. Leurs regards se croisèrent. Clara eut un sentiment de malaise, cet homme avait quelque chose de pervers dans les yeux. Elle détourna la tête et poursuivit son chemin.

Lorsqu'elle revint, elle prit soin d'ignorer le rouquin. Elle se rassit et consulta son téléphone. Elle n'avait pas de message d'Ambroise. Dans un peu plus d'une heure, elle serait fixée. En revanche, Yannick l'informait que les corps de Thomas et Marie avaient bien été réceptionnés et reposaient pour l'instant à l'Institut médico-légal. Et, étant donné que l'autopsie pratiquée par les Népalais semblait avoir été faite dans les règles de l'art, le procureur avait donné son feu vert pour une remise aux familles, dès le lendemain.

Elle termina le voyage en reprenant sa lecture. Le chauffeur annonça une arrivée imminente et à l'heure. Elle fut tentée de se lever pour descendre la première, mais se ravisa. Elle n'avait pas envie de se retrouver à côté du rouquin.

La rame entra en gare. Elle admira la verrière pendant que le wagon se vidait et sortit la dernière. Le rouquin avait déserté les lieux. Sur le quai, elle fut vite happée par la foule des wagons de seconde qui arrivait à son niveau.

Elle s'installa en terrasse et commanda un café. Elle avait pris une marge de dix minutes au cas où le train serait en retard, et ne fut donc pas surprise de ne pas voir Ambroise. Elle scanna la clientèle : un groupe de jeunes, un homme d'affaires transpirant dans son costume et un couple de touristes asiatiques avec d'énormes valises. Son portable vibra. Yannick l'informait que le téléphone d'Ambroise Yombi avait été réactivé et avait borné dans la zone du Mucem à 15 h 33 précises. Cela signifiait qu'elle était certaine qu'Ambroise avait eu son message. Lors de son court passage dans la cité phocéenne, elle avait visité au pas de course ce nouveau musée dédié aux civilisations de l'Europe et de la Méditerranée. Elle avait plus apprécié l'architecture et l'exposition temporaire sur la civilisation marocaine que la collection permanente. Comme elle avait du temps à meubler, elle se rendit sur le site Internet pour voir ce qu'Ambroise avait pu admirer. La page d'accueil s'ouvrit et, sous le visuel de présentation, était annoncé un colloque : « Colonisation, décolonisation post-colonisation, quels bilans et quels enjeux pour demain ? » Elle n'avait pas besoin d'aller plus loin, elle avait sa réponse. Par acquit de conscience, elle cliqua sur le lien. Ambroise était-il là en tant qu'intervenant ? La réponse était négative : un chercheur du CNRS, un professeur de démographie de l'université de Tunis, un historien anglais spécialiste de la colonisation en Afrique, et la directrice du département d'histoire de l'université de Yaoundé… nulle trace d'Ambroise Yombi.

Elle reposa son téléphone et commença à boire son café. Elle remarqua les deux jeunes Blacks d'allure sportive qui prirent place à chaque extrémité de la terrasse. Clara analysa la situation. Cette apparition pouvait être une coïncidence. Après tout, Marseille avait une des populations les plus métissées de France. Elle allait être vite fixée. Elle scruta les alentours. Un quart d'heure passa. Les deux Blacks avaient chacun commandé des boissons et, comme elle, balayaient les alentours du regard. Le groupe de jeunes avait quitté les lieux. Il n'y avait plus de barrière visuelle entre elle et le Black de droite. Clara regarda sa montre. Il était 25. Elle en avait assez. Ce petit jeu n'avait que trop duré. Elle se leva, excédée. Son pendant le plus proche l'imita. Leurs regards se croisèrent enfin. Il lui fit un signe de la main qui pouvait signifier « calmez-vous » ou « attendez ». Elle ne bougea pas. Il finit par dire :

— Asseyez-vous, Ambroise va arriver.

Elle resta silencieuse et retourna à sa place. Quelques secondes plus tard, une berline s'arrêta juste devant le café. La porte arrière s'ouvrit et un homme noir aux cheveux grisonnants, élégamment vêtu, descendit du véhicule. Il marcha lentement jusqu'à Clara. Celle-ci se leva.

— Commandant Clara Boiron, brigade criminelle. Merci d'être venu.

Ambroise ne lui rendit pas les présentations. Il avait dû juger que ce n'était pas nécessaire.

— Désolé du retard, mais je suis d'un naturel méfiant. Je voulais vérifier un certain nombre de choses.

Clara ne releva pas. Elle reviendrait peut-être ultérieurement sur le sujet. Elle embraya :

— Que pouvez-vous me dire de Thomas Bréal ?

— Qu'il est mort assassiné.

Elle encaissa la réplique et mit quelques secondes à répondre.

— Mais comment le savez-vous ?

— Comme beaucoup d'Africains, j'écoute ou je lis RFI[1]. L'information est sur leur site depuis ce matin.

Depuis le début, la nouvelle du double assassinat avait été gardée secrète, pour protéger, dans un premier temps, les familles et ensuite la bonne marche de l'enquête. Visiblement quelqu'un avait fini par parler. Que l'info sorte sur RFI l'inclinait à penser que la fuite venait du côté népalais. Qu'ils aient refilé le tuyau à un journaliste au moment de renvoyer les corps était une possibilité. Elle ne pouvait

1. Radio France internationale.

se contenter de confirmer l'information. Elle devait donner des gages de confiance au vieil homme.

— Ils sont bien renseignés. Je vous confirme que Thomas Bréal a été retrouvé mort ainsi que sa compagne au camp de base de l'Everest, juste après le tremblement de terre qui a secoué le Népal. À ce jour, certains éléments nous laissent supposer que le mobile a un lien avec votre pays.

— Et comme vous êtes une petite maligne, vous avez dû analyser ses appels et constater qu'il m'avait appelé. Et comme vous êtes doublement maligne, vous avez dû localiser mon téléphone ici à Marseille, lorsque je l'ai réactivé ce matin.

— Exactement !

Clara était admirative.

— Vous avez de la chance. Comme je vous l'ai dit, je suis d'un naturel très méfiant, j'ai plusieurs lignes et j'en change très souvent.

— Effectivement, on a constaté que ce numéro n'était pas très actif.

De par l'âge et le ton de son interlocuteur, Clara avait l'impression d'être dans la posture de l'élève qui écoute les corrections du maître, mais ce petit accroc à son orgueil n'était pas si important.

— En réalité, la chance n'a rien à voir avec cela. J'ai rebranché cette ligne lorsque j'ai vu la nouvelle sur RFI. Je savais que vous viendriez à moi.

Clara était bluffée. Elle croyait avoir mené la chasse, en fait, elle s'était fait complètement manipuler. Il était temps de reprendre la main.

— Bravo. Mais pour écrire la suite de l'histoire, j'ai besoin de savoir ce que vous vous êtes dit avec Thomas Bréal.

— Tout d'abord, j'ignore complètement comment il est arrivé à moi et qui lui a donné mon numéro. Je lui ai posé la question et il s'est retranché dans le secret des sources.

Clara se retint de faire de l'humour noir. Elle laissa le vieux militant poursuivre.

— Bréal enquêtait sur une page sombre de l'histoire commune de nos pays.

Clara avoua son ignorance d'une moue. Finalement, elle prendrait un cours jusqu'au bout.

— Pour vous, Français, la décolonisation se limite à la guerre d'Algérie, d'ailleurs désignée pudiquement pendant de longues années comme les « événements d'Algérie ». Pour les autres pays, cela se serait déroulé dans des phases de transition pacifiques, mais la vérité est bien différente.

Le serveur surgit et interrompit la conversation. Ambroise commanda un café et reprit :

— Le nom de Jacques Foccart vous parle ?

Clara ne s'intéressait que moyennement à la politique. Néanmoins, pendant ses années de droit, sur les « conseils » de ses professeurs, elle s'était astreinte à une lecture quotidienne du *Monde*. Elle rassembla ses souvenirs.

— De mémoire, un conseiller de Chirac sur les questions africaines.

Dommage que le Che n'ait pas été avec elle. Il était quasi incollable en histoire contemporaine et sur les questions politiques. Il lui aurait été d'une grande aide.

— Il était bien plus que cela. Avant d'être conseiller de Chirac, il a été l'homme de l'ombre de De Gaulle, et a créé ce qu'on a appelé la « Françafrique » :

pour faire court, la mise en place de « gouvernements amis » afin de poursuivre l'exploitation des ressources des anciennes colonies.

Ambroise prit une gorgée du café qui venait d'arriver à la vitesse de l'éclair.

— Le Cameroun n'a pas fait exception à la règle. Officiellement, le pays devient indépendant le 1er janvier 1960. Néanmoins, soucieux d'éradiquer toute contestation avant les élections de mai et favoriser la victoire de son fantoche, Ahmadou Ahidjo, la France, à l'instigation de Foccart, envoie en toute discrétion quelques centaines d'hommes dans l'ouest du pays. L'idée est d'éliminer la révolte des Bamiléké, l'ethnie majoritaire de l'ouest du pays. L'UPC, qui revendique une véritable indépendance pour le pays, a une très forte emprise sur cette population.

L'emploi du présent par Ambroise n'avait pas échappé à Clara. L'homme semblait s'être télétransporté quarante-cinq ans en arrière.

— Le point d'orgue de cette intervention « amicale » est atteint en mars, précisément le 2. Les troupes gouvernementales, encadrées par l'armée française, rasent le bourg de Yogandima, massacrant près de huit mille civils non armés.

Clara ne masqua pas sa surprise. Le chiffre était énorme, trop gros pour passer inaperçu. Elle se souvenait très bien que, comme beaucoup de gens de son entourage, elle avait commencé à s'intéresser sérieusement à la guerre en Bosnie à l'annonce du massacre de Srebrenica, en juillet 1995.

Le bilan officiel faisait état quasiment du même nombre de personnes exécutées de sang-froid par les

Serbes : huit mille trois cents morts. Elle se rappelait également qu'à la rentrée, son prof d'histoire avait fait une entorse au programme, pourtant chargé, en commençant son cours par une analyse du « pire massacre perpétré en Europe depuis la Seconde Guerre mondiale ». Elle ne put donc s'empêcher de réagir.

— Je ne suis pas incollable en histoire, mais j'avoue ne jamais avoir entendu parler d'un tel épisode. Pourtant, un chiffre si important de victimes aurait dû marquer les esprits.

Ambroise la toisa.

— Je ne suis pas étonné de votre réaction. Cette page sombre de l'histoire est complètement refoulée, voire occultée. À cela plusieurs raisons : à l'époque, les journalistes de votre pays n'ont d'yeux que pour la guerre en Algérie, la présence des forces françaises au Cameroun est quasi secrète. Officiellement, il n'y a que quelques conseillers. Il n'y a pas de témoins extérieurs, pas d'images et pas d'Internet. Pendant des années, tous les témoignages de survivants sont ignorés car le destin des Bamiléké n'intéresse personne en France, à part une poignée de militants anticoloniaux, et encore. Ceux-ci ont plus de grain à moudre avec la fin de la guerre en Algérie et, dans la foulée, ils trouveront un exutoire à leur cause avec la guerre du Viêtnam dont les images abreuvent les télés du monde entier.

En écoutant le vieil homme, Clara sortit son téléphone et lança une recherche sur Google. Elle tapa « massacre de Yogandima ». Le résultat confirma les dires. Un sentiment de malaise l'envahit. Son pays avait-il triché avec son histoire à l'instar de nombreuses dictatures ?

Ambroise continuait à parler, mais elle ne l'écoutait plus. Elle voulait vérifier un truc. Elle envoya un SMS au Che, son « Wikipédia sur pattes », lui demandant s'il avait connaissance d'un massacre au Cameroun, de l'ampleur de Srebrenica.

La réponse fut immédiate et sans équivoque : *Non, tu veux parler du Rwanda sans doute, mais c'était beaucoup plus. On parle d'un million de morts, en quelques mois.* Lorsqu'elle leva la tête de son téléphone, Ambroise l'observait d'un air narquois.

— Difficile à croire, hein ? Et pourtant je dis vrai. Il y a une poignée d'ouvrages sur le sujet au retentissement confidentiel. Le plus complet à mon sens est sorti il y a quatre ans, soit cinquante et un ans après les faits. Il s'agit de *Kamerun ! : Une guerre cachée aux origines de la Françafrique, 1948-1971*, de Thomas Deltombe, Manuel Domergue et Jacob Tatsitsa.

Clara était sonnée. Une cigarette s'imposait. Ambroise dut sentir son trouble et resta silencieux, échangeant des regards avec ses deux gardes du corps. Elle tira deux bouffées et rassembla ses pensées.

— Et quel est le rôle de Bréal dans tout ça ? Qu'avait-il à ajouter ? Parce que même si ces agissements sont minorés, ils ont déjà été dénoncés.

— Bréal avait ce que tous les historiens, toutes les victimes et tous les combattants pour la liberté de notre peuple cherchent en vain depuis des années : une preuve irréfutable des exactions françaises. J'ignore comment cela était arrivé jusqu'à lui.

Il marqua un silence.

— Il possédait deux photos d'un officier français exécutant un prisonnier.

— Vous les avez vues ?

— Bien sûr, c'était l'objet de notre rencontre. J'ai oublié de vous dire quelque chose, il y a eu deux survivants à Yogandima ; le premier est mort il y a quinze ans et le second se trouve devant vous. Vous comprenez mieux à présent les gardes du corps, pourquoi j'ai plusieurs téléphones et pourquoi j'ai tenu à vous voir.

Clara cligna des yeux en guise d'approbation.

— Décrivez-moi les photos !

— Sur la première, on voit un homme à genoux face à un soldat français de profil qui pointe un pistolet vers lui. Sur la seconde, ce même soldat est de trois quarts, sourire aux lèvres, le prisonnier est à terre dans une mare de sang qui commence à se dessiner.

— Et pourquoi avait-il besoin de vous les montrer ?

— Il voulait savoir si je pouvais l'identifier.

— Et ?

— J'étais à vingt mètres de la scène, blessé, me faisant passer pour mort sous un amoncellement de cadavres et je me souviens très bien avoir entendu ses hommes l'appeler « mon lieutenant » et un autre qui devait être son homologue l'interpeller par son prénom, « Paul ». Après, je me suis évanoui. Heureusement, je suis revenu à moi assez vite. Les Français avaient déserté les lieux. Il ne restait plus que des soldats de l'armée camerounaise. J'ai réussi à me glisser hors de cet amas humain et me traîner dans un trou à environ cinquante mètres. Cette action m'a sauvé une deuxième fois la vie car les soldats ont aspergé d'essence les corps, avant de les brûler.

Clara était partagée entre la nausée et la satisfaction. Au service de l'État, elle savait qu'il fallait parfois se salir les mains, mais de là à tuer de sang-froid un homme attaché, il y avait un pas qu'elle se jura intérieurement de ne jamais franchir. En revanche, deux semaines et demie après la découverte des corps, elle avait presque intégralement remonté la piste. Tout était dans le « presque ». Il y avait des dizaines de milliers de Paul en France, mais combien avaient été lieutenants dans l'armée française en 1960 ? Bréal avait-il trouvé la réponse ? Et si, tout simplement, il avait été assassiné par précaution ?

Elle posa la question à Ambroise.

— À votre avis, Bréal a-t-il eu le temps de l'identifier ?

— Je ne peux pas vous dire s'il l'avait fait, mais ce dont je suis certain, c'est qu'il l'aurait fait à un moment ou un autre. Il était déterminé et très sûr de lui. Je pense qu'il avait des moyens de le trouver auxquels je n'ai pas accès. Peut-être avait-il des contacts avec vos collègues ou à des bases de données, je ne saurais vous répondre.

Clara resta pensive.

— Je vous ai dit tout ce que je sais. Bien évidemment, cette conversation restera confidentielle, à moins que vous n'arrêtiez tous les protagonistes de cette affaire. Dans ce cas, je serai prêt à témoigner officiellement, mais pas avant. Je vais garder ce numéro quelques semaines. Contactez-moi dessus si vous avez du nouveau.

Il fit un signe à ses deux hommes. La voiture surgit comme par enchantement et ils embarquèrent tous les trois.

Clara régla les cafés et repartit vers la gare. Elle brûlait, mais elle avait du mal à entrevoir comment elle allait trouver le chaînon manquant. Trois heures de TGV ne seraient pas de trop pour réfléchir.

Chapitre 31

Vers Paris, mercredi 6 mai 2015.

Après quarante-huit heures sans rien à se mettre sous la dent, Nairet avait de la matière pour son boss. Certes, la flic l'avait vu sur le quai et dans le train, mais il n'avait pas eu d'autre choix que de se découvrir. Avec les contrôles anti-attentats mis en place à l'entrée des quais, il n'aurait pas pu la suivre sans billet. Connaître sa destination avec certitude s'était donc avéré obligatoire. Il n'avait pas perdu son temps par la suite. Habitué aux filatures, il avait coiffé la casquette qu'il avait dans sa besace et chaussé des lunettes de soleil. Il avait également retourné son blouson réversible sous lequel il avait glissé son sac au niveau du ventre, ce qui avait le double avantage de dissimuler ledit sac et de modifier sa silhouette en lui donnant de l'embonpoint. Évidemment, en face à face, il était identifiable, mais de loin la supercherie fonctionnait.

Il était passé à deux reprises devant la terrasse du *San Carlo*. Ni les gardes du corps ni Clara n'avaient esquissé un geste de méfiance à son égard. Il avait même réussi à simuler un appel et prendre une vidéo, avec son téléphone, du Black et de la flic. Ce n'était pas très bien cadré, mais ça donnait une bonne matière d'analyse. Bien entendu, le top aurait été de pouvoir écouter la conversation, mais même si Clara ne l'avait pas repéré dans le train, il n'aurait pu être assez proche pour les entendre. En revanche, il avait pu relever le numéro de plaque de la voiture qui avait amené le correspondant de Clara sur le lieu du rendez-vous. Il ne doutait pas que son commanditaire avait les moyens de l'identifier. Non, il avait fait du bon boulot et même si sa mission n'était pas finie, le Bosniaque avait intérêt à lui filer son bonus.

Pour le voyage du retour, il s'était installé dans un wagon différent de la flic. Il n'avait pas besoin de l'observer pour le moment. À son arrivée à Paris, elle serait prise en filature par un des hommes qu'il avait recrutés.

Le siège à côté du sien était libre. Pas de risque de regard indiscret. Il rédigea un petit rapport dans sa syntaxe approximative et joignit la vidéo. Comme convenu, il envoya le tout sur la messagerie sécurisée. Quelques minutes plus tard, il eut un retour lapidaire : *Bien reçu.*

À deux wagons de distance, Clara gambergeait. Par où commencer ? Spontanément, elle pensa au ministère de la Défense ou, mieux, au secrétariat d'État des Anciens Combattants. Il serait facile d'avoir la liste des hommes ayant servi au Cameroun. Ambroise avait parlé de quelques centaines. Ça réduisait le champ des officiers à combien ? Une dizaine, au plus. Et c'était bien le diable s'il y avait plus de deux Paul dans la liste.

Mais une objection jaillit dans son cerveau. N'appelait-on pas l'armée « la Grande Muette » ?

Les militaires allaient-ils coopérer alors que l'opération était officieuse ? N'allait-elle pas se voir opposer le fameux joker « secret-défense » ?

Elle n'avait pas envie de prendre le risque, du moins pas maintenant. Elle allait essayer d'avoir l'info de manière moins frontale. Elle prit son téléphone et tapa « Archives militaires » sur Google. Le moteur de recherche lui proposa en première page deux réponses apparemment pertinentes : le « Service historique de la défense » à Vincennes et le « Centre des archives du personnel militaire, CAPM » basé dans le Sud-Ouest. Un rapide coup d'œil sur les deux liens la convainquit que c'était la seconde option qu'il fallait privilégier. Elle se maudit d'avoir pris le train sans avoir réfléchi au préalable. Elle n'avait porté aucune attention aux éventuels arrêts avant d'embarquer. Comme un signe du destin, la voix de l'hôtesse annonça l'arrivée imminente en gare d'Avignon. Il fallait qu'elle se décide maintenant. Remonter à Paris et reprendre un train le lendemain pour le Sud-Ouest, ou descendre de la rame et faire le trajet en voiture en coupant vers l'ouest ? Elle avait encore le temps de vérifier : cinq cents kilomètres d'un côté, huit cents de l'autre. Elle avait imaginé un plus grand différentiel, mais tant pis, la logique était d'y aller maintenant. Elle se leva. Le lendemain matin, elle serait au CAPM dès son ouverture.

Jérôme Nairet consultait les annonces sur Leboncoin. L'argent du Bosniaque allait être vite investi. Il était temps qu'il change de moto. Il avait roulé avec des motos volées, mais là, il en voulait une « propre ». L'idée de conduire une Harley le titillait depuis longtemps. Il en trouva une, datant de 2007, à neuf mille huit cents euros. Un sourire de satisfaction barra son visage. Il releva la tête. En une fraction de seconde, l'image de la moto s'envola. Il venait d'apercevoir la flic sur le quai qui s'engouffrait dans le passage piéton souterrain. Il se leva d'un bond. Il bouscula les voyageurs qui venaient de monter – hommes, femmes, enfants. En fait, il ne les avait même pas vus, tellement il était concentré sur sa cible. Enfin dehors, il se précipita à son tour dans le souterrain. Pourquoi la flic était-elle descendue à Avignon ? Cela devait avoir un rapport avec sa conversation avec le Black. Il aurait dû envisager cette éventualité. À une seconde près, il aurait perdu tout le bénéfice de son travail.

Il arriva dans la gare, une sorte de long couloir moderne. Un bon vieux hall carré à l'ancienne lui aurait facilité les choses. Au moins, étant donné l'implantation de la gare au milieu de nulle part, il était certain d'une chose, la flic partirait en voiture. Si quelqu'un l'avait attendue, elle avait déjà filé et il pouvait dire adieu à sa prime. Si, en revanche, elle était seule, elle avait deux choix. Il sortit, jeta un coup d'œil sur la file d'attente des taxis, rien. Il retourna à l'intérieur, aperçut un panneau « Location de voitures ». Il fallait qu'elle soit là. Personne au comptoir Europcar, il continua de balayer la zone des yeux. Il la vit, qui lui tournait le dos. Elle était en pleine discussion chez Hertz. Cette fois, pas question de s'approcher, il fit marche arrière et se précipita chez Europcar.

— Il ne nous reste plus qu'une voiture dans la gamme prestige, une Volvo XC-60 à quatre cent quatre-vingt-dix euros les vingt-quatre heures, ça ira pour vous, monsieur ?

Évidemment, avec son look et son air fébrile, il ne correspondait pas à l'archétype du client de cette gamme. Il fixa le jeune vendeur.

— Oui. C'est parfait. Cela fera plaisir à mon père de faire un tour dedans. C'est une visite-surprise, dit-il pour le rassurer.

Il se surprenait lui-même de sa capacité à inventer n'importe quoi de manière si spontanée. Il jeta un coup d'œil sur Clara. Elle avait fini les formalités.

— On peut aller vite ? Je suis pressé. Prenez une copie de mon permis. Vous ferez la paperasse après. Il posa sept billets de cent euros sur le comptoir.

Deux cents euros de pourboire pour remplir le contrat en différé, Kevin se dit que le jeu en valait la chandelle.

— Tenez, voici les clés. Elle est sur le parking location, à gauche en sortant.

Clara démarra sa Mini. Elle avait toujours eu envie d'essayer cette voiture typiquement féminine, voire flambeuse. Et justement pour ces deux raisons, elle ne l'avait jamais fait à Paris ; cela ne cadrait pas du tout avec son image de flic, et le Che se serait moqué d'elle. Le destin avait décidé de satisfaire ce petit caprice : en raison du week-end du 8 mai, c'était la seule voiture disponible chez Hertz. Il y avait bien, chez Europcar, une grosse Volvo, mais c'était deux fois plus cher et moins fun.

Elle s'installa, savoura les finitions intérieures puis régla le GPS. Son arrivée était estimée aux environs de 1 heure du matin. Ça ne l'effrayait pas et lui laissait le temps de profiter pleinement de son petit joujou. Elle mit le contact. Au bout de dix minutes, elle se dit qu'elle n'avait pas pris autant de plaisir à conduire depuis les jours qui avaient suivi l'obtention de son permis.

Une fois arrivée sur l'autoroute, malgré l'interdiction du portable au volant, elle décida d'appeler Yannick pour lui faire part de son entretien avec Ambroise et de son changement de destination. De son côté, son adjoint avait géré le retour des corps. Il s'était arrangé pour que Marie ait un enterrement décent. La seule contrainte tenait au lieu, le cimetière de Vincennes. Devant le choix – carré des indigents à Blonville ou sépulture personnalisée –, sa mère avait accepté la délocalisation. Yannick avait même organisé le trajet de la mère à Vincennes avec la gendarmerie de Villers dont dépendait Blonville. La cérémonie aurait lieu samedi. Clara le remercia et lui demanda de prévenir Olivier Paire au cas où il voudrait s'y rendre. Vu la situation de Marie, une personne de plus pouvait augmenter considérablement la proportion de présents. Quant à Bréal, sa sœur avait pris les choses en main et les funérailles auraient lieu dans sa commune, probablement le mercredi suivant. Elle raccrocha et alluma la radio. Comme un clin d'œil du destin, c'était *Marie* de Johnny Hallyday.

Cela faisait près de trois heures trente qu'il suivait la Mini tout en gardant ses distances. Ils venaient de dépasser Toulouse. Nairet était complètement décontenancé par l'itinéraire de Clara. Initialement, il était persuadé que la fille avait planifié une rencontre aux alentours d'Avignon. À chaque approche de grande ville, il espérait que la promenade tirerait à sa fin. Il avait faim et surtout très soif. Comme un idiot, il n'avait rien bu depuis son départ de Paris. Au moins, cela le dispensait d'aller aux toilettes. Combien de temps la fille allait-elle rouler avant de marquer ne serait-ce qu'une pause ? Dix minutes plus tard, il vit avec satisfaction la Mini bifurquer vers une station-service.

Il allait falloir jouer serré. Il choisit la pompe la plus éloignée. Clara lui tournait le dos. Ils firent tous les deux le plein. Il la laissa entrer dans la station et l'observa payer et se diriger vers le fond, probablement aux toilettes. Il fonça dans la boutique, prit une bouteille d'eau et les deux premiers sandwichs qui lui tombèrent sous la main et passa en caisse. Sans se retourner, il rejoignit sa voiture. Caché derrière son pare-brise légèrement fumé, il observa la boutique : la flic venait de réapparaître dans son champ de vision. Il choisit de repartir en premier. Il allait rouler lentement et se faire doubler.

Un sandwich, un café et une clope, Clara se sentait beaucoup mieux. Bercée par l'euphorie de l'avancée de son enquête et par le plaisir de conduire, elle n'avait pas senti la faim et la fatigue lui tomber dessus. Elle avait failli s'endormir au volant. Il lui restait une bonne heure et demie avant sa destination. Elle lança une recherche d'une nouvelle station de radio, mais, ne trouvant aucune musique à son goût, elle se résolut à écouter France Info. Un nouveau sondage plaçait Alain Juppé en tête des intentions de vote, à quasiment deux ans jour pour jour de la présidentielle. Elle doubla sa première voiture depuis qu'elle s'était arrêtée, un gros 4 × 4 urbain qui roulait péniblement à 100 km/h. Quel était l'intérêt d'acheter une voiture à trente ou quarante mille euros pour se traîner à une telle vitesse ?

Enfin, elle sortit de l'autoroute. 1 heure du matin : Nairet n'avait pas imaginé un tel périple. Elle prit la direction de Pau-Bizanos sur la D817. Il lui laissa prendre de l'avance. Il était plus facilement repérable en ville que sur l'autoroute. La flic stoppa sa Mini devant un hôtel « première classe ». Il poursuivit sa route et se gara une centaine de mètres plus loin. Il était temps d'envoyer un message au Bosniaque l'informant de la situation. La réponse fut longue à venir mais elle avait le mérite d'être claire. Nairet ne comprenait pas le pourquoi d'un tel ordre à ce moment-là. Quel secret y avait-il dans cet hôtel premier prix ?

Chapitre 32

Paris et Pau, jeudi 7 mai 2015.

Elle était à Pau ! Une soudaine envie de passer le week-end dans les Pyrénées n'avait rien à voir avec cela. Évidemment, il connaissait sa destination. Il avait sous-estimé Clara. En l'espace de deux semaines, elle avait remonté une grande partie de la piste. Comment diable avait-elle fait ? Qui était l'homme qu'elle avait rencontré à Marseille ? Il n'avait pas encore réussi à l'identifier. En revanche, il savait que la voiture appartenait à Yaya Onguéné, citoyen camerounais, probablement un des deux jeunes gardes du corps. Tout cela ne sentait pas bon. Clara ne trouverait rien au CAPM, il avait fait le nécessaire dix-sept ans plus tôt, mais elle venait de lui prouver qu'elle avait plus d'un tour dans sa poche. Nairet était sur place, elle était loin de ses bases. Il n'y avait plus à hésiter. Il fallait en finir. Et tout faire pour brouiller les cartes. Il rédigea sa réponse : *Termine la cible. Fais passer cela pour une agression sexuelle qui aurait mal tourné. Fais gaffe aux empreintes et traces ADN. Bonus multiplié par cinq.*

À la case meurtre, Nairet avait déjà coché : une octogénaire dans un cambriolage qui avait mal tourné, deux migrants un peu plus aisés que la moyenne qui avaient osé lever la voix à propos du loyer de la cave où il les hébergeait, un motard qui avait défoncé d'un coup de pied la porte de la BMW quasi neuve qu'il venait de voler, un SDF sans aucune autre raison que de voir le sang couler et, dernièrement, un de ses revendeurs qui la lui avait faite à l'envers. Une flic serait donc une première.

D'après les lumières, Clara avait la chambre à l'extrême gauche au rez-de-chaussée du bâtiment. Il allait attendre qu'elle s'endorme. Heureusement qu'il avait pris son matériel de première nécessité dans son sac à dos : jeu de clés, couteaux à verre, pinces, mini-scie et même une fiole d'acide pour faire fondre du métal ou du plastique. C'est pour ce genre de détails qu'il était le meilleur.

Il plongea la main dans la mini-poche intérieure de son pantalon. Une pépite blanche emballée dans un film plastique apparut. Il desserra prudemment le fil en acier galvanisé et versa un peu de poudre blanche sur le tableau de bord. Il se servit de sa carte bleue pour créer une ligne et aspira la coke par la narine droite. Quelques minutes plus tard, il se sentait plein d'énergie et avait hâte de s'amuser avec la flic. Il regarda sa montre et se força à attendre une demi-heure.

Le moment était enfin venu. Il se glissa hors de sa voiture ; les lieux étaient déserts. Il colla son oreille à la vitre et ne perçut aucun son. Il enfila ses gants de latex. Précautionneusement, il amorça sa découpe tout en vérifiant les alentours. En trois minutes, il avait dessiné un espace suffisant pour passer la main. Il ôta le verre à l'aide de sa ventouse. C'était le moment de vérité. À présent il fallait ouvrir la fenêtre, ce qui forcément allait créer un courant d'air et provoquer du bruit. Si la flic avait le sommeil léger, il risquait de se retrouver avec un flingue braqué sur lui au moment où il poserait le pied dans la chambre. Il prit une inspiration et actionna la fenêtre. Celle-ci fut plutôt silencieuse. Clara n'esquissa pas le moindre geste. Il enjamba le montant et se laissa glisser à l'intérieur. La flic dormait sur le côté, le drap relevé dévoilait son dos nu. Cette image provoqua une tension sexuelle. Il ne se souvenait même pas la dernière fois qu'il avait baisé autrement qu'avec une pute. Il avait des Serflex dans son sac ; s'il arrivait à la neutraliser, il trouverait peut-être le moyen de profiter de cette garce avant de la saigner.

Il se rapprocha d'elle, souleva les draps par les pieds. Il allait tenter un truc inédit. Il fit glisser les menottes en plastique entre les pieds. La fille poussa un grognement mais resta endormie. Il se laissa tomber sur elle et lui étreignit le cou. Clara ouvrit les yeux. L'incompréhension et la panique pouvaient se lire dans ses yeux. Elle reconnut le rouquin du TGV.

— Tourne-toi !

Malgré la peur, Clara analysa la situation en une fraction de seconde. Ses jambes étaient déjà immobilisées : si elle se retournait, elle serait foutue, il lui lierait les mains et elle serait à sa merci. Elle avait déjà été violée et laissée pour morte quinze ans auparavant. Cette fois, elle allait changer les règles.

— J'ai envie de te voir quand tu vas me baiser. Ça m'excite et du coup tu vas kiffer.

Sa sortie déstabilisa le rouquin qui relâcha un peu son étreinte, pas assez cependant pour qu'elle tente quelque chose.

— Allez, vas-y, vire ma culotte, qu'est-ce que t'attends ? J'ai envie que tu me prennes.

— Mais t'es une vraie salope, toi ! Oui, je vais te baiser.

Emporté par son excitation, Nairet ne maintint son étreinte que d'une main pendant que l'autre descendait vers le sous-vêtement de Clara. C'était le moment. Clara avait suffisamment d'air pour passer à l'action. Elle décocha une magnifique droite sur le rouquin, qui, sous l'effet de la surprise, la relâcha. Elle se redressa et lui assena un énorme coup de boule. Le rouquin bascula en arrière. Elle pivota, posa ses deux pieds sur le sol et se jeta sur son tas de vêtements posés sur la chaise attenante au lit. Le rouquin s'était relevé et allait revenir à la charge. Elle attrapa son arme sous son blouson et tira au jugé. L'homme mit ses mains sur son ventre et se plia en deux. Elle s'écarta sur sa gauche et le rouquin vint s'échouer à ses pieds. Elle le fit rouler sans ménagement, puis se baissa à sa hauteur.

— Pourquoi tu m'as suivie ? Pour qui tu travailles ?

Nairet avait l'impression d'avoir pris un train à travers le bide. Il avait du mal à respirer, mais sa haine et sa rage étaient toujours là.

— Vas chier, sale flic !

Sans le vouloir, il venait de lui confirmer qu'il n'était pas là par hasard.

— T'es salement abîmé. T'as deux options : soit tu parles et j'appelle une ambulance et tu pourras t'en tirer, soit tu joues au con et je te laisse crever sur la moquette de cette chambre d'hôtel... À toi de voir.

Tout en disant cela, Clara espérait que la détonation n'avait pas ameuté tout l'hôtel. Pour l'instant, ce ne semblait pas être le cas. Soit c'était bien insonorisé, soit l'établissement était vide, soit encore les Palois étaient tous sourds. Elle s'amusa de ces hypothèses. Elle pressa le canon de son arme sur la blessure du rouquin.

— Décide-toi vite. T'as pas beaucoup de temps devant toi.

Elle se releva et sauta à pieds joints jusqu'au sac du rouquin. Elle en vérifia le contenu, un vrai kit pour effraction. Elle prit un des couteaux et trancha le plastique qui entravait ses pieds. Elle revint sur ses pas, attrapa ses cigarettes dans son blouson et en alluma une avant de se placer debout devant l'homme agonisant.

— Je t'en propose pas, c'est mauvais pour la santé. T'accouches ?

En l'espace de deux minutes, Nairet avait perdu beaucoup de sang. Il se sentait partir. Dans un réflexe de survie, il murmura :

— C'est le Bosniaque.

Clara se pencha vers lui, cachant difficilement son excitation.

— Quel Bosniaque, son nom ?

Nairet se sentait tellement faible. Il ferma les yeux. Il sentit quelque chose sur sa joue.

— Son nom ?

— Marko.

— Marko comment ?

Les yeux du rouquin se refermèrent. Clara lui assena une nouvelle claque. En vain. Elle prit le pouls de l'homme. Très faible. Il était temps d'appeler le 17. Elle composa le numéro, fut mise en attente. Elle vérifia une nouvelle fois le pouls. Plus rien, le rouquin était mort. Elle raccrocha. À quoi bon ? Elle s'allongea et se laissa envahir par une sensation de bien-être. Le rouquin n'avait rien à voir avec son viol de 1998, mais il venait de servir de substitut à sa vengeance. Elle refermait la pire page de son histoire, putain c'était bon. Elle resta un long moment sur le lit à savourer ce moment, se releva, prit une douche et s'endormit en se rêvant sauveuse du monde.

Chapitre 33

Pau et Paris, jeudi 7 mai 2015.

Elle se réveilla dans une odeur à mi-chemin entre la merde et le rat crevé. Elle mit une fraction de seconde à visualiser la situation. Elle s'était endormie à côté du cadavre du rouquin, bercée par sa victoire et vaincue par la fatigue de sa journée. Elle ouvrit la fenêtre en grand puis s'habilla. Elle réalisa qu'elle n'avait même pas fouillé le rouquin, la veille. Elle remédia à cette lacune, trouva le portefeuille dans son blouson ainsi que les clés d'une voiture de location avec le numéro d'immatriculation. Comment avait-elle fait pour ne pas le repérer à la gare ou sur l'autoroute ?

Le rouquin s'appelait Jérôme Nairet, né à Paris en 1985. Elle prit une photo de sa carte d'identité puis du cadavre, et termina par une vidéo de la chambre. Elle envoya le tout à Yannick avec une explication sommaire du déroulé des faits de la nuit.

Elle reposa les papiers de Nairet sur sa dépouille, prit les clés et claqua la porte de la chambre. Elle explora les alentours de l'hôtel et trouva facilement à quelle voiture correspondait l'immat. Elle reconnut la Volvo qu'elle avait doublée peu après avoir fait le plein. À part la découverte des résidus de poudre blanche sur le tableau de bord, l'inspection du véhicule ne lui révéla rien. Elle se dirigea vers sa Mini. Il était temps de prévenir les locaux. Elle chercha le numéro du commissariat le plus proche et l'appela. À l'autre bout de la ligne, un homme répondit avec un accent pas croyable.

— Écoutez-moi attentivement, je suis commandant de police…

Elle lui déballa son histoire en deux minutes chrono. Elle ne laissa pas le temps à l'homme de poser des questions, lui dit qu'elle passerait faire sa déposition complète en fin d'après-midi et raccrocha. Elle passa un coup de fil au Che pour lui dire que tout allait bien et qu'elle serait de retour dans la soirée. Inutile de l'inquiéter outre mesure.

Selon son GPS, elle était à moins d'un quart d'heure en voiture de la caserne Bernadotte. Elle se mit en route et s'arrêta à mi-chemin, avenue du Général-de-Gaulle. Elle devait prendre des forces. Sa journée s'annonçait longue. Elle hésita entre deux cafés : le *Thiers* et l'*Édouard VII*, se décida pour ce dernier. Le double expresso et les croissants furent ingérés en un temps record. Elle traversa la rue et acheta une bouteille d'eau. Quelques minutes plus tard, elle pénétrait dans le bureau des archives du CAPM. Le jeune préposé lui sourit, ce qui était assez étonnant pour un militaire. Elle fit de même.

— En quoi puis-je vous être utile ?

Décidément, elle était tombée sur une perle. Il fallait en profiter. Elle regarda la bande patronymique collée sur l'uniforme du soldat.

— P.-H. Lambert, ça signifie Pierre-Henri Lambert ?

— Tout à fait.

— Mon premier mec s'appelait Pierre-Henri, un amour. Malheureusement, il a suivi ses parents à l'étranger et on s'est perdus de vue.

C'était absolument faux. Elle se demandait comment elle avait inventé ce mensonge en une milliseconde.

— Ah, peut-être ai-je été mis sur votre route pour prendre le relais... Pardon, je ne voulais pas être lourd.

Toi, tu vas surtout prendre le relais pour m'aider, pensa-t-elle. Elle minauda comme elle ne l'avait pas fait depuis son adolescence.

— Pas de souci, qui sait ? Mais vous êtes un peu jeune pour moi. Montrez-moi déjà vos talents d'archiviste.

— Bien sûr, mais sachez que j'en ai beaucoup d'autres. En fait je suis dans l'armée parce que je me suis blessé gravement au genou à quinze ans, sinon j'allais devenir joueur de tennis pro.

— Ah, j'adore le tennis ! Je suis une grande fan de Federer.

— Moi aussi.

Clara jugea qu'elle avait assez perdu de temps.

— Je cherche un lieutenant de l'armée de terre en 1960.

Elle marqua volontairement un silence. Elle voulait que Pierre-Henri assimile l'ampleur de la tâche.

— Mais c'était en pleine guerre d'Algérie, il y avait plus d'un million d'hommes sous les drapeaux ! Ça veut dire, si on compte un lieutenant pour deux cents hommes, cinq mille possibilités environ.

— Je connais son prénom : Paul.

— Ah là, cela devrait réduire énormément la liste. Au fait, je ne vous ai même pas fait remplir le formulaire de recherche.

Elle sortit sa carte de police. Surtout ne pas en dire trop, mais suffisamment pour aiguiser la curiosité du jeune homme.

— C'est un rouage important dans une affaire de meurtre.

— Ah, je vois !

Clara se dit que sa mine décontenancée montrait exactement le contraire. Il ne fallait surtout pas qu'il creuse, sinon il risquait de vouloir demander l'autorisation de sa hiérarchie.

— Top. Alors, vous me faites une démonstration de votre savoir-faire ?

— On a de la chance.

Clara releva l'emploi du pronom. Elle avait gagné. Le jeune homme faisait équipe avec elle.

— Nos registres de 1950 à 1975 ont été informatisés il y a quatre ans. Vous seriez venue avant, je n'aurais pas pu vous aider.

Lambert pianota sur son ordinateur et remplit les cases avec les données qu'il possédait, à savoir : grade, année de service et prénom. Il releva la tête avec un air triomphant. J'ai vingt-six correspondances.

— Et vous pouvez me sortir leurs dossiers ?

— Là, pour le coup, c'est une recherche manuelle. Vous n'êtes pas pressée, j'espère. J'en ai pour une bonne demi-heure, je pense, voire plus.

— J'ai tout mon temps. Je vais m'asseoir là, en vous attendant.

Elle consulta son portable. Elle avait deux messages, le premier émanant du lieutenant Elliot Puel, officier de police judiciaire du commissariat de Pau, qui l'invitait à venir au plus vite lui expliquer plus en détail la présence d'un rouquin refroidi sur la moquette d'une chambre d'hôtel de sa ville. Suivait un deuxième message de son adjoint qui l'avertissait que Deschamps voulait lui aussi plus de précisions et un rapport circonstancié dans les meilleurs délais. Ichane lui assurait également que Paire avait confirmé qu'il se rendrait à l'enterrement de Marie, samedi à 10 heures. Il avait aussi lancé des recherches sur le FAJ. La première sur Nairet avait dressé le profil du petit malfrat : condamné à plusieurs reprises pour des faits de vols et de cambriolages. Le cumul des peines effectuées s'établissait à quatre ans. En revanche, le fichier se révélait muet quant à d'éventuels liens avec d'autres individus. La seconde recherche, dans laquelle il avait associé « Marco » et « Bosniaque », s'était révélée infructueuse. Comme elle avait un peu de temps devant elle, elle se mit à rédiger un mémo sur les événements survenus depuis la veille. Ce serait toujours cela de fait.

Presque une heure plus tard, Pierre-Henri Lambert réapparut.

— Désolé, j'ai mis plus de temps que prévu. Je ne comprends pas ce qui se passe, il manque un dossier. Du coup, j'ai cherché s'il n'avait pas été classé à une autre lettre. C'est incroyable, cela n'arrive jamais. Il est forcément quelque part, mais où ? Tenez, voici les vingt-cinq autres dossiers.

Il les déposa sur la table.

— OK, je vais déjà regarder ceux-là.

Elle ouvrit le premier.

— Mais au fait, et si c'était votre liste qui était erronée ?

— Impossible, chaque dossier avait un numéro, le nom et le prénom dans un registre papier à sa création. Ensuite le dossier était créé, contrôlé et, avant son classement, il avait une double signature sur le cahier indiquant la fin du process.

— Effectivement, c'est bizarre… et le dossier manquant, c'est lequel ?

Lambert connaissait la réponse. Il venait de chercher ce fichu dossier pendant presque une demi-heure ! Néanmoins, il sortit son listing comme pour justifier son travail. Il pointa du doigt un nom au milieu de la liste :

— Celui-là !

La connexion fut instantanée dans le cerveau de Clara. Elle tenait l'homme de la photo et celui qui avait probablement commandité le meurtre de Bréal. En elle-même, elle se reprit : elle l'avait identifié, mais elle ne le tenait pas. Elle n'avait aucune pièce, à commencer par ce putain de dossier qui n'avait pas disparu par hasard. Et les photos, qu'étaient-elles devenues ? Comment Bréal les avait-il eues en sa possession, cinquante-cinq ans après les faits ? Il lui manquait la dernière pièce du puzzle.

Elle refréna son envie de prendre Lambert dans les bras pour le remercier, mais un réflexe de méfiance l'en empêcha. Celui qui tirait les ficelles était un homme puissant, suffisamment pour retourner le jeune soldat s'il remontait à son tour la piste.

Elle choisit de faire comme si de rien n'était et se lança dans la lecture des dossiers en espérant que cette diversion pourrait fonctionner. Au bout d'une heure, elle affirma.

— Je crois que j'ai trouvé mon homme. Tous les détails dans son dossier coïncident. Merci pour votre aide, Pierre-Henri.

Elle lui fit la bise. Le jeune soldat rougit. Il lui restait une visite qui n'était pas que de politesse chez ses confrères de Pau avant de continuer sa quête de la vérité.

Chapitre 34

Pau et Paris, jeudi 7 mai 2015.

Il n'avait pas de nouvelles depuis 1 heure du matin. Cela signifiait que les choses avaient mal tourné, mais la question était de savoir jusqu'à quel point ?

La probabilité la plus forte était qu'il soit en garde à vue, cuisiné par Clara et ses collègues. Comment ce crétin de Rox avait-il réussi à échouer dans sa mission ? Ce n'était quand même pas compliqué de supprimer une femme en pleine nuit ! Il dressa mentalement l'inventaire de la situation. Qu'est-ce que Rox pouvait balancer aux flics ? Pas son identité, il s'était toujours fait appeler par son surnom, ni son adresse ; peut-être un vieux numéro de portable qu'ils utilisaient avant de passer à la messagerie cryptée. En fait, le seul plus qu'il pourrait donner aux flics était une description de son physique. Tout dépendait du degré de précision des infos qu'il allait leur communiquer. S'il était élevé, son portrait-robot serait proche de la qualité d'une photo ; dans le cas contraire, ils auraient le signalement d'un homme chauve, de grande taille et dans la force de l'âge – contrariant mais très insuffisant pour le confondre. L'échec de Rox avait au moins un avantage, il allait faire des économies. Il lui rappelait également la difficulté de déléguer. Il allait devoir se charger de la flic en personne. En revanche, il ne devait pas se précipiter et attendre le moment opportun. Hors de question de laisser le moindre indice et de se faire identifier. Il n'avait pas survécu à l'enfer de la guerre en Bosnie, et ne s'était pas construit au fil des ans une vie très agréable en France pour se faire serrer et finir derrière les barreaux.

Son père lui avait encore envoyé une série de SMS incendiaires. Clara reconnut en elle-même qu'il n'avait pas tort. On était bien le 7 mai et elle avait encore zappé le déjeuner qu'elle aurait dû avoir avec lui. Elle lui envoya un message d'excuse, invoquant « une opération sur le terrain ». « Après tout, c'est la vérité », se dit-elle pour se donner bonne conscience. Elle déjeuna rapidement dans une brasserie. Elle avait une dernière formalité à régler avant de rentrer.

Clara contempla le lieutenant Puel avec une moue si dédaigneuse que même un aveugle l'aurait vue. Ses parents avaient eu le nez creux en le prénommant Elliot. Depuis qu'elle avait mis les pieds dans son bureau, le jeune crétin n'avait cessé de cracher des flammes à son encontre. Elle faillit lui demander s'il avait inspiré ce fameux dessin animé de Disney du nom de *Puel et Elliott le Dragon*[1], mais finalement s'abstint. À la place, elle resta factuelle, enfin, à sa sauce.

---

1. Le titre original est *Peter et Elliott le Dragon*, réalisé par Don Chaffey pour les studios Disney (1977).

— Je crois que je vous ai déjà expliqué trois ou quatre fois comment les choses s'étaient passées et pourquoi je ne vous ai pas prévenu plus tôt. Pour vous aider, je vais vous faire une synthèse : j'ai été agressée, j'ai agi en état de légitime défense, je mène une enquête pour double meurtre et je ne saurais que trop vous conseiller d'appeler Fabian Deschamps, directeur de la brigade criminelle, pour vérifier mes dires.

— Nous avons déjà effectué cette vérification.

— Fort bien, je crois que nous n'avons plus rien à nous dire. Au revoir, lieutenant.

— Pas si vite. Donnez-moi votre arme.

— Et si mon agresseur a des complices, je me défends comment ?

— Vous verrez avec M. Deschamps, directeur de la brigade criminelle.

La reprise de sa formule, pour désigner sa hiérarchie, était clairement une marque d'ironie.

— Vous savez pertinemment que c'est la procédure en cas de tir mortel.

Sur ce point, Puel avait raison. Elle lui tendit son arme à regret et quitta le bureau dans la foulée. En guise d'au revoir, Puel lui lança :

— Vous allez réentendre parler de moi très vite.

Elle s'installa au volant de sa Mini. Que faire ? Elle consulta les horaires de la SNCF. Le prochain et dernier train pour Paris était à 18 h 35, soit une attente d'une heure et demie. Elle réalisa qu'elle n'avait pas envie de passer une minute de plus dans cette ville. Certes, le trajet en voiture serait plus long, mais, en partant maintenant, elle serait quasiment à la même heure à Paris. Et puis cela lui laissait une dernière occasion de profiter de son jouet motorisé.

Peu avant Bordeaux, elle se trouva coincée dans un embouteillage. Elle zappa sur la radio d'autoroute pour connaître l'état du trafic, mais tomba sur un flash d'information. Elle eut une furieuse envie de faire demi-tour à l'écoute du troisième titre : « Mystère autour de la tentative de meurtre d'un commandant de police à Pau ». Elle écouta attentivement le reportage audio. Le journaliste donnait trop d'infos pour que sa source soit un simple subalterne. Derrière la « fuite » se profilait la vengeance de Puel. Elle n'avait aucun doute sur ce point. « Quel petit merdeux ! » jura-t-elle à haute voix.

Cette pensée l'accompagna les trois cents kilomètres suivants. Elle se calma à l'approche de Paris et à l'idée de retrouver son homme. Le lendemain, c'était vendredi 8 mai, jour férié. Elle se promit qu'elle ferait un break, histoire de recharger ses batteries et de passer du temps avec sa moitié. Elle l'avait bien mérité.

Chapitre 35

Vincennes et Paris, samedi 9 mai 2015.

Lorsqu'Olivier Paire lui avait appris la mort de Ludivine, Agathe avait d'abord éprouvé de la peur, puis de la tristesse. Devant le photographe, elle avait évidemment occulté le premier sentiment et mis en avant le second. Certes, elle avait prétendu qu'elles ne s'étaient vues que pendant une soirée, mais avait invoqué leur proximité en tant que modèles pour expliquer qu'elle était quand même touchée. Elle avait quitté Olivier en lui faisant promettre de la tenir au courant s'il avait des nouvelles de la part de la flic qui était venue le voir. Sur le moment, elle avait pensé plutôt à la progression de l'enquête. Mais, la veille, il l'avait appelée pour la prévenir que l'enterrement aurait lieu ce samedi à Vincennes et que, selon les flics, il n'y aurait pas grand monde.

« Je ne dis pas ça pour te forcer la main, mais j'ai pensé qu'il fallait que je te donne l'info », avait conclu Paire.

Elle l'avait remercié de sa prévenance. Il avait eu un bon pressentiment, quelque chose en elle la poussait à rendre un dernier hommage à Ludivine. En revanche, s'afficher à cette cérémonie, c'était révéler qu'il y avait un lien entre elles. Et, compte tenu de la situation, le danger était réel : ceux qui avaient tué son amie surveilleraient peut-être les lieux. Elle avait pesé le pour et le contre tout l'après-midi et, après cette longue délibération intérieure, avait fini par trancher. Elle s'y rendrait, mais prendrait des précautions dignes d'un film d'espionnage.

Marko avait appris la mort de Rox avec satisfaction. Si les journalistes disaient vrai, Nairet avait été tué lors de l'agression. Il n'avait donc pas eu le temps de parler. C'était un mal pour un bien. De toute manière, il avait planifié de se débarrasser de ce prestataire trop arrogant et finalement trop cher pour la qualité du travail, et puis cela lui donnait l'occasion d'en finir une fois pour toutes avec cette flic. En revanche, le temps passant, il avait oublié la pénibilité d'assurer une filature, qui plus est, seul. Il avait choisi de commencer le vendredi à 10 heures. Clara n'était sortie qu'en toute fin de matinée, flanquée de son compagnon, tous deux en tenue de sport. Ils étaient rentrés une heure plus tard, dégoulinant de sueur. Ils n'avaient réapparu qu'en début de soirée pour se rendre au cinéma, voir un film dont le titre résonnait comme un clin d'œil du destin : *Un homme à la hauteur*. Il avait ensuite décroché et avait repris le matin même à 8 h 30. Il s'était dit que si la journée démarrait comme celle de la veille, il laisserait tomber pour le week-end.

Mais les choses semblaient prendre une autre tournure. Clara venait de sortir seule, habillée tout en noir.

En rentrant de Pau, Clara avait retrouvé son homme endormi sur le canapé. Elle n'avait pas eu le cœur de le réveiller. En revanche, à sa sortie de la douche, elle s'était retrouvée face au Che, la mèche hirsute et encore à moitié endormi. Lors de leurs derniers échanges, trois heures plus tôt, il n'avait pas fait allusion au flash info mentionnant la tuerie de Pau ; elle en avait déduit que le Che ignorait encore que sa compagne avait frôlé la mort quelques heures auparavant. Tant mieux, elle lui raconterait plus tard. À cet instant, elle avait eu envie de chaleur humaine. Malgré son allure peu attirante, elle s'était jetée sur lui. Le contrecoup de son assassinat avorté avait décuplé ses pulsions sexuelles. Elle lui fit l'amour avec une fougue qu'elle croyait oubliée dans les couloirs du temps. Elle lui avait ensuite déballé l'intégralité de son périple, allongée dans leur lit, tout en buvant du champagne jusqu'au milieu de la nuit.

Le lendemain, entre un footing, une sieste et une sortie ciné, elle avait finalisé son rapport pour Deschamps, mentionnant sa rencontre avec Ambroise Yombi, les circonstances détaillées de son agression et sa visite au Centre des archives du personnel militaire. Elle avait juste omis un petit détail en écrivant qu'« à ce stade, nos recherches nous ont amenés à extraire une liste de vingt-six noms sur laquelle nous travaillons encore ». Ce n'était pas complètement faux, ni complètement vrai, mais étant donné le pedigree de son suspect, elle ne pouvait pas s'avancer sans preuves. Ce samedi matin, grâce à son adjoint, elle allait rendre un dernier adieu décent à celle qui, bien malgré elle, avait fait irruption dans sa vie, deux semaines auparavant, dans un sac de couchage gelé, au camp de base de l'Everest.

Elle régla son GPS. L'église Saint-Louis n'était distante que de cinq kilomètres de son domicile. La circulation était annoncée comme fluide. Elle serait en avance.

Effectivement, en ce samedi de pont, Paris s'était vidé et elle roula sans encombre. Elle trouva même une place à moins de cent mètres de l'église sans avoir à tourner.

Devant l'édifice religieux, elle retrouva Yannick en pleine discussion avec un gendarme. Probablement un des membres de l'équipe qui avait convoyé la mère de Marie. Elle lui tendit la main :

— Commandant Clara Boiron. Je vous remercie de vous être occupée de Mme Leclerc.

— Sergent Duquesne, c'est moi qui vous remercie d'avoir organisé ces funérailles. La petite Marie, je l'ai connue lorsqu'elle était toute gamine. Elle était dans la classe de mon fils. À l'époque, c'était une fille sans histoire. À l'adolescence, c'est parti en vrille sans qu'on sache pourquoi. Puis, plus tard, c'est sa mère qui a perdu les pédales. Et je ne vois pas comment cela va s'arranger. Je peux vous dire que même si elles étaient fâchées, la mort de sa fille lui a foutu un sacré coup.

Clara acquiesça. Duquesne reprit :

— Remarquez, dans le village aussi, les gens sont choqués. Il y a une vingtaine de personnes qui ont fait le déplacement. Compte tenu de la situation des dernières années, c'est une heureuse surprise. J'avais dit à votre collègue que si on atteignait les cinq accompagnants, ce serait le bout du monde. Force est de constater que je me suis trompé. Et c'est tant mieux.

— Oui, ce qui serait bien, c'est que la solidarité perdure au-delà des prochains jours.

— Je suis d'accord. On va essayer de s'organiser pour.

— Merci, sergent. Je vous dis à plus tard. Je vais saluer Mme Leclerc. Yannick, tu me rejoins ?

Elle pénétra à l'intérieur de l'église. Compte tenu de la taille de la nef, seuls les premiers rangs étaient occupés. Elle repéra la mère de Marie et alla lui présenter ses condoléances. Elle salua rapidement les accompagnants et alla s'installer à l'arrière. Yannick vint la rejoindre. Des notes de musique se mirent à remplir l'édifice et Clara mit quelques secondes à reconnaître *Le Paradis blanc* de Michel Berger. Elle se pencha vers son adjoint.

— T'es pour quelque chose dans le choix de la chanson ?

— Non, mais je savais. D'après sa mère, Marie adorait cette chanson lorsqu'elle était préado.

Malheureusement prémonitoire, pensa Clara. Le cercueil porté par quatre agents des pompes funèbres fit son apparition. Clara était loin d'être une experte en la matière, mais il était notable que la dernière demeure de Marie était faite en bois noble. Yannick avait bien fait les choses. Elle murmura :

— Question subsidiaire, comment tu t'es débrouillé pour que Marie ait droit à un enterrement de première classe ?

— L'entrepreneur de pompes funèbres avait une petite dette envers moi. Je lui ai demandé de la régler aujourd'hui.

— Je suppose qu'il vaut mieux que je ne te demande pas quel genre de dette ?

— Oui, ça vaut mieux en effet. T'as déjà pas mal à gérer avec tes affaires, répondit-il en souriant.

Alors que les officiants installaient le cercueil sur le devant de la nef, Olivier Paire fit son apparition. Il était accompagné d'une femme dont la tenue dénotait – casquette américaine enfoncée et lunettes noires. Ils s'installèrent sur le même rang, laissant toutefois un intervalle de quelques sièges avec les policiers.

Comme la plupart de ses concitoyens, Clara n'était pas une grande fan des enterrements, mais celui-ci fut, si tant est que ce terme puisse s'appliquer à ce type cérémonie, particulièrement réussi. Le choix des musiques, celui des prières et le prêche du prêtre contribuèrent à rendre un dernier hommage émouvant à celle qui s'était définie comme « mal née ».

Une fois dehors, Clara se dirigea vers le photographe et sa compagne. Ils se saluèrent plus formellement que dans l'église.

— C'est bien que vous soyez venu.

— Je tenais à être présent. La pauvre petite n'a pas eu une vie terrestre toujours rose. Au moins, elle aura un bel adieu. À propos, je vous présente Agathe. Je crois qu'elle aimerait vous parler seule à seule. Je vous abandonne.

La jeune femme attendit que le photographe s'éloigne et Clara entendit pour la première fois sa voix :

— Olivier m'a dit que je pouvais avoir confiance en vous.

— Ça dépend pour quoi. Je suis nulle en orientation, sans mon GPS je suis perdue, répliqua-t-elle, un sourire aux lèvres.

La plaisanterie sembla dérider la jeune femme. Elle lui rendit son sourire.

— Je pensais plus à vos qualités professionnelles qu'à celle de guide. C'est marrant, j'ai l'impression de vous avoir déjà croisée quelque part.

— Pour être honnête, je ne vois pas.

— Peu importe. Cela ne vous ennuie pas de retourner à l'intérieur ?

— Pas du tout.

Clara faillit rétorquer que si c'était pour une confession, elle n'était pas forcément la bonne personne, mais elle s'abstint. Elles s'assirent au dernier rang. L'église s'était vidée. La jeune femme ôta enfin ses lunettes et dévoila de magnifiques yeux bleus avec cependant un petit truc dans le regard. Clara l'identifia sans mal, c'était de la peur. Elle essaya de se faire rassurante.

— Personne ne nous voit, ni ne nous entend, il n'y a que vous et moi. Parlez sans crainte.

La jeune fille prit une inspiration.

— Je m'appelle Agathe Bredin, je suis étudiante en architecture, mais je m'appelle aussi « mademoiselle A » et je suis danseuse nue et modèle photo.

Elle omit volontairement le dernier pan de son CV, à savoir : escort occasionnelle. Chaque chose en son temps.

— Vous l'aurez compris, je suis comme Marie, que j'ai toujours appelée Ludi ; j'ai une double vie et, comme elle, tout est cloisonné. Aucune passerelle entre les deux mondes : deux comptes Facebook avec aucun ami en commun, deux téléphones, deux adresses mail, etc.

La connexion se fit immédiatement dans le cerveau de Clara. Elle ne savait pas exactement ce qu'Agathe allait lui annoncer, mais elle était certaine qu'en face d'elle se tenait le chaînon manquant. Le lien entre les deux filles avait échappé à tous, enquêteurs et tueurs. Instinctivement, elle balaya l'église du regard. La jeune fille ne le remarqua pas. Elle semblait fixer l'autel devant elle.

— On s'est croisées sur un shoot. Elle était arrivée en avance. Le studio était petit, il n'y avait pas de place pour attendre. Le photographe lui a demandé d'un ton très sec d'aller boire un café et de repasser plus tard. Je ne sais pas pourquoi, je suis intervenue, j'ai dit qu'elle pouvait rester, que cela ne me dérangeait pas. Elle s'est assise recroquevillée au fond. Le photographe n'arrêtait pas de me donner des consignes contradictoires du genre « plie la jambe droite, prends appui sur la gauche, mets une main sur la cuisse, une autre sur les épaules et aie l'air naturel ». À un moment, c'était tellement ridicule que je suis partie dans un fou rire et elle aussi. Le photographe s'est vexé. J'ai tenté de lui expliquer que ses consignes étaient irréalistes, mais cela n'a fait que l'énerver encore plus. Il est devenu franchement désagréable. Ludivine a pris les choses en main et a elle dit un truc du genre « je crois qu'on perd notre temps avec ce con, viens, on se casse ». Le mec était de plus en plus virulent. J'ai cru qu'il allait me taper. Elle s'est interposée, a sorti une bombe lacrymo et lui a demandé de reculer.

Finalement on a réussi à partir sans dommage. Une fois dehors, on n'avait pas envie de se quitter comme ça. On est allées boire un verre ensemble. On a commencé par se rejouer la scène. Puis, de fil en aiguille, on s'est découvertes et on s'est aperçues qu'on avait plein de choses en commun. Je crois qu'on a eu toutes les deux le sentiment d'avoir croisé une sorte de double. On a changé de bar. On a continué à boire et à parler. En fin de soirée, elle était bourrée. Je lui ai commandé un taxi pour rentrer chez elle, mais le chauffeur ne voulait pas la prendre seule. Du coup, je l'ai accompagnée à son appart. Ensuite je l'ai aidée à se coucher. À mon tour, je n'avais plus la force de rentrer chez moi. J'ai dormi sur son canapé. Le lendemain, on était un peu honteuses, mais on était d'accord pour dire que nous avions passé une super soirée. On s'est promis de se revoir. Notre amitié serait notre petit secret. On n'a même pas échangé nos numéros, juste nos adresses Messenger.

Elle interrompit le fil de son récit.

— Excusez-moi, je suis bavarde. Vous devez vous demander pourquoi je vous raconte tout cela.

Clara répliqua :

— Je crois que j'ai ma petite idée. Je vous en prie, continuez. C'est parfait comme cela.

Soulagée, Agathe reprit. Cela lui faisait un bien fou de parler.

— Finalement, on ne s'est pas revues pendant plus de deux mois. On avait chacune nos impératifs : boulot, études, etc. En plus, elle venait de trouver un mec. En revanche, on s'écrivait tous les jours ou presque. Et puis un jour elle m'a écrit qu'il fallait absolument qu'on se voie, que c'était hyper urgent. D'après le ton de ses messages, elle semblait effrayée. Ce soir-là, je devais danser. Je lui ai donné rendez-vous dans un bar en face du *Secret Garden*, l'endroit où je me produis. Elle m'a remerciée de m'être arrangée. Elle s'était calmée. Elle m'a dit qu'elle s'était peut-être fait un film mais que, par précaution, elle voulait me confier un petit sac avec des affaires importantes à garder. Elle partait le surlendemain rejoindre son copain au Népal pour quelques semaines. Elle ne savait pas exactement quand elle rentrerait, mais elle me ferait signe dès son retour.

« On touche au but », pensa Clara.

— Et je parie que lorsque vous avez appris son décès, vous avez regardé ce qu'il y avait dans le sac.

— En fait, pas tout de suite. J'ai d'abord cherché à me persuader que cela n'avait rien à voir, puis le lendemain je me suis dit qu'il fallait que je sache. Je suis allée voir ce qu'il y avait dedans.

Pour la première fois, elle fixa Clara.

— Enroulée dans un sweat-shirt, il y avait une enveloppe. Je l'ai ouverte et j'ai trouvé deux photos noir et blanc mettant en scène ce qui ressemble à une exécution, et une clé USB.

— Vous avez consulté la clé ?

— Non, promis… Les photos m'ont suffi. Je ne sais pas qui est sur ces clichés, mais mon instinct me dit qu'elles ont un lien avec l'assassinat de Ludi. Voilà, vous savez tout. Enfin non… Pour être honnête, pendant quarante-huit heures, je ne savais pas à qui en parler. Je ne voulais pas débarquer dans un commissariat quelconque et déballer cette histoire de photos. Lorsqu'Olivier m'a dit que la flic qui avait découvert Ludi au Népal, enfin vous, serait à l'enterrement, je me suis dit que c'était le moment.

Clara prit la balle au bond.

— Et moi, je crois que c'est le moment que vous me remettiez ces éléments. Où sont-ils ?

— Ils n'ont pas bougé de place depuis que Ludi me les a remis. Vous êtes en voiture ?

— Oui.

— Allons-y. Je vais vous guider jusqu'à eux.

— Laissez-moi juste deux minutes pour saluer une dernière fois la mère de Marie.

— Bonne idée. Je vous accompagne.

Agathe rechaussa ses lunettes de soleil et les deux femmes retrouvèrent la mère de la défunte sur le parvis de l'église. La jeune fille se présenta à la mère comme une collègue de travail et lui exprima toute sa tristesse. Sous le coup de l'émotion, elles tombèrent dans les bras l'une de l'autre. Clara approcha à son tour.

— Je vous remercie de tout mon cœur de ce que vous avez fait pour ma fille, fit la mère. Vous êtes une bonne personne, commandant Boiron, bien meilleure que moi.

Gênée, Clara répondit par un sourire et par une pirouette.

— Mon adjoint est encore meilleur que moi ! C'est lui qui a piloté la manœuvre.

Elle prit congé et entraîna Yannick à part, le temps d'un débrief concis mais précis. Puis elles se mirent en direction de la voiture de Clara. D'ici quelques minutes, le mystère allait enfin se lever.

Chapitre 36

Paris, samedi 9 mai 2015.

Il n'avait pas pensé à l'enterrement de Marie, en voyant sortir Clara toute de noir vêtue. Il s'en était voulu, il perdait en vivacité intellectuelle. Heureusement, cela n'avait pas tiré à conséquence. Pour ne pas se faire repérer, il s'était installé dans un bar-tabac, en amont de l'édifice. Il l'avait vue retourner dans l'église avec une femme. Puis, quelques minutes plus tard, elles étaient parties ensemble. Qui était-elle ? Quel lien avait-elle avec la compagne de Bréal ? Avant de passer à l'action et de commander la double élimination, il avait vérifié, grâce à ses connexions, l'entourage des deux tourtereaux. Il avait même poursuivi la manœuvre après leur disparition et la non-découverte du dossier du journaliste. Et cette silhouette ne lui disait rien. Il se raisonna. Elle devenait sa priorité. Il la suivrait et, tôt au tard, il réussirait à l'identifier.

Clara s'engagea sur le périph. Tant mieux, la filature serait plus aisée, pas de feux rouges et peu de risque d'embouteillage en ce samedi de long week-end. Elles se dirigèrent vers l'ouest ; les sorties se succédaient, porte d'Orléans, de Châtillon, de Versailles, d'Auteuil. Allaient-elles prendre l'autoroute de Normandie pour se rendre chez la mère de Marie ? Non, elles continuèrent jusqu'à la porte Maillot, puis traversèrent jusqu'au boulevard des Ternes et enfin avenue de Wagram. Elles stationnèrent sur une des nombreuses places disponibles. Marko poursuivit sa route un peu plus loin et se gara à son tour. Il vit les deux filles remonter la rue.

La coïncidence était incroyable. Leur destination se situait juste à côté du *Secret Garden*. Quelques secondes plus tard, il comprit que c'était justement le *Secret Garden* qui était leur but. Il était suffisamment proche pour voir que la porte s'était ouverte sans que Clara ne sorte sa carte de police. Visiblement, la personne qui avait ouvert connaissait la fille. Il n'en revenait pas ; cela voulait dire qu'elle travaillait pour lui. Zoé, sa directrice opérationnelle, aurait sûrement pu lui dire qui elle était. Mais rallumer son téléphone portable n'était pas une option envisageable. Non seulement l'appel serait tracé, mais son téléphone serait aussi probablement borné et localisé.

Le *Secret Garden* était le fleuron du petit groupe d'établissements qu'il contrôlait sur Paris au travers d'une kyrielle de sociétés écrans. Seuls ses trois gérants connaissaient l'identité du vrai patron du groupe, et Marko leur avait exposé les risques d'une éventuelle brèche de la clause de confidentialité. Parmi eux, Zoé occupait une place privilégiée car elle contrôlait ses « informatrices ». Marko lui faisait une confiance totale dans la gestion de ces dernières. Lui se contentait d'exploiter les données pour satisfaire ses intérêts.

Quel lien avait cette fille avec Marie et/ou avec la flic ? Pour le savoir, il n'échapperait pas à une confrontation directe, la prudence n'était plus une option. La situation était trop risquée pour rester à couvert.

Il sonna. La porte s'entrouvrit et l'homme voulut lui refuser l'accès. Évidemment, aux yeux des employés, il n'existait pas. Il tenta un coup de bluff.

— Je suis un ami de Zoé. Je dois vérifier un truc. Appelez la et dites lui qu'on a un code rouge.

Il espérait que son adjointe se souviendrait de ce que signifiait ce mot de sécurité qu'il avait mis en place avec le premier cercle, au cas où les choses tournaient mal. L'homme referma la porte puis la rouvrit quelques secondes plus tard et s'effaça devant l'imposante stature du Bosniaque.

— Vous avez besoin de moi ?

— Non, je connais les lieux.

L'homme n'en demandait pas tant. Le visiteur le mettait mal à l'aise.

— Parfait, je retourne aider en cuisine.

Marko laissa l'homme le précéder dans l'escalier. Par acquit de conscience, il vérifia le bureau de Zoé. Celui-ci était bien fermé à clé. Il continua et poussa la porte des vestiaires ; les deux femmes étaient juste derrière. Instinctivement, à sa vue, elles reculèrent d'un pas. Marko remarqua l'enveloppe dans la main de Clara. Puis le regard du Bosniaque croisa celui de la flic. Ce fut elle qui rompit le défi oculaire. Instinctivement Clara comprit.

— Je suppose que vous êtes un ami du rouquin.

— En quelque sorte. Bravo, commandant. Les présentations sont presque complètes. Il ne manque plus que mademoiselle.

La jeune femme répondit sur un ton de défiance.

— Agathe !

— Enchanté, une amie de Marie, je présume. Comme nous sommes entre nous, je pense que vous pouvez retirer vos lunettes de soleil.

Agathe s'exécuta et fixa l'homme. Marko eut un déclic. Il reconnut une des informatrices de Zoé. Il ne l'avait vue qu'en vidéo, mais à présent qu'il voyait ses yeux, il n'avait plus aucun doute. Il garda cette information pour lui. Autant conserver des cartes dans son jeu. Il allait peut-être siffler la fin de la partie et régler le cas des deux filles de manière définitive, mais il n'était pas encore certain de ce choix.

— Bien, puis-je vous demander une dernière faveur ? J'aimerais que vous me donniez l'enveloppe que vous avez dans la main, commandant.

À force de fréquenter du beau monde, Marko avait policé son langage. Et il prenait beaucoup de plaisir au contraste entre la forme et le fond, à savoir la peur qu'il continuait à inspirer sur la quasi-totalité des personnes.

— J'ai bien peur qu'il faille être plus persuasif, cher ami, rétorqua Clara sur le même mode.

Elle ne savait pas pourquoi elle avait répondu comme cela. La situation n'était pas optimale. Elle n'avait pas d'arme. L'homme en avait sûrement une et, dans le cas contraire, c'était une armoire à glace. Pourquoi son instinct l'avait-il guidée dans ce sens ? Peut-être pour attirer toute l'attention de l'homme. Comme elle s'y attendait, il sortit un pistolet, un Sig.

— Donnez-moi l'enveloppe, s'il vous plaît.

— J'apprécie votre politesse, couplée au fait que vous êtes armé. Cela donne un certain poids à vos arguments. En revanche, tirer sur un commandant de police en plein jour, et à visage découvert, n'est pas un gage d'avenir ensoleillé.

— J'apprécie votre foi en la justice et en vos collègues, mais je crois que vous les surestimez. Vous êtes la première et j'espère la dernière à me poser autant de souci. Maintenant, pour la dernière fois, je vous demande de me passer cette enveloppe.

Il pointa son arme en direction de Clara. Son face-à-face avec la flic lui avait fait oublier la présence de la danseuse. Avec le recul, Clara comprit que c'est à cette situation qu'elle avait voulu arriver, même si elle n'avait pas prévu ce qui allait se passer dans la poignée de secondes qui suivit. Agathe bondit littéralement sur le bras tendu et sembla planter quelque chose dans le membre. L'homme hurla. Clara se lança à son tour dans la bataille. Elle assena un coup de tête sur le nez de leur assaillant qui, cette fois sous le coup de la douleur, lâcha son arme et tomba en arrière. Le choc ne fut pas sans conséquence pour Clara qui fut, elle aussi, sonnée. L'homme se redressa, envoya son poing dans le visage de la flic. Elle eut l'impression de prendre un 38-tonnes dans la figure et tomba au sol, K-O. Il ramassa l'enveloppe tombée à terre et se retourna pour régler son compte à la jeune fille. Celle-ci était assise à même le sol, tenant fermement son arme des deux mains.

— N'approchez pas ou je tire.

Il fallait en finir avec ces connes. Il était sur le point de retirer le cran de sûreté au moment où il avait lâché son arme. La danseuse ne savait sûrement pas se servir d'un pistolet. Il avança de deux pas vers Agathe. La rage l'emportait largement sur la peur. Son bras le lança. La garce lui avait planté un petit couteau suisse dans le bras. Il serra les dents et reprit sa marche en avant. Elle lui répéta son avertissement. Il l'ignora. Et une énorme douleur lui frappa le haut de la cuisse, suivie d'une plus grande encore dans le genou. Il tomba sur le côté, non loin de la fille, qui se dégagea et l'évita. Il essaya de la saisir de son bras valide, mais elle eut le temps de se relever. Elle cria :

— Mains sur la tête ou t'en prends une troisième, salopard !

Vaincu, Marko s'exécuta. Sans le quitter des yeux, Agathe se rapprocha de Clara. Elle saisit un vase sur le plan de maquillage, vira les fleurs et jeta l'eau sur le visage de la flic. Celle-ci rouvrit les yeux. Elle vit le sourire d'Agathe, se redressa et découvrit l'homme, la jambe salement amochée et les mains sur la tête.

— Vous ne voulez pas faire flic plutôt qu'archi ? Vous allez me raconter ce qui s'est passé, mais d'abord on va appeler la cavalerie.

Les flics du quartier furent sur place en l'espace de quelques minutes. Par précaution, ils menottèrent l'homme qui n'avait pas prononcé un mot. Clara en profita pour le fouiller. Il avait ses papiers sur lui, il s'appelait Viktor Markovic… Quelle idiote ! Lorsqu'elle avait lancé des recherches, elle n'avait pas pensé que Marko pouvait être un diminutif de nom de famille, et l'avait bêtement orthographié avec un « c ». Nairet lui avait pourtant parlé du Bosniaque. Elle récupéra également l'enveloppe. Celle-ci était pleine de sang et trouée à sa base.

Clara eut un mauvais pressentiment. Elle plongea sa main à l'intérieur. Elle sentit des bouts de plastique épars. Ses craintes étaient justifiées. La balle, avant de traverser la cuisse de Markovic, avait pulvérisé la clé USB de Bréal. En revanche, à part un peu de sang, les photos étaient intactes. Sa tête tourna. Elle s'assit sur le sol face au Bosniaque.

L'ambulance arriva à son tour, suivie, dans la foulée, de Yannick. L'équipe médicale prit en charge le blessé grave. Un des membres lui fixa une perfusion, puis précautionneusement Marko fut installé sur un brancard. L'urgentiste ordonna l'évacuation. Ichane l'interpella :

— Vous l'emmenez où ?

— À Bichat, dans le 18e.

Ichane analysa la situation. Pour l'instant, il ne pouvait plus intervenir. Il n'avait même pas eu le temps de prendre les empreintes du suspect.

— Cet homme doit rester sous surveillance policière.

— Pas de souci, mais qu'ils ne viennent pas gêner notre travail. Chacun son job, compris ?

— Clair.

Ichane s'adressa à deux membres de la patrouille.

— Vous prenez en charge le suspect jusqu'à de nouvelles instructions. Ça signifie que vous le suivez partout où c'est possible dans son parcours médical, et quand vous ne pouvez pas entrer, vous restez en faction devant la porte, compris ?

Les deux hommes acquiescèrent en même temps. Le médecin marqua également son approbation d'un signe de tête. Il se rapprocha de Clara.

— Êtes-vous blessée, mademoiselle ?

— Non, je n'ai rien.

— Laissez-moi vous dire que vous êtes bien pâle, et vous avez un énorme hématome sur le front. Il vaudrait mieux passer une IRM pour vérifier que tout cela n'est que superficiel. Nous n'avons plus de place dans l'ambulance, mais je peux vous proposer d'en appeler une autre.

— Non, c'est bon, je vous dis. Pas besoin d'une ambulance.

Yannick intervint :

— Le toubib a raison. Je t'emmène.

— Ça me paraît une sage décision. Je vais prévenir mes collègues pour que vous soyez prise en charge en priorité, répliqua l'urgentiste.

— OK, parfait, répondit Ichane avant de se tourner vers Agathe. Mes collègues vont vous accompagner à nos bureaux pour recueillir votre témoignage. On s'y retrouve tout à l'heure.

— Y a intérêt, renchérit Clara. On ne va pas laisser partir comme cela la femme qui m'a sauvé la vie.

Agathe sourit.

— Je vous attends. Je crois que vous me devez la fin de l'histoire.

Chapitre 37

Paris, samedi 9 mai 2015.

Clara se sentait beaucoup mieux. Elle s'adressa à son adjoint.

— Je t'assure, j'ai rien, on perd notre temps.

Yannick la regarda, l'air blasé.

— Ils terminent avec le patient en cours. Tu passes dans cinq minutes. Et après, il y en a pour un quart d'heure. Au moins, on sera sûr que t'as rien de grave. C'est incroyable d'être aussi peu patiente. Sois rassurée, tu ne perds rien, Marko est dans le coaltar. J'ai eu les collègues, il descend au bloc. Le toubib leur a dit qu'entre l'opération et la phase de réveil, on ne pourrait pas l'interroger avant le début de soirée au mieux, voire demain matin.

— Je sais, mais on pourrait au moins creuser son dossier et chercher les connexions entre Marko et notre ami du listing.

— Calme-toi. Blachère est dessus. Chaque chose en son temps. Pour l'instant, on s'occupe de toi.

Une blouse blanche apparut.

— Madame Boiron, veuillez me suivre, s'il vous plaît.

La femme la fit entrer dans une cabine et lui intima l'ordre de se mettre en sous-vêtements et de retirer tous ses bijoux, montre et éventuels piercings.

Clara s'exécuta, puis patienta quelques secondes. Une deuxième porte s'ouvrit. La blouse blanche l'allongea dans un long cylindre en métal. Elle lui fournit deux petits bouchons d'oreilles.

— Ça va faire du bruit pendant un quart d'heure. Restez tranquille, fermez les yeux et ne bougez pas.

Clara eut l'impression de coucher avec un marteau-piqueur. Elle essaya tant bien que mal de faire abstraction du bruit. Elle finit par y réussir et fut presque surprise lorsque la blouse blanche lui annonça que c'était terminé et qu'elle pouvait se rhabiller. Dix minutes plus tard, une autre blouse blanche qui se présenta comme docteur lui annonça qu'elle n'avait aucune lésion. Elle retrouva Ichane.

— J'ai rien.

— Au moins, on est fixés. Je viens d'avoir du nouveau. Marko est au bloc.

Clara comprit le message. Ils n'avaient plus de raison de rester sur place. Ils quittèrent l'hôpital pour rejoindre la brigade.

Ayant retrouvé tous ses esprits et son énergie, elle se rua hors de la voiture dès qu'ils furent arrivés. Elle avait hâte de voir les résultats des recherches de Blachère. Elle montra sa carte au planton et avala l'escalier qui menait à l'étage des bureaux de son groupe. Yannick lui courait derrière. Il ne se souvenait pas avoir vu sa boss dans un tel état de précipitation, voire d'excitation. Elle pénétra dans leur *open space*. Agathe était de dos, face à Blachère. À sa vue, Antoine, le membre du groupe avec lequel les relations étaient le moins fluides, se leva, un sourire aux lèvres.

— Commandant, heureux de te revoir. Échapper deux fois à la mort en trois jours, tu devrais jouer au loto. Trêve de plaisanterie, je sais que parfois cela n'a pas toujours été simple entre nous mais, putain, je suis content que tu sois là. Je te tire mon chapeau pour avoir neutralisé deux tueurs en trois jours.

Clara tendit la main à Blachère qui la prit. Il en profita pour attirer sa patronne contre lui et lui donna une franche accolade. Légèrement gênée, Clara se dégagea tout en remerciant le doyen de son équipe.

— Merci, Antoine. Vous en êtes où ?

— On vient de finir.

— Je peux lire ?

La question était de pure forme. Clara parcourut la déposition d'Agathe et n'apprit rien qu'elle ne sache déjà. Elle rendit le doc à Antoine.

— T'as eu le temps de creuser du côté de Markovic ?

— Oui, rien sur le TAJ. En revanche, on peut saluer un petit miracle en ce samedi 9 mai : j'ai réussi à avoir une copie de son dossier à la DGEF[1]. Le mec est bien d'origine bosniaque. Il est arrivé en France en 1995 à la fin de la guerre. Son entrée dans le pays a été accélérée par la recommandation du capitaine Morizet, qui commandait une compagnie de Casques bleus en Bosnie pendant la guerre en Yougoslavie. Tiens, t'as tout là.

— Merci.

Quelque peu déçue par les réponses de Blachère, elle prit le document et s'assit négligemment sur le bureau. Elle s'adressa à Agathe.

---

1. Direction générale des étrangers en France.

— Je lis ça. Je rédige vite fait un rapport et je vous invite à dîner pour vous remercier, ça vous va ?

Avant qu'Agathe esquisse une réponse, elle reprit :

— À moins que vous ayez quelque chose d'autre de prévu ?

La jeune femme sourit.

— Initialement, je devais danser ce soir, mais je pense que c'est compromis.

— Je vous le confirme. Nos équipes techniques sont encore sur place pour des analyses. L'établissement ne rouvrira ses portes que demain.

— Donc, je n'ai pas d'excuse pour refuser votre invitation.

Clara réalisa qu'elle avait oublié son équipe ; elle leur proposa de se joindre à elles, mais les deux hommes déclinèrent.

— Comme vous voulez.

S'adressant à Agathe :

— J'ai besoin d'une heure, voire un peu plus. Vous m'attendez ici ou vous voulez qu'on se retrouve quelque part ?

— Si cela ne vous dérange pas, je reste ici. Je vais mater un film sur mon tél.

Clara se plongea dans le dossier du Bosniaque, né Viktor Markovic en 1971, à Sarajevo. Il était étudiant en économie au moment du déclenchement du conflit. Un relevé de notes de l'université de Sarajevo confirmait l'information.

Ensuite, il y avait une note écrite par un agent de la DGEF qui précisait que la plupart des éléments mentionnés étaient corroborés par les déclarations du capitaine Morizet et de ses hommes. Ce mémo était donc une synthèse des dires de Markovic et des témoignages des ex-Casques bleus.

Lors du siège de la capitale bosniaque, il avait rejoint l'armée de la République de Bosnie-Herzégovine. Au bout de trois mois, il devint sergent et réussit à quitter la ville assiégée pour rejoindre une autre zone majeure du conflit, Srebrenica. Fin 1994, alors qu'il tentait d'exfiltrer hors de la zone de combat, avec huit hommes à lui, dont un des bras droits de Naser Oric, le chef de la résistance bosniaque, il tomba sur une patrouille de quatre Casques bleus pris à partie par une horde de Serbes hostiles. Alors que les militaires français encerclés avaient baissé leurs armes et étaient tenus en joue par les Serbes, il décida d'intervenir malgré le risque de se faire repérer. Avec ses hommes, ils supprimèrent la dizaine de Serbes sans dommage, ni pour les Français, ni pour ses troupes.

Avec l'aide des Français, ils réussirent à rejoindre les lignes arrière et le camp des Casques bleus, où son commando et lui furent consignés six mois. Pendant cette longue période d'inactivité, il rendit de menus services de logistique au détachement français, ainsi qu'à celui des Anglais situé à proximité.

Après le massacre final de Srebrenica et le fiasco des troupes de l'ONU, les Casques bleus le laissèrent repartir combattre auprès des siens. À la fin de la guerre, il recontacta le capitaine Morizet afin d'obtenir son appui pour entrer en France.

Clara referma le dossier. Avec un tel parcours, Viktor Markovic avait obtenu sa carte de séjour sans encombre. Elle se retint de demander à Blachère s'il n'avait pas remarqué un truc qui méritait une attention particulière. À quoi bon ? Il lui avait déniché ce dossier en un temps record, un week-end de pont. Elle préféra être purement factuelle.

— On va gagner du temps : lundi, tu me retrouves le capitaine Morizet et tu lui demandes quelle était l'unité anglaise à proximité. Je te parie dix ans de paye que c'était celle de Rishi. Allez, les gars, vous pouvez lever le camp. On se voit lundi. Je m'occupe de Marko demain, s'il est en état.

Clara se mit à la rédaction de son rapport. Il y avait un côté surréaliste à la scène : elle était en train de taper sur son ordi dans un bureau quasi désert pendant que la jeune fille qui lui avait sauvé la vie quelques heures plus tôt était vautrée sur une chaise, écouteurs sur les oreilles, yeux rivés sur son écran. Elle rédigea son rapport plus rapidement qu'escompté. Elle se leva et tapa sur l'épaule d'Agathe.

— On y va. J'ai deux questions assez simples pour vous.

— Allez-y !

— La première, ça vous ennuie si on se tutoie ?

— Carrément pas, je n'osais pas te le demander.

— Parfait, la deuxième, je demande à mon homme de nous rejoindre ou tu préfères qu'on reste entre héroïnes ?

— Si ton mec est comme toi, pas de souci.

— Tu ne crois pas si bien dire, c'est mon double au masculin. Dernière interrogation, j'hésite entre un petit resto italien qui vient d'ouvrir, sur lequel j'ai lu une super critique dans l'avion, et un autre tout aussi petit mais plus underground près du canal Saint-Martin où la patronne a l'air sympa.

— Je ne sais pas. Ça m'est égal.

— Alors on va tenter le resto du canal.

Elle se mit à fouiller sur le bureau d'Ichane, ouvrit un dossier.

— Tu cherches quoi ? lui demanda Agathe.

— Le numéro du resto.

— *A priori*, ça ira plus vite par Google que par tes dossiers.

— Non, je l'ai ! s'écria Clara.

Elle composa le numéro.

— Bonjour, Victoria Touati ?

— Oui, qui est à l'appareil ?

— Clara Boiron, je suis venue perquisitionner la semaine dernière, vous vous souvenez ? Je vous avais dit que je reviendrais. Vous avez de la place pour trois, ce soir ?

— Vous êtes marrante, vous, à m'appeler sur mon portable. Vous ne pouviez pas appeler sur le fixe comme tout le monde ?

— Désolée, mais je ne me souvenais plus du nom de votre resto. Alors, vous avez de la place ? On devrait être trois.

— Oui, je vais vous trouver ça. Vous pouvez être là à quelle heure ?

— Vers 20 heures.

— Parfait.

Elle se retourna vers Agathe.

— Tu vas voir, la patronne est assez originale. Elle doit avoir entre vingt-cinq et trente ans max. J'envoie un message à mon mec et on file.

Clara prit son rapport, le glissa dans une chemise.

— Viens avec moi, je vais juste le poser chez mon patron.

Les deux femmes empruntèrent le couloir puis tournèrent à gauche. Clara poussa la porte et entra.

— Vous ne fermez pas vos bureaux ? demanda Agathe.

— On est au cœur de la maison des flics. Personne à part nous ne peut entrer librement.

Clara posa le dossier sur le bureau et s'apprêtait à faire demi-tour lorsqu'elle vit qu'Agathe s'était figée, le regard fixé sur un portrait de Deschamps en tenue d'apparat.

— C'est lui, ton boss ?

L'instinct de Clara lui indiqua qu'Agathe le connaissait. Restait à trouver comment. Agathe devança ses interrogations.

— Y a un truc que je t'ai pas dit.

— Oui, j'avais compris. Tu vas me raconter dans la voiture.

Chapitre 38

Paris, samedi 9 mai 2015.

Agathe venait de dévoiler à Clara le dernier pan de son CV et ses qualités de vidéaste amateur. Clara ne broncha pas. Elle gardait les yeux rivés sur la route. Agathe perçut ce début de tension et se justifia :

— Je ne te l'ai pas dit avant, parce qu'à mon sens cela n'avait aucun lien avec l'enquête.

— C'est à moi de juger ce qui est bon pour l'enquête ou pas, répliqua Clara.

— Ça fait plus d'un an que je compartimente à fond ma vie. Je suis sortie à découvert pour Marie. Je pressentais que cela pouvait être dangereux. Et cela l'a été. Je te rappelle qu'il y a quelques heures, on avait un flingue braqué sur nous et que ce jour aurait pu être notre dernier à toutes les deux, si je n'avais pas neutralisé Marko. Putain, je pensais juste que je pouvais garder pour moi un petit bout de ma vie privée. Et le pire, c'est que je ne l'ai pas fait. Inverse les rôles et dis-moi que dans le même type de situation t'en aurais pas gardé sous le pied.

Clara avait son petit orgueil, mais elle savait reconnaître ses torts. Du moins, c'est ce qu'elle pensait. Les explications de la môme se tenaient.

— Désolée. En fait je crois que j'ai été vexée que tu ne m'accordes pas toute ta confiance, mais je comprends. Tu me racontes la suite ?

— En tout, j'ai dû filmer une dizaine de personnes différentes. Honnêtement, je ne connais pas leur identité pour la plupart. Je les voyais le plus souvent à l'hôtel, quelquefois chez eux, mais chez ce type de personnes, y a rarement le nom sur l'interphone.

— Et Deschamps ?

— Chez lui. La dernière fois, c'était dimanche, il y a deux semaines.

Clara se remémora la silhouette sexy croisée furtivement dans la nuit en sortant de chez son boss. Cela expliqua le sentiment de « déjà-vu » exprimé par la jeune fille le matin à l'église.

— Tu savais qu'il était flic ?

— Oui, mais pas du tout dans quel domaine. Il m'a toujours parlé de son job autrement qu'en termes évasifs, en employant des formules fourre-tout comme « enquête à régler, grosse affaire »... En revanche, un soir où il avait laissé traîner son flingue, j'ai demandé si je pouvais le prendre. J'étais curieuse de voir ce que ça faisait d'avoir une arme dans la main. Il m'a montré comment virer le chargeur, vérifier s'il y avait une balle déjà engagée et manipuler le mécanisme du cran de sûreté. Indirectement, tu lui dois aussi la vie.

Clara réalisa que ni Yannick lors de la déposition, ni elle n'avaient pensé à poser la question sur sa capacité à manier l'arme de Marko. Maintenant, elle avait la réponse.

— À ton avis, Zoé faisait quoi des vidéos ?

— Rien de très méchant, je pense. En tout cas pour le moment.

— Qu'est-ce qui te fait dire ça ?

— Bah, la plupart des clients, je les ai vus plusieurs fois. Si elle avait été agressive, les mecs m'auraient juste fait la peau en me revoyant. Je pense qu'elle les gardait au chaud au cas où.

Clara admit qu'Agathe avait probablement raison. Zoé gardait ses cartes en main, mais dans quel but ? Elle creuserait ce point plus tard. Pour l'instant, il fallait se garer. Elle tourna deux fois avant de trouver une place dans la rue adjacente.

Elles retrouvèrent le Che devant le restaurant. Clara l'avait tenu informé de façon minimaliste des événements de la journée : enterrement, rencontre d'un témoin important, arrestation mouvementée d'un suspect et visite de pur contrôle à l'hôpital. Le Che ne s'était pas inquiété plus que cela. Lui aussi était flic et la violence faisait partie de son quotidien. Néanmoins, il accueillit Clara avec un grand sourire. Il avait été étonné de cette proposition de dîner à trois, mais après tout, pourquoi pas ? Clara fit les présentations. Le Che hésita sur la manière de saluer Agathe, lui serrer la main, lui faire la bise. En fait, elle choisit pour lui et lui tendit la joue. Clara les précéda dans le restaurant. Victoria vint à sa rencontre.

— Comment va notre jolie flic ?

Elle ne lui laissa pas le temps de répondre.

— Mais vous êtes bien accompagnée, dites-moi !

Clara sourit et répondit de manière neutre :

— Mon compagnon, Thierry, et une amie, Agathe.

— Parfait, enchantée. Suivez-moi, la belle équipe, je vous ai mis à la table du fond.

Ils s'installèrent. Clara prit place à côté d'Agathe, dos au mur. Elle prit le temps de contempler le décor, moderne et légèrement déstructuré, mais à l'atmosphère chaleureuse. Il y avait une dizaine de tables, occupées quasi exclusivement par de jeunes trentenaires en couple ou entre amis. Le Che et elle étaient sans conteste les plus âgés de l'assistance. En préambule, Clara commanda du champagne. On ne trompe pas deux fois la mort en trois jours sans fêter cela. Elle commença à narrer au Che les événements de la journée. Elle en était à l'irruption de Marko au *Secret Garden* lorsque Victoria apporta le champagne.

— Alors, la belle équipe, on fête quoi aujourd'hui ?

Ce fut Agathe qui répondit :

— Notre retour d'entre les morts. Vous trinquez avec nous ?

Ne sachant sur quel pied danser, la jeune restauratrice regarda Clara.

— Elle est sérieuse, la petite ?

— Tout à fait. Aujourd'hui aurait été notre dernier jour si Agathe n'avait pas planté un couteau dans l'avant-bras d'un tueur, avant de lui loger deux balles dans la jambe.

Victoria se lança dans son numéro habituel.

— Waouh, non seulement t'es belle comme un cœur, mais en plus t'as un cran de ouf ! Vous deux, vous êtes mes flics préférées.

— Je ne suis pas flic, rétorqua Agathe.

— Ah ! mais c'est encore mieux. Tu fais quoi ?

— Plein de choses, mais principalement des études d'archi.

Victoria fut rappelée à sa réalité par un des clients de la table de l'entrée, qui montrait des signes d'agacement.

— OK, tu me raconteras plus tard, il faut que je m'occupe du service.

Clara attendit que la jeune restauratrice s'éloigne avant de déclarer :

— On dirait que t'as grave la cote !

Agathe sourit. Clara sentit que la jeune fille n'avait pas été insensible aux charmes de Victoria… Elle reprit le cours de son histoire pour le Che. Elle termina sur la visite d'Agathe chez Deschamps.

Il en fallait beaucoup pour impressionner le Che. Il avait vu des mômes de douze ans en train de dealer de la came et beaucoup d'autres choses que le commun des mortels n'avait pas envie de connaître, mais il était tout de même bluffé par le parcours d'Agathe. Clara avait raison. Elle ferait un très bon flic, voire une très bonne espionne. En attendant, il analysa la situation.

— On ne sait pas qui tire les ficelles, et celui ou celle qui les tire ne sait pas que nous savons. Donc, pour l'instant, je te conseille d'y aller mollo.

— Ça veut dire quoi, pour toi ? interrogea Clara.

— Lundi, tu vas voir cette Zoé pour recueillir son témoignage. Rien de plus normal, son établissement a failli être la scène d'un meurtre. Et pour Deschamps, tu continues à ne rien trahir de tes soupçons sur le commanditaire. Tu charges uniquement Marko, sauf si celui-ci te balance son patron, mais j'en doute fort. Et tu cherches en sous-marin des éléments qui peuvent relier les deux.

Clara regarda son homme avec un mélange de reconnaissance et d'amusement. Le bougre avait raison. À présent qu'ils avaient éclusé leur journée de travail, ils pouvaient profiter du dîner, ce qu'ils firent. Les deux filles burent plus que de raison. Victoria revint en fin de service et finit par arracher à Agathe son numéro.

Par prudence, Clara décida de laisser sa voiture. Elle reviendrait la chercher plus tard, peut-être en allant à l'hôpital si elle était autorisée à voir Marko, ou sinon elle ferait un aller-retour avec le Che. Elle commanda un Uber pour sa sauveuse. Les deux femmes se firent une longue accolade sur le trottoir, sous les yeux amusés et attendris du Che. Clara prit place sur le scooter de son homme. Elle laissa son casque ouvert. Elle avait besoin de se dégriser un minimum pour profiter pleinement de la nuit. Demain matin, elle ferait une grasse matinée, un break pour réfléchir à la suite.

Chapitre 39

Dimanche 10 mai 2015.

Clara consulta l'heure sur son portable : 10 h 22. À peine rentrée, elle s'était couchée. Elle avait définitivement trop bu. Elle se retourna et constata que le Che était déjà levé. Elle partit à sa rencontre. Elle jeta un coup d'œil dans la cuisine, puis dans le salon. Pas de Che. À la place, elle trouva un petit mot sur la table : *Réveillé depuis 8 h 30, je pars courir. De retour vers 10 h 30.* Elle aurait bien aimé courir aussi, mais bon, elle ne pouvait pas enfermer son mec. Elle se fit un café et s'écroula dans le canapé. Son regard s'arrêta sur l'enveloppe maculée de sang. Elle prit les deux photos à l'intérieur. Difficile comme cela de prouver que c'était bien l'homme qu'elle soupçonnait qui apparaissait sur les clichés. Peut-être en travaillant sur un logiciel de vieillissement, même si la plupart des résultats étaient très décevants. Non, le mieux serait de les agrandir et trouver un détail significatif, invisible au premier regard. Elle les reposa, elle verrait ça le lendemain avec un technicien.

Le Che fit son apparition, dégoulinant de sueur. Ils s'embrassèrent du bout des lèvres. Entre odeur de transpiration et relents d'alcool, ils sentaient mutuellement qu'ils n'étaient pas au top de leur pouvoir de séduction.

— Je vais prendre ma douche, annonça le Che.

Clara opina. Elle avait un peu de temps pour appeler l'hôpital. Elle fut baladée entre plusieurs interlocuteurs et finit par tomber sur l'interne en charge de Marko. Celui-ci déclara que le blessé avait besoin de repos et qu'il s'opposait à sa visite. Elle ne fut ni étonnée ni déçue de sa réponse. On était dimanche, la chaîne de responsabilités et de décisions était en sommeil. Inutile de s'énerver. Elle irait le lendemain. Marko ne perdait rien pour attendre. En attendant, elle allait profiter de son jour de repos.

Elle alla remplacer son homme sous la douche. Elle resta un long moment sous le jet, comme si cela suffisait à éliminer les excès de la veille. Elle avait envie de se détendre et, pourquoi pas, de passer un bon moment avec le Che maintenant qu'ils étaient propres tous les deux. Elle sortit, s'enroula dans une serviette et se regarda dans la glace. En quelques secondes ses bonnes résolutions avaient fondu. Elle ne pouvait s'empêcher de penser à son enquête. Elle se dirigea vers le salon. Le Che était en jean et T-shirt noir, en train de boire un café. À la vue de Clara à demi nue, il eut un petit sourire qui disparut vite lorsqu'il la vit saisir son téléphone et passer un appel. Elle sortit de son champ d'audition pendant deux minutes puis revint sans la serviette, sourire aux lèvres. Elle s'assit à califourchon sur lui et lui murmura dans l'oreille :

— J'ai deux nouvelles pour toi, une bonne et une moins bonne. Je commence par laquelle ?

— La bonne !

— J'ai envie de toi.

— Intéressant, et la moins bonne ?

— J'ai rendez-vous en début d'après-midi chez un photographe, j'aimerais bien que tu m'accompagnes en scooter, et après, au retour, on irait récupérer ma voiture. De toute façon, on n'avait rien de prévu, si ?

— Chez un photographe, pour faire des photos ?

— Pourquoi pas ? Et aussi des agrandissements...

Le Che n'eut pas besoin d'explications supplémentaires. Il avait compris.

— T'es pire que moi. Ça fait deux semaines que tu bosses non-stop sur cette affaire. Ça ne pouvait pas attendre demain ? T'aurais fait cela avec les gars du labo. Tu ne lâches rien.

— T'es pareil que moi. Quand t'es sur un gros truc, t'es capable de passer des jours et des nuits à pister tes dealers. Je me souviens que tu jouais le clochard en plein mois de décembre, enroulé dans un carton.

— OK, OK, je viens avec toi. Mais d'abord, on s'occupe de la bonne nouvelle.

Le Che se gara juste au pied de l'immeuble d'Olivier Paire. Lorsqu'il ouvrit la porte, le photographe avait remplacé le fusil par une bouteille de champagne. Il devança la question de Clara.

— J'ai eu Agathe au tél, il y a dix minutes. Elle m'a raconté votre agression. Une deuxième vie, ça vaut bien une petite coupe ! Et j'ai bien senti l'autre jour que vous n'appréciez que modérément mon whisky.

Après sa cuite de la veille, Clara avait plus envie d'un café que d'un verre d'alcool, quel qu'il soit ; néanmoins, elle mentit.

— Avec plaisir. Au fait, je vous présente mon compagnon, Thierry, que tout le monde appelle le Che.

— Ah, c'est original. Vous m'expliquerez pourquoi plus tard, mais je peux vous dire que même si vous ne lui ressemblez pas du tout, vous avez, comme on dit, une gueule, et j'aurai plaisir à vous shooter.

Le Che était à la fois ravi et embarrassé du compliment ; il utilisa l'ironie pour masquer son relatif malaise.

— Voyez avec mon agent.

Clara rétorqua :

— Évidemment que tu vas poser ! Je n'ai pas de belles photos de toi et on va même poser tous les deux.

Et elle ajouta à l'intention de Paire :

— Mais d'abord, on va, comme convenu, vous faire travailler.

Elle prit l'enveloppe coincée dans son blouson, en sortit les deux photos et les tendit à Paire.

Celui-ci la fixa comme s'il avait vu le diable. Elle avait remarqué le même genre d'expression sur le visage d'Agathe, la veille. Une fraction de seconde, elle crut même à une blague.

— Ce sont après ces photos que votre tueur en avait ?

— Très clairement !

— Oh ! Putain, merde ! Excusez-moi, je vais m'asseoir.

Le Che et Clara échangèrent un regard plein de surprise. Ils laissèrent quelques secondes au photographe pour reprendre ses esprits, puis Clara s'agenouilla à la hauteur de Paire.

— Vous pouvez nous expliquer ce qui se passe ?

— Il se passe qu'ils sont morts à cause de moi, répondit-il la voix brisée.

Le Che et Clara se regardèrent. De nouveau, l'incompréhension était à son comble.

— Vous pouvez être plus clair ?

— C'est moi qui ai donné ces photos à Thomas lorsqu'il m'a appris qu'il était journaliste. Je lui ai juste dit qu'il y avait peut-être un truc à creuser sur les clichés.

Clara n'en croyait pas ses oreilles.

— Mais pourquoi vous ne l'avez pas mentionné lorsque je suis venue vous voir ?

— J'ai complètement oublié. C'était deux minutes au cours d'une conversation, il y a cinq mois, comment aurais-je pu penser une seconde que ce détail avait de l'importance ?

— Et ces photos, vous les teniez d'où et depuis quand ?

— Si je me souviens bien, je vous ai raconté, lors de notre première entrevue, que j'ai commencé en agence de presse avant de bifurquer dans la publicité. Durant cette période, un des plus anciens photographes de l'agence, Édouard Magne, m'avait pris sous son aile. J'ai jamais su exactement pourquoi. Chaque fois que je lui ai posé la question, il m'a répondu qu'il avait eu de bonnes vibrations avec moi. Après mon changement de carrière, nous sommes restés en contact. Même si nous n'étions pas sur le même créneau, on se donnait des conseils respectifs. Après son départ à la retraite, bizarrement, on s'est moins parlé. Je n'ai pas su qu'il était malade. Son fils m'a prévenu qu'il nous avait quittés en septembre dernier. Après les funérailles, il m'a remis une enveloppe de la part de son père. À l'intérieur, il y avait un petit mot qui m'expliquait qu'il n'avait jamais exploité ces deux photos, prises au Cameroun dans les années soixante et que si j'en avais la force, il fallait que je creuse. Voilà, je suis rentré chez moi et je les ai mises de côté. Je vous l'ai dit, je suis passé à autre chose. Et puis Bréal est arrivé. Un mec sympa et journaliste de surcroît. Je me suis dit qu'il en ferait peut-être un meilleur usage que moi. Je viens de comprendre que j'avais raison.

Le dépit l'emporta sur la stupéfaction. Un instant, Clara avait cru que Paire allait lui fournir sur un plateau le dernier élément de l'affaire. Mais il n'avait fait qu'ouvrir une porte pour la refermer. Elle était abattue. Le Che prit le relais.

— Vous avez encore le mot ?

— Non, je lui avais remis avec les photos, mais je suis certain de sa teneur. Il n'y avait pas d'autres explications.

L'intervention du Che reboosta Clara.

— OK, ça ne change rien, finalement. Agrandissons ces photos et trouvons un truc. Bréal a bien remonté la piste, non ?

Paire la regarda comme s'il venait de se faire piquer par un insecte. Il resta cependant assis.

Clara décida de le secouer.

— Ce n'est pas vous qui les avez tués. Celui qui a fait cela est mort. Le commanditaire direct est sous surveillance policière et celui qui tire les ficelles sera bientôt arrêté sauf si vous restez assis. Le temps presse. Agrandissez-moi ces putains de photos !

Paire acquiesça.

— OK, donnez-moi un peu de temps. Je vais m'en occuper. Je vous appelle dès que j'ai fini.

Il se leva et se dirigea vers la pièce attenante. Le Che regarda Clara, amusé.

— T'y es pas allée de main morte. Je te rappelle que ce n'est pas un suspect, au mieux un témoin.

— Ah, j'avais oublié qu'aux stups, vous aviez la réputation d'être une école de bonnes manières.

Le Che se contenta de sourire.

— Finalement, je vais me servir une coupe. T'en veux une ?

— J'étais partie pour ne pas en boire, mais allez, ça va me détendre.

Ils trinquèrent. C'était l'histoire de leur vie, un chaud-froid permanent. Paire les appela.

— Venez voir.

Ils se retrouvèrent devant deux écrans. Paire prit la parole.

— Comme vous pouvez le voir, j'aime travailler sur des écrans larges. Cela me permet d'avoir une bonne vision du produit fini pour mes expos. J'ai passé les photos sur un scan HD et j'ai ensuite procédé par zooms successifs. Voilà ce que ça donne.

Il cliqua sur un dossier et fit défiler les extractions, tout d'abord les mains, puis le visage, puis des plans par zone.

Clara ne voyait rien de probant. Elle jeta un œil sur le Che. Il avait l'air aussi perdu qu'elle. Comment identifier quelqu'un de profil, uniquement avec un zoom sur son nez ? Paire avait gardé le meilleur pour la fin.

— Regardez celle-là. Vous voyez quelque chose ?

— Une oreille ?

— Mieux que cela. Vous ne voyez rien d'autre qu'une oreille ? Et vous ? demanda-t-il en s'adressant au Che.

— Non, pareil, une oreille.

— Ah, tout le monde n'a pas l'œil du photographe, fit Paire, manifestement content de lui. Allez, je vous aide. J'ai la même agrandie encore de dix pour cent. Après, on perd trop en résolution.

Clara et le Che restèrent silencieux.

— Vous voyez, là, derrière l'oreille, il manque une partie du cuir chevelu et le grain de peau est plus clair sur toute cette zone qui, selon mes calculs, doit faire cinq centimètres en taille réelle. C'est une cicatrice due probablement à une blessure, peut-être un coup de matraque ou un coup de couteau, un éclat de balle, je n'en sais rien… Deux solutions à mon sens, si l'homme est chauve depuis longtemps, il y a de grandes chances que la cicatrice ait disparu, s'il a encore des cheveux, il les a sûrement laissés pousser pour masquer cette marque, qui n'a pas dû s'effacer.

Clara savait que son suspect avait une belle crinière blanche. Elle regarda Paire.

— Je crois que vous venez de venger Thomas et Marie.

Chapitre 40

Paris, lundi 11 mai 2015.

Clara touchait au but. Du moins elle l'espérait très fort. La nouvelle de sa double agression en trois jours avait fait le tour des bureaux, et de nombreux collègues des autres groupes étaient venus lui témoigner leur soutien.

Elle avait passé un certain nombre d'appels, notamment à Alexis Labaume, pour obtenir une information qu'elle était certaine qu'il pourrait lui délivrer. Elle avait eu également le professeur Cadot, le chef du service de l'hôpital en charge de Marko. Il lui avait donné son feu vert pour pouvoir interroger le Bosniaque dès la toute fin de matinée. Pour aller plus vite, elle avait réparti les tâches au sein de son équipe : Yannick se chargerait de Zoé, et Blachère devait retrouver le capitaine Morizet pour identifier le détachement anglais qui se trouvait à proximité de son unité.

Elle s'apprêtait à se mettre en route pour l'hôpital lorsqu'un numéro non enregistré commençant par 04 retentit. Elle décrocha.

— Commandant Boiron ?

— Oui, c'est moi.

— Lieutenant Puel.

Le petit roquet du commissariat de Pau. Celui qui lui avait confisqué son arme dont elle aurait pu faire bon usage le samedi précédent. Elle se retint de dire qu'elle était dans un tunnel.

— Commandant, ce week-end j'ai croisé un de mes collègues, parti à la retraite depuis peu.

Il marqua un silence. En l'espace de quelques heures, Clara avait conçu un tel mépris pour ce petit flic de province qu'elle pensa qu'on touchait le fond. Elle allait se rendre compte qu'elle se méprenait.

— Il m'a parlé d'une vieille affaire non élucidée en lien avec le CAPM. Il s'en souvenait très bien. Il venait d'être muté à Pau lorsque cela est arrivé.

Clara se figea. Puel poursuivit :

— En juin 1998, le sergent Moutier, archiviste au CAPM, a été retrouvé mort à son domicile, une balle dans le front. J'ai cherché le dossier toute la matinée et je viens de le retrouver. Je vous avoue qu'il n'y a pas grand-chose dedans. Mes collègues ont privilégié la thèse du cambriolage qui a mal tourné. Mais vu votre déposition, je me suis dit qu'il y avait peut-être un lien avec votre enquête.

Elle avait mal jugé Puel. Il n'avait fait qu'appliquer la procédure et il était plus malin qu'elle avait bien voulu se persuader. Elle s'en voulut de l'avoir pris pour un petit merdeux.

— Merci, lieutenant. Vous venez sans doute d'apporter une pièce majeure à mon enquête. Je ne pourrai que le souligner dans mon rapport. Vous pouvez m'envoyer le dossier par mail ?

Elle devina la satisfaction à l'autre bout de la ligne. Peu importait que le jeune flic se rengorgeât. Elle disait vrai : il avait effectivement eu un très bon réflexe. Elle raccrocha et garda les yeux rivés sur son écran d'ordinateur. Le mail arriva au bout de trois longues minutes. Clara cliqua frénétiquement sur la pièce jointe et se lança dans la lecture du dossier. Le corps avait été découvert le dimanche 28 juin 1998, par un ami que Moutier avait invité à voir le huitième de finale, France-Paraguay. Clara eut un tressaillement. Elle-même avait été agressée pendant ce mondial, lors du match suivant de l'équipe de France : le quart de finale contre les Italiens. Bien que pure coïncidence, cela lui fit éprouver de la compassion pour ce pauvre sergent.

Les enquêteurs de l'époque semblaient avoir eu envie de boucler l'enquête au plus vite pour se consacrer à la fin de la Coupe du monde. Selon l'autopsie, la mort était probablement survenue dans la nuit de vendredi à samedi. L'analyse des empreintes n'avait apporté aucun élément probant. Quant aux traces ADN, alors qu'elles avaient été introduites l'année précédente dans la police, les policiers avaient, soit par négligence, soit par manque de formation, omis de faire des prélèvements.

L'enquête de personnalité décrivait Moutier comme un homme assez solitaire, avec quelques amis de soirées football et de parties de pêche. Les voisins n'avaient rien entendu et pas vu grand-chose, à part l'un d'eux qui avait aperçu une grande silhouette passer dans la rue aux alentours de 22 heures. Pris seul, c'était maigre. Emboîté avec les éléments dont disposait Clara, cela conduisait directement vers le Bosniaque. Nairet était trop jeune pour avoir pu sévir à l'époque. D'une manière ou d'une autre, Marko s'était servi de Moutier pour supprimer la fiche de son patron. Voilà pourquoi elle était manquante. Il avait juste oublié qu'il y avait un listing récapitulatif.

Cette fois, elle se mit en route. Elle avait pris le soin de prendre un kit pour relever les empreintes de Viktor Markovic. La circulation était à nouveau très dense après le long week-end de pont. Elle brancha le gyrophare. Malgré cela, elle mit quasiment une demi-heure pour rallier le nord de Paris et l'hôpital Bichat. Quarante-huit heures après, elle était de retour au sein du gigantesque établissement. Elle s'orienta facilement. Marko avait été transféré dans la tour nord du bâtiment. Elle prit l'ascenseur jusqu'au huitième étage. À la sortie, elle ne fut pas longue à repérer la chambre de Marko. Un jeune flic était en faction sur sa droite. Elle le salua et lui demanda :

— Ça va, tout se passe bien ?

— Avec le suspect, oui. Avec le personnel médical, c'est plus compliqué. On a eu plusieurs refus de laisser les portables en dehors de la chambre. L'adjudant a vu le chef de service en début de matinée pour mettre les points sur les i.

— Il a bien fait.

Clara était fumasse. Elle avait eu le professeur Cadot le matin même, et il ne lui avait rien dit à ce sujet. Elle l'appela sur son portable, dont il lui avait communiqué le numéro. Elle attaqua directement :

— C'est quoi ce bordel avec votre personnel ? Je vous le répète parce que je n'ai pas dû me faire comprendre : Victor Markovic, avant d'être un patient, est un homme qui a tenté de me tuer il y a quarante-huit heures et il est soupçonné d'être impliqué dans d'autres affaires d'homicides. Il doit être gardé à l'isolement total. C'est clair ? Putain, votre personnel n'a pas intérêt à avoir voulu jouer les bons samaritains et lui avoir permis de passer ne serait-ce qu'un coup de fil. Je vais demander une vérification de toutes les lignes. Je vous garantis qu'on va tout éplucher. Au moindre numéro suspect : avocats, autres protagonistes de l'affaire, personnes fichées ou autres, je vous garantis que ça va valser !

Le professeur Cadot resta d'abord sans voix, puis finit par répondre :

— Je vais faire un mail de rappel immédiatement et j'en remettrai une couche demain matin.

— OK, parfait, fit Clara avant de raccrocher sans autre forme de cérémonie.

Le jeune flic la regarda en souriant.

— Merci, commandant. J'adorerais être sous vos ordres.

— Débrouillez-vous déjà pour passer brigadier, Da Costa. Après on verra.

Elle pénétra enfin dans la chambre. Marko était allongé, une perfusion dans le bras droit ; probablement une pompe à morphine, pensa Clara. C'était parfait, cela amenuiserait sa résistance. Elle s'approcha en lançant :

— Bonjour, Victor.

Le Bosniaque dut reconnaître sa voix. Il se redressa légèrement et répondit d'une voix assurée :

— Je vous attendais, commandant.

Clara se rapprocha de la tête du lit et prit la seule chaise de la chambre.

— Me voilà, Marko. Tu sais, tu vas apprendre la patience en prison. Tentative de meurtre sur un policier, tu risques vingt ans.

— Arrêtez vos conneries. Vous n'avez rien contre moi. La vérité c'est que le ton est monté entre nous, que votre copine m'a planté son couteau suisse dans le bras et que j'ai sorti mon arme pour me défendre. Vous m'avez ensuite désarmé et la petite m'a fumé de sang-froid sans que vous interveniez. Voilà ma version. Avec un bon avocat, je devais prendre, quoi… quatre ans au max ?

— Je serais toi, je ferais moins le mariole, j'ai un paquet de preuves contre toi.

— Des preuves de quoi ?

— Allez, je vais être charitable. Je te donne un élément pour prouver que je ne bluffe pas.

Ce qui était exactement le contraire à ce stade. Elle fixa Marko. Après ses études à l'ENSOP, Clara avait peaufiné ses recherches en psychologie. Elle avait notamment étudié les travaux d'Albert Mehrabian qui, au travers de plusieurs études, avait démontré que la part du non-verbal était largement prédominante dans toute communication entre deux êtres.

— C'est toi qui as piloté Rishi !

— Je ne vois pas de quoi vous parlez.

Clara s'était attendue à cette réponse. Tout cela n'était que la première phase. Elle sortit la photo de son suspect aux cheveux argentés.

— Et lui, tu le connais ?

Les yeux de Marko se détournèrent légèrement à droite, et son temps de réponse fut multiplié par trois par rapport à la question sur Rishi.

— C'est un politicard. Tout le monde le connaît.

— Je sais que c'est lui qui est derrière tout cela. Donne-moi quelque chose et là tu prendras vraiment le minimum.

— Allez vous faire foutre !

— Comme tu veux.

Elle se dirigea vers la porte et revint avec Da Costa. Le jeune flic se tint légèrement en retrait, prêt à intervenir.

— Avant que je parte, tu vas me donner gentiment tes doigts un par un. Tu vas voir, ce n'est pas douloureux et c'est parfois très instructif.

Quelques minutes plus tard, elle franchit avec plaisir la porte de sortie de l'hôpital. Elle regarda l'heure, il était presque 14 heures. L'idée de rejoindre Yannick dans le 17e lui traversa l'esprit mais, finalement, elle décida de rentrer au 36. Il fallait qu'elle se pose pour réfléchir à la suite. En chemin, elle fit un stop à une boulangerie. On pense mieux le ventre plein, se dit-elle.

À son arrivée, elle alla directement retrouver Blachère. Il était en ligne, il lui fit un grand sourire.

— Très bien, madame, je rappelle dans un quart d'heure.

Il raccrocha.

— T'arrives au bon moment ! J'ai passé la matinée à essayer de retrouver le capitaine Morizet. Je te passe les détails, mais je viens enfin de le localiser. C'était sa femme que j'avais au téléphone. Elle vient de me dire qu'il était sorti, sans son portable, acheter des cigarettes.

— Beau travail. En attendant son retour, peux-tu rentrer ces empreintes dans la base ? Ce sont celles de Victor Markovic.

— Je te fais ça tout de suite.

— Je vais me faire un café, t'en veux un ?

— Non merci, j'ai déjà eu ma dose.

Le bac à eau de la machine était vide. Clara alla le remplir aux toilettes. Lorsqu'elle revint, son expresso à la main, Blachère avait fini de numériser les empreintes et les entrait dans le fichier. Elle s'assit à côté de lui. Elle avait hâte d'entendre ce que Morizet avait à dire. Blachère appuya sur la touche « Entrée » et se retourna vers elle.

— Je t'ai rarement vue comme ça, on dirait un gosse avant l'ouverture de ses cadeaux de Noël.

— Y a un peu de ça, j'avoue. Allez, appelle !

Il composa le numéro et mit directement le haut-parleur. Au bout de la troisième sonnerie, une voix ferme décrocha.

— Morizet !

— Bonjour, capitaine Blachère, je…

— Je sais qui vous êtes. Ma femme m'a fait part de votre appel. Pour votre gouverne, j'ai quitté l'armée avec le grade de commandant. En quoi puis-je vous être utile, lieutenant ?

— Nous cherchons à vérifier une information. Vous étiez bien en mission derrière les lignes de front, dans la région de Srebrenica, en 1994 ?

— Tout à fait !

— À proximité de votre unité, il y avait un détachement anglais, vous vous souvenez lequel ?

— Ouh là, c'est loin ! Franchement, comme ça, je ne saurais vous dire… Peut-être que j'en ai fait état dans les lettres que j'ai écrites à ma femme. Elle les a toutes gardées. Je me souviens en revanche du nom de l'officier qui le dirigeait, le colonel Smith.

— Très bien, commandant, et au-delà de son nom, cette unité avait-elle une particularité ?

— Bien sûr, elle était composée d'une grande majorité d'Indiens.

— D'Indiens ! N'étaient-ce pas des Népalais ?

— Si, si, sûrement. Pour moi, ils ont le même type. C'est comme différencier un Suédois d'un Norvégien, ou un Chinois d'un Coréen, si vous voyez ce que je veux dire.

— Oui, oui, merci, commandant. Encore un point, le nom de Victor Markovic vous rappelle quelque chose ?

— Markovic, oui, je me souviens très bien de lui. Un grand type qui, à un moment où cela allait mal tourner pour une de mes patrouilles, a dézingué des Serbes. J'ai même fait une recommandation pour lui permettre d'avoir des papiers après la guerre. Je sais qu'il les a eus, mais je n'ai jamais eu de nouvelles depuis. Comment va-t-il ?

Blachère interrogea Clara du regard. Que devait-il dire ? Elle prit la parole.

— Commandant, ici le commandant Boiron, je travaille avec le lieutenant Blachère. Je me permets d'intervenir dans la conversation pour vous remercier de votre coopération. Quant à Markovic, il se porte plutôt bien malgré quelques récents petits soucis de santé. Pour ma part, j'ai une dernière question, vous vous souvenez s'il fréquentait beaucoup les Anglais ?

— Il est resté plusieurs mois consigné chez nous. Au début, Markovic passait beaucoup de temps au contact de mes hommes. Il a appris le français avec eux, mais son niveau était inférieur à son niveau d'anglais. Par facilité, dès qu'on a été moins stricts dans la surveillance, il s'est mis à fréquenter les Anglo-Indiens… Ses soucis de santé, ils sont de quelle nature ? Cancer ?

Clara faillit lui faire sa réponse classique, à savoir que c'était elle qui posait les questions, mais Morizet venait de leur donner du pain blanc.

— Non, c'est moins grave que cela, deux balles dans la jambe. Soyez rassuré, le gaillard est solide, il s'en sortira.

— Mais… ?

— Merci, commandant. On reviendra vers vous ultérieurement.

Clara tapa sur l'épaule de Blachère.

— Bon travail. L'étau se resserre.

Elle alla s'installer à son bureau ; elle avait besoin de rassembler ses idées. La connexion entre Marko et Rishi était établie. Malheureusement, elle n'avait pas de preuve formelle que les deux hommes avaient gardé contact vingt ans après Srebrenica. L'ancien militaire pouvait se targuer d'avoir des dizaines de frères d'armes devant un tribunal. En soi cet élément était nécessaire mais pas suffisant, il fallait autre chose.

Elle se replongea dans la lecture de son dossier ; peut-être avait-elle négligé un truc. Elle réalisa le chemin parcouru en trois semaines. Elle avait presque reconstitué l'intégralité du puzzle. Il ne lui manquait juste qu'une ou deux pièces pour boucler la boucle de manière définitive. Elle reprit les rapports de Dipak, et l'évidence lui sauta aux yeux. Elle alla sur le fichier des empreintes de Marko et envoya un mail au flic népalais. Elle regarda sa montre : il devait être 18 h 40 au Népal. Peu de chance qu'à cet horaire Dipak soit encore à son bureau. Elle n'aurait sûrement pas de réponse avant le lendemain.

Elle allait devoir prendre son mal en patience. Elle se leva, ayant subitement envie d'une cigarette. Elle n'avait pas fumé de la journée ; elle descendit dans la cour du 36.

Lorsqu'elle remonta, elle constata que Yannick était de retour. Il était en ligne, visiblement pour un problème personnel avec sa mère. Clara en fut agacée. Elle aurait aimé qu'il la débriefe immédiatement de son entrevue avec Zoé. Par habitude, elle consulta son écran. Dipak lui avait répondu : *Bonjour, commandant, vous avez de la chance et du talent. De la chance parce que je n'aurais pas dû être là ce soir, mais je suis bloqué au bureau à cause d'une affaire importante qui implique le fils d'un de nos dirigeants. Du talent, parce que je vous confirme que les empreintes que vous m'avez envoyées coïncident avec une des empreintes relevées sur les DVD.*

Elle lâcha un retentissant *Yes!* qui surprit son adjoint et lui fit abréger sa conversation.

— Désolé, j'étais avec ma mère. Elle vient de se faire braquer en sortant de chez elle.

Par politesse, Clara demanda :

— Et ça va ?

— Oui, oui, elle est en état de choc et piétonne. Ils lui ont piqué la voiture que mon frère et moi lui avions offerte. Mais bon, elle n'est pas blessée. Et c'était quoi ce cri de joie ?

— Viens lire sur mon écran.

Ichane lut les échanges de mail. Il se tourna vers Clara, sourire aux lèvres.

— Bien joué, boss.

— Et toi ? Zoé, ça a donné quoi ?

— Elle a d'abord joué la petite patronne sur le thème « vous nous avez empêchés de travailler samedi et dimanche ». Ensuite, lorsque je lui ai parlé des vidéos, elle a commencé par faire l'innocente. Elle est restée sur cette ligne jusqu'à ce que je lui annonce que nous allions être obligés de refermer le *Secret Garden* pour rechercher d'autres preuves, que dans la foulée j'allais lui envoyer nos collègues des impôts pour un contrôle fiscal maous et que, cerise sur le gâteau, j'allais la mettre en garde à vue.

— Et ?

— Elle a fini par craquer, et tu ne devineras jamais à qui elle envoyait les vidéos.

— Non.

— À l'actionnaire majoritaire du *Secret Garden*...

— OK. Et qui est ?

— Notre ami Marko !

Bien que rien n'ait auparavant relié le Bosniaque à cette partie de l'enquête, Clara ne fut qu'à moitié surprise. Il y avait dans cette affaire un côté surréaliste où tous les éléments se recoupaient. Il ne manquait plus que cela. Elle comprenait maintenant mieux pourquoi Deschamps avait tenté de clore l'enquête. Seules des pièces indéniables l'avaient contraint à faire machine arrière. Elle avait eu le nez creux en omettant certaines informations dans ses rapports. Elle fixa Ichane.

— À mon tour de te féliciter. Je crois qu'on a toutes les cartes en main. Il est temps de clore la partie. Tu m'accompagnes ? On va la jouer cow-boy, mais vu ce que tu viens de me dire, on n'a pas vraiment le choix.

Chapitre 41

Paris, lundi 11 mai 2015.

— On va où ? interrogea Ichane.

— À la source !

Elle relut l'adresse que Labaume lui avait donnée le matin même.

— Prends le volant et actionne le gyro. Tu prends en direction de la Madeleine. Ensuite, je te dirai.

— Que de mystères !

Clara ne répondit pas. Visage fermé, elle sortit le Sig de remplacement qu'elle s'était procuré le matin même à l'armurerie, vérifia le chargeur et le cran de sûreté.

Yannick détourna les yeux de la route. Il cria pour couvrir le hurlement de la sirène.

— T'es sûre de ce que tu fais ? On aurait peut-être dû y aller avec la cavalerie ou au moins prendre des gilets pare-balles.

— Y en a dans le coffre.

Ils restèrent silencieux quelques minutes. Clara donna une nouvelle indication :

— Prends le boulevard Malesherbes, puis à gauche la rue Lavoisier. Tu coupes le gyro et après tu prendras encore à gauche sur la rue d'Astorg.

Ils étaient coincés derrière un camion de livraison. Yannick analysa la situation. Ils étaient au cœur du

8e arrondissement, à quelques centaines de mètres du ministère de l'Intérieur et du palais de l'Élysée ; la zone regorgeait de flics. Malgré cela, sa patronne s'apprêtait à monter au front, en quasi solitaire et avec la détermination d'un kamikaze. Pour la première fois de sa vie, il avait un sérieux doute sur le bien-fondé de ses ordres. Le camion finit par dégager.

— Gare-toi sur le passage piéton. C'est juste là, dit-elle en désignant un immeuble.

Il s'exécuta, coupa le contact et posa sa main sur la radio.

— T'es sûre qu'on n'appelle pas du soutien ?

— Non, c'est bon !

Ils sortirent du véhicule. Un passant les prit à partie.

— Vous ne pouvez pas vous garer ailleurs ?

Clara exhiba sa carte.

— Circulez, police !

— Ouais, c'est ça. Vous vous croyez tout permis. Un jour vous verrez, ça vous pétera à la gueule.

Les Français étaient bien versatiles. Quatre mois plus tôt, juste après les attentats de *Charlie*, les flics étaient salués comme des héros place de la République, et à présent un passant en costume-cravate les menaçait.

Elle ouvrit le coffre pour attraper deux gilets. Yannick profita de ce moment pour envoyer discrètement un SMS à Blachère : *20, rue d'Astorg, help*. Ils passèrent les gilets et se dirigèrent vers la porte. Clara avait négligé un détail : il y avait un code. À tout hasard, elle appuya sur le bouton. La porte resta close. Clara devança la question de son adjoint.

— On attend.

Elle alluma une cigarette, mais n'eut pas le temps de la finir. Une jeune femme sortit de l'immeuble et leur tint la porte sans poser de question. Ils pénétrèrent dans l'immeuble.

— D'après mes indications, c'est au premier.

Ils prirent l'escalier. Clara avisa la plaque sur la porte de droite : « Fondation pour le renouveau ». C'était forcément là. Elle appuya sur l'interphone. Une femme, qui avait dû être un bouledogue dans une autre vie, vint leur ouvrir. À la vue des gilets pare-balles et des pistolets dans les ceintures, elle eut un mouvement de surprise.

— Il y a une attaque terroriste dans le quartier ?

— Ne vous inquiétez pas, madame. La situation est sous contrôle, répliqua Clara. En revanche, nous devons voir M. Delaroche au plus vite.

— Il est en réunion. Je vais voir s'il peut vous recevoir.

Clara emboîta le pas à la femme. Lorsque celle-ci ouvrit la porte au fond du couloir, elle ne lui laissa pas le temps d'annoncer leur arrivée. Elle se fraya un passage en bousculant légèrement l'assistante et eut un moment de stupeur en entrant dans la pièce. Face à elles étaient assises, côte à côte, non pas une crinière blanche, mais deux.

— Papa, qu'est-ce que tu fais là ?

— Ma charmante fille. Quel plaisir de te voir enfin !

— Je ne suis pas certaine de la réciproque.

Ichane était stupéfait. Que venait faire le père de Clara dans cette galère ? Et pourquoi Clara lui avait-elle caché qu'ils allaient appréhender un vieux monsieur ? Il se sentit con d'avoir flippé. En même temps, il avait rarement vu sa boss jouer comme cela avec un flingue. Il devait stopper Blachère. Cette fois, il ne chercha pas à se cacher. Il sortit son tél et écrivit : *RAS. Stop.* Dans le même temps, Delaroche avait pris la parole :

— Quel charmant tableau nous avons là. Mais pouvez-vous me dire ce qui nous vaut cette entrée fracassante ? J'espère que vous avez de bonnes raisons. Sinon, j'ai bien peur que votre avenir ne soit pas des plus réjouissants.

— Nous allons vite savoir lequel de nous deux peut voir l'avenir en rose, rétorqua Clara en s'approchant de la table de réunion.

Elle était à moins d'un mètre de Laroche. Yannick était resté sur le seuil.

— Pouvez-vous soulever vos cheveux derrière votre oreille gauche, monsieur ?

— De mieux en mieux ! s'exclama Delaroche.

Son père surenchérit :

— Clara, à quoi tu joues ? Laisse-nous travailler. On se voit après si tu veux.

— Ne te mêle pas de ça.

Elle fixa de nouveau Delaroche.

— Soulevez vos cheveux.

Elle avait posé la main sur son arme. Le septuagénaire soutint son regard. Il se leva avec une souplesse inattendue pour un homme de son âge et fit un demi-pas vers Clara. Il la dépassait d'une tête. Passant sa main gauche derrière son oreille, il souleva lentement ses cheveux. Clara reconnut la cicatrice et la zone vierge de cheveux. Le choc émotionnel agit comme un paralysant. Delaroche avait escompté cet effet de surprise. Il ne lui fallut pas plus de temps pour que sa main droite se saisisse de l'arme de Clara et la braque sur elle. Ichane avait à peine bougé. Il avait encore la main sur la crosse lorsque Delaroche lui cria :

— On ne bouge plus ou je tire !

Puis il s'adressa au père de Clara.

— Jacques, tu peux désarmer notre ami.

Clara était en colère contre elle-même. Elle s'était pourtant répété pendant le trajet que l'âge ne voulait rien dire, que l'homme était un ancien militaire, mais elle s'était quand même fait avoir. La présence inattendue de son père avait sûrement contribué à sa déconcentration.

— Et maintenant, vous comptez faire quoi ?

— Je dois vous avouer que vous ne m'avez pas laissé beaucoup de temps pour répondre à la question. En tout état de cause, je peux vous dire qu'il est hors de question que je termine ma vie en prison.

Jacques Boiron avait pris ses distances avec Ichane dont il venait de confisquer le pistolet. Contre toute attente, il se mit à pointer son arme alternativement sur sa fille et son ami.

— Est-ce que quelqu'un peut m'expliquer ce qui se passe ?

Delaroche répondit en premier.

— Il se passe que ta fille est plus maligne que toi. Elle a remonté la piste de Yogandima.

Clara eut un mouvement de sursaut.

— Plus maligne que toi ? Ça veut dire quoi ?

Delaroche s'adressa à son ami sans lâcher des yeux Clara.

— Tu devrais poser ton arme, Jacques. Sinon, j'ai bien peur que même si ta fille sort vivante de cette pièce, elle ne t'adresse plus jamais la parole.

— En fait, tu as raison, Paul. Moi non plus je ne veux pas vivre en prison. Alors si ce jour doit être le dernier, autant enfin dire la vérité.

Delaroche ironisa :

— De belles retrouvailles au seuil de la mort, comme c'est émouvant. Allons, laisse-moi apporter ma contribution à cette délicieuse histoire. Nous avons eu un gros différend d'ordre financier lors de notre première collaboration, ton père et moi. Et Jacques a eu la mauvaise idée de menacer de révéler mon rôle à Yogandima à la presse. Et comme je ne suis pas homme à me laisser faire et encore moins par mes proches, j'ai demandé à mon responsable de la sécurité de régler le problème. Si la première partie du plan s'est déroulée sans encombre à Pau, la deuxième partie a dérapé du fait d'une erreur de casting d'une partie de l'équipe.

Clara comprit instantanément. Elle avait été la phase deux. Elle fusilla son père du regard.

— Depuis toutes ces années, non seulement, tu savais, mais en plus tu retravailles avec cette pourriture.

— C'est pour cela que je suis parti en Argentine. Je ne pouvais plus te regarder. Je ne pouvais pas te venger non plus. Paul s'est chargé de faire liquider les deux hommes qui ont outrepassé les consignes. Ils devaient juste te faire peur. J'ai vu leurs cadavres avant qu'ils soient coulés dans le béton des fondations d'un immeuble. Je suis parti dix ans et, à mon retour, Paul et moi avons décidé de refermer cette page. Nous avions des compétences complémentaires et notre association avait bien fonctionné et elle a de nouveau porté ses fruits.

Delaroche enchaîna :

— Voilà enfin un élément positif dans cette conversation. Ce qui m'amène au point suivant. Comment sortir de la situation de crise que nous vivons ? Reprenons le principe de base qui est que je ne me laisserai pas arrêter. Nous sommes actuellement deux à avoir des armes, avec, j'ai l'impression, une lecture de la situation légèrement dissimilaire. Ce qui pourrait amener à ce qu'aucun d'entre nous ne ressorte vivant de cette pièce. Une alternative plus pacifique serait qu'on oublie une fois pour toutes cette vieille histoire de Yogandima. Clara, vous avez fait du bon boulot. Vous avez résolu votre enquête sur Bréal. Marko fait un coupable idéal. De plus, même s'il n'était pas sur place, il porte la responsabilité de votre agression puisque c'est lui qui avait recruté l'équipe. De mon côté, si tout se passe bien, je gagnerai la primaire de la droite et, dans la foulée, la présidentielle. Et je suis certain que vous feriez une très bonne patronne de la « criminelle », par exemple. Je vous vois venir : « et s'il ne gagne pas ? ». Effectivement, ce sera moins facile, mais j'aurai forcément des appuis. Enfin, dans tous les cas, je contribuerai largement à votre bien-être matériel.

— Paul a raison, appuya son père. Tout le monde serait gagnant.

Clara resta silencieuse. Si elle refusait l'offre, Delaroche semblait déterminé à tirer, mais si elle disait oui, elle devrait vivre avec ce mensonge toute sa vie. Elle regarda Yannick que tout le monde semblait avoir oublié dans l'histoire. Son adjoint se mordit la lèvre avant de déclarer :

— Parfois, il faut savoir danser avec le diable...

À cet instant précis, la porte s'ouvrit sur Blachère, arme au poing. Delaroche se tourna pour le viser, mais la balle de Blachère l'atteignit avant. Il eut quand même la force de tirer avant de s'écrouler. L'échange de coups de feu n'avait duré qu'une fraction de seconde. Clara vit d'abord Delaroche tomber à terre avant de réaliser que son père était également touché. Malgré tout le ressentiment qu'elle avait pour lui, elle se jeta vers lui.

— Papa !

Il était conscient. Il était touché dans le bas du ventre. Sa chemise était déjà maculée de sang. Elle cria à l'attention d'Ichane.

— Appelle le SAMU !

Elle s'installa derrière son père et se servit de ses genoux pour lui relever légèrement la tête. Yannick était en ligne avec les secours.

Elle vit Blachère aux côtés de Delaroche qui semblait inanimé. Il lui prenait le pouls.

Son regard croisa celui de Blachère. Ce dernier lui lança :

— Je sens à peine son pouls.

Clara haussa les épaules. Si Delaroche devait mourir, tant pis. Elle n'allait quand même pas pleurer même si elle aurait bien aimé qu'il soit jugé.

La femme bouledogue passa la tête dans l'embrasure de la porte et hurla. Blachère la repoussa sans ménagement :

— Reculez, s'il vous plaît. Je vous avais dit de ne pas bouger.

Clara vit aux mouvements de ses lèvres que son père essayait de lui parler. Elle se pencha en avant.

— Pardonne-moi, arriva-t-il à articuler.

— Accroche-toi, s'entendit-elle répondre de manière automatique.

Elle entendit Ichane demander à Blachère pourquoi il n'avait pas fait demi-tour, et ce dernier lui répondre « pour quelles raisons j'aurais fait un truc pareil ? », et vit Ichane consulter son téléphone, l'air narquois.

— Pour rien, dit-il. Parfois c'est pas mal quand la technologie te trahit. Je t'avais envoyé un second SMS, mais il n'est pas passé.

Clara reconstitua la scène et comprit le pourquoi de l'arrivée de Blachère. Heureusement que son adjoint ne lui avait pas fait confiance.

Quelques instants plus tard, l'équipe médicale fit son apparition. Clara comprit qu'il s'agissait en fait de deux équipes, une pour chacun des blessés. Un infirmier la remplaça derrière son père. Le médecin la félicita pour son réflexe et lui demanda néanmoins de reculer. Il donna des ordres à son staff. Clara ne les entendait plus. Comme elle avait besoin d'air, elle se dirigea vers la sortie et croisa la femme bouledogue en pleurs. Cela ne la rendait pas plus jolie, mais un peu moins antipathique.

Lorsqu'elle arriva sur le trottoir, plusieurs voitures de police, sirènes hurlantes, surgirent et bloquèrent la rue. Du véhicule de tête descendit une figure qu'elle ne s'attendait pas à voir sur le terrain. Deschamps avait fait le déplacement en personne.

— Vous me faites un topo rapide de la situation ?

Clara lui donna les grandes lignes qui l'avaient menée jusqu'à l'ancien militaire. Et elle détailla leur intervention en deux temps, qui avait conduit à un échange de coups de feu et deux blessés graves. Deschamps l'écouta attentivement puis déclara :

— Compte tenu de la relative notoriété de Delaroche, je ne veux aucune fuite, aucun élément du dossier ne doit être communiqué aux médias. Il y a déjà suffisamment d'affaires qui ternissent la classe politique et l'image de la République, on n'a pas forcément besoin de rajouter un candidat meurtrier. Pour l'instant, je vais servir à la presse une version minimaliste sur une altercation entre votre père et Delaroche qui a conduit à notre intervention. Nous verrons plus tard comment les choses évoluent. Je compte sur vous pour faire passer le mot à votre équipe.

Clara hocha la tête. Pour l'instant, ces considérations la dépassaient. Son enquête était terminée. Son père qui l'avait trahie était entre la vie et la mort. Elle n'avait qu'une envie, entendre la voix de son mec en fumant une cigarette.

Chapitre 42

Paris, mardi 12 mai 2015.

Paul Delaroche avait été déclaré décédé à son arrivée à l'hôpital. La nouvelle avait été relayée sur tous les médias. Les chaînes d'information avaient retracé en boucle le parcours du doyen des candidats qui s'était promis de remonter son handicap dans les sondages. Le procureur avait fait une déclaration minimale à la presse et insisté sur le caractère d'ordre privé de la querelle mortelle.

Bizarrement, le cœur de Victor Markovic avait lâché quelques heures plus tard, dans la nuit de lundi à mardi, à 2 h 05, pour être précis.

La perquisition à son domicile le matin même n'avait rien donné pour le moment. Le disque dur de son ordinateur avait été saisi. Mais Clara savait d'avance que l'équipe technique ferait chou blanc. Depuis le début, Marko n'avait laissé aucune trace de ses communications. Il n'avait fait que deux erreurs : ignorer la connexion entre Agathe et Marie et laisser ses empreintes sur un DVD.

La journée touchait à sa fin. Clara venait d'avoir des nouvelles de son père. Elles n'étaient pas très bonnes. D'après le médecin, ce dernier ne semblait pas avoir envie de se battre. Elle n'avait pas fait de commentaire.

Elle faisait maintenant face à Deschamps. Celui-ci portait le même costume trois-pièces que lors de leur entrevue de la semaine précédente.

— J'ai lu votre rapport complet. Formidable travail. Vous avez tiré tous les fils avec brio. Je présenterai votre dossier pour la médaille d'honneur de la police nationale. En revanche, je ne saurais que vous recommander d'occulter un certain nombre de points dans votre version finale, notamment les liens entre Markovic et Delaroche, et cette histoire de vidéos pilotée par la gérante du *Secret Garden*. J'ai déjà évoqué le premier point avec vous hier, et le second n'apporte rien à l'enquête, voire la dessert. Je ne suis pas trop fan des drames à la française, c'est mon côté anglo-saxon. Vous voyez ce que je veux dire.

Clara saisit l'insinuation. Le surnom de « Sherlock » avait dû lui remonter aux oreilles.

— Bref, j'aime bien les *happy end*. Agathe, l'amie cachée de Marie qui venge sa copine et son homme assassinés, cela me paraît un dénouement heureux, vous ne trouvez pas ?

Clara comprit qu'une chape de plomb allait de toute manière se refermer sur l'enquête. Il fallait choisir ses combats, lui avait rappelé un jour le Che. En fin de compte, elle s'en foutait pas mal que le grand public connaisse la vérité. Les méchants étaient tous morts, c'était ça le vrai *happy end*. Demain, c'était mercredi, jour des funérailles de Bréal. Elle irait murmurer cette nouvelle à l'âme du journaliste.

Épilogue

Jacksonville, Wyoming, États-Unis,
le 21 décembre 2015.

Clara avait reçu un premier mail de Dave Connor lorsque la presse avait révélé la résolution du mystère des morts de l'Everest. Il l'avait félicitée chaleureusement pour son succès. Elle avait été à la fois surprise et ravie d'avoir des nouvelles du bel Américain. Elle l'avait remercié en retour, non sans un petit pincement au cœur. Malgré les circonstances dramatiques, ces quarante-huit heures passées au pied de la déesse des montagnes resteraient à jamais gravées dans sa mémoire. Comme elle s'y attendait, elle n'eut plus de nouvelles de Dave pendant plusieurs mois… jusqu'au 14 novembre.

Ce jour-là, comme une grande partie de la France, Clara et Thierry s'étaient réveillés avec la gueule de bois, non pas à cause de l'alcool qu'ils avaient consommé, somme toute en quantité très modérée, mais bien à la découverte du macabre bilan des attentats de Paris : cent trente-sept morts, soit l'acte le plus meurtrier sur le sol français depuis la fin de la Seconde Guerre mondiale.

Ils avaient échangé tout au long de la soirée avec leurs proches, et même avec des personnes plus éloignées, chacun vérifiant que l'autre était indemne. L'onde de choc s'était propagée partout dans le monde. Ainsi le mail de Dave venait s'ajouter à ceux, en provenance du Népal, de Christopher Lamy et même de Dipak. Elle répondit aux trois en s'assurant qu'elle et ses proches avaient échappé au massacre.

Le lundi, Dave revint vers elle en lui envoyant un mail : *Les terribles attentats de Paris ont eu au moins un mérite, celui de me rappeler qu'à votre départ du camp de base, je vous avais promis de vous inviter dans les montagnes du Wyoming. Eh bien, il est temps pour moi d'honorer ma parole. Je vous convie chez moi, à Jacksonville, pour les fêtes de fin d'année, idéalement entre le 22 décembre et le 2 janvier. Évidemment, votre* boyfriend *est également convié, et je serai ravi de faire sa connaissance. Je précise que par le mot « invitation », j'entends que je m'occupe de tout à part vos billets d'avion. Enfin, dernier point, si vous venez, vous aurez une petite surprise. J'espère sincèrement vous voir.*

Amicalement, Dave

Lorsqu'elle avait parlé au Che de l'invitation du bel Américain, celui-ci avait commencé par lui faire une crise de jalousie inédite. Elle lui avait répondu qu'il pouvait être rassuré puisqu'elle lui proposait de l'accompagner. Comme souvent dans leur couple, elle avait eu le dernier mot.

Ils avaient atterri à Salt Lake City au nord de l'Utah après un long voyage de dix-huit heures. Ils avaient récupéré leurs bagages assez rapidement et passé la douane beaucoup plus lentement. Ils étaient enfin dans la zone d'arrivée. Clara chercha Dave des yeux, mais elle ne le vit pas dans la trentaine de personnes qui attendaient. Ce fut le Che qui lui tira le bras.

— Là-bas, le barbu avec la pancarte « Clara Boiron » !

— Bien joué.

Ils allèrent à la rencontre de l'homme, qui s'exprima lentement.

— Je suis Nick. Dave s'excuse. Il n'a pas pu venir. Il a eu une urgence. Suivez-moi, je vais vous conduire jusque chez lui.

Ils s'installèrent dans le grand 4×4.

— Nous avons pour au moins cinq heures de route, leur expliqua Nick. Mettez-vous à l'aise et profitez-en pour dormir. Je sais que vous avez eu un long voyage.

Nick n'eut pas besoin de leur répéter son conseil. Les deux Français sombrèrent quasi simultanément dans le sommeil. Il n'était que 19 h 30 heure locale, mais pour leur organisme, c'était le milieu de la nuit.

Plusieurs fois, Clara ouvrit les yeux pendant le trajet ; il faisait nuit noire. Ils roulaient au milieu de zones inhabitées. Sa première vision des États-Unis resterait donc à jamais un no man's land plongé dans l'obscurité, tellement loin des clichés new-yorkais ou californiens véhiculés par Hollywood. Elle se rendormit chaque fois très rapidement.

Le ronronnement du moteur s'interrompit. Clara fut cette fois réveillée par l'absence de bruit. Nick lui fit un sourire complice.

— J'ai l'impression que vous avez bien dormi, tous les deux.

Clara lui rendit son sourire. Elle tourna la tête vers son homme. Il dormait encore, bras en croix, visage collé à la vitre. Elle lui murmura dans l'oreille qu'ils étaient arrivés. Le Che finit par émerger et ils sortirent de la voiture. Ils découvrirent que tout le paysage était sous la neige. Il faisait un froid de gueux. Nick, qui avait déjà pris leurs bagages, sonna à la porte de l'imposant chalet qui leur faisait face.

La porte s'ouvrit sur Dave qui les accueillit avec son fameux sourire et ses magnifiques yeux bleus. Il étreignit Clara, l'abreuvant de *so glad to see you*, puis fit de même avec le Che, quelque peu gêné par tant d'effusions. Puis Dave demanda à Clara de passer un masque occultant sur les yeux, exactement comme celui qu'elle avait eu dans l'avion. Il chargea Thierry de la guider. Il conduisit le couple jusqu'au salon. Thierry y découvrit un autre couple, qui piaffait d'impatience de se découvrir aux yeux de Clara : une grande blonde et un petit Indien. Dave rendit la vision à Clara.

— Incroyable ! s'écria-t-elle.

Elle tomba d'abord dans les bras de Dipak, plus proche d'elle, puis embrassa Ines. Le quatuor du camp de base était reconstitué. Elle leur présenta ensuite son homme.

— Je vous avais promis qu'on se reverrait, tonna Dave. Si vous saviez comment vous m'avez marqué tous les deux. Vous êtes mes héros. Je veux tout savoir de votre enquête, mais d'abord, trinquons à nos retrouvailles, et aussi…

Dave prit Ines par la main.

— … à notre futur mariage.

Un hourra de félicitations envahit la pièce. Ils passèrent la suite de la soirée à boire, manger et se raconter leurs aventures. Malgré l'accord passé avec Deschamps, Clara n'omit presque aucun détail du dossier. On était entre amis. Elle avait confiance. Le seul point qu'elle occulta fut le rôle de son père, car le sujet était trop sensible pour elle. Il s'en était sorti, mais le travail de réconciliation serait long.

Il était fort tard lorsque Dipak eut le dernier mot. Il leur narra l'arrestation du capitaine du détachement de Jomson qui était à la tête d'un réseau de contrebande avec la Chine. Ils allèrent se coucher. Dave leur annonça qu'il avait prévu pour le lendemain et les jours suivants toute une série d'activités, dont la première était une marche en raquettes dans les montagnes environnantes. La boucle était bouclée. Tout avait commencé dans la neige et tout se finirait dans la neige...

Annexes

Retour sur les faits réels de Sagarmatha

Le tremblement de terre du 25 avril au Népal

Le Monde, 11 mai 2015 : plus de 8 000 morts dans le séisme du 25 avril.

www.lemonde.fr/planete/article/2015/05/11/dix-francais-sont-morts-dans-le-seisme-au-nepal_4631307_3244.html

Cameroun : la guerre oubliée

Le 3 juillet 2015 lors de sa visite au Cameroun, François Hollande a fait une annonce historique : *« Sur la question de l'histoire, j'y suis revenu. C'est vrai qu'il y a eu des épisodes extrêmement tourmentés et tragiques même, puisqu'après l'indépendance, il y a eu une répression en Sanaga maritime et en pays bamiléké... (des militants indépendantistes par les forces françaises). »*

C'est la première fois qu'un Président français reconnaît ces massacres. Interrogé lors de sa visite en 2009, François Fillon, alors Premier ministre, avait nié le fait que des membres de l'armée française avaient participé à des assassinats : *« Je dénie absolument que des forces françaises aient participé en quoi que ce soit à des assassinats au Cameroun », « Tout cela est de la pure invention ».*

D'après :
RFI Afrique : Au Cameroun, Francois Hollande brise un tabou.
www.rfi.fr/afrique/20150703-cameroun-francois-hollande-paul-biya-guerre-upc-lydienne-yen-eyoum

L'Humanité, 28 juillet 2015 : Cameroun et France : sur le chemin de la vérité ?
www.humanite.fr/cameroun-et-france-sur-le-chemin-de-la-verite-580306

Thomas Deltombe, Manuel Domergue et Jacob Tatsitsa, *Kamerun ! Une guerre cachée aux origines de la Françafrique, 1948-1971*, La Découverte, 2011.

Thomas Deltombe, Manuel Domergue et Jacob Tatsitsa, *La Guerre du Cameroun*, La Découverte, 2016.

Le Nouvel Obs, 1er janvier 2011.
www.nouvelobs.com/rue89/rue89-monde/20110101.RUE0143/cameroun-1955-1962-la-guerre-cachee-de-la-france-en-afrique.html

Le Monde, la guerre coloniale, 4 octobre 2011.
www.lemonde.fr/idees/article/2011/10/04/la-guerre-coloniale-du-cameroun-a-bien-eu-lieu_1581974_3232.html

Libération, 25 novembre 2016.
www.liberation.fr/planete/2016/11/25/thomas-deltombe-la-guerre-au-cameroun-a-ete-deliberement-dissimulee_1531045

Le Point, 13 février 2017.
www.lepoint.fr/culture/la-guerre-du-cameroun-aux-origines-de-la-francafrique-13-02-2017-2104421_3.php

Rebellyon.info, 2 mars 2019.
rebellyon.info/2-mars-1960-massacres-au-Cameroun

SCRIBD.
https://fr.scribd.com/doc/19485233/Massacre-Francais-Au-Cameroun-2-Mars-1960

Remerciements

Merci à ceux qui m'ont encouragé tout au long de l'écriture de *Meurtres au sommet* : ma mère, Clo ma compagne, mon fils Alexandre et François Berthel, libraire dont l'avis et les conseils comptent beaucoup depuis une dizaine d'années.

Merci à ceux et à celles qui ont relu la première version de *Meurtres au sommet* et ont par leurs corrections et remarques enrichi ce texte : Laure, Jacqueline et Sophie, Frédéric Bellanger, avocat, Olivier Parent, photographe. Merci également à Karine Obringer mon éditrice pour avoir porté son attention sur Sagarmatha. Et enfin, merci à Ludivine pour le témoignage sur sa double vie.

Composition et mise en pages
Nord Compo à Villeneuve-d'Ascq

Cet ouvrage a été imprimé par
CPI Bussière à Saint-Amand-Montrond
en septembre 2021

MIXTE
Papier issu de
sources responsables
FSC® C108412

Le papier entrant dans la composition de ce produit
provient de forêts certifiées FSC®
FSC® se consacre à la promotion d'une gestion
forestière responsable.

Numéro d'éditeur : 00131
Numéro d'imprimeur : 2060709
Dépôt légal : février 2021

Imprimé en France